蒙學叢刊

狀元閣蒙學叢書第二輯

千家詩

王　星　主編

浙江大學出版社

傳古樓據啟軒書室藏清代狀元閣刻本影印原書板框高一九二毫米寬一二四毫米

前言

王星

中國人的浪漫，是從詩歌開始的。從上古打獵、戀愛開始，到春秋時期戰爭、祭祀等活動，中國人用簡單的音節匯成了一部詩歌總集《詩經》，用詩歌記録了早期的生活場景。而《楚辭》作爲第一部有明確作者的詩集，則成爲文學史上浪漫主義的源頭，見證了中國人凝聚在骨子裏的另一種羞澀。時空騰挪，千百年後的唐朝，李白與杜甫封神成聖，成爲中國詩歌的頂峰，自此以後，凡有中國人的地方，莫不知『李杜文章在，光焰萬丈長』。對中國人來説，唐詩宋詞是鐫刻在骨子裏的，無論在怎樣的境遇，都能以一句詩詞來抒發胸臆。

我的詩詞啟蒙，源自一場意外。十一歲的我，因爲調皮，跌在臭水溝裏，被破碗割傷不得不縫綫打針，然後躺在老屋旁的胡同裏休養。無聊之時，見鄰居清理家中垃圾，扔下一本没有封面的破書，拿到手一看，繁體豎排，逐字逐句識讀，雖然認識得不多，但那泛黄的書頁伴我度過了那段養傷的日子。若干年後，最後一頁那句『勸君莫惜金縷衣，勸君惜取少年時』始終在我腦海。後來纔知道，這是一册出版於新中國成立之初的《唐詩三百首》，今天這本書被包上了書衣，仍然在我的書架上。

從教以後，對古詩詞教學特别感興趣。二〇〇五年江蘇啟動新一輪高中課程改革，有了『選修課』一説。爲了完成學校任務，我以『詩詞鑒賞』爲專題，將十餘個詩詞鑒賞專用語彙列爲章節，如『意象』『意境』『點染』『用典』等，一詞講解一節課。一個學期後，十餘篇講稿稍加修改，投予《語文報》。時任編輯竟然十分看重，指導修改後，以專欄『詩詞例話』的形式在全國綜合版連載刊出，讓初爲人師的我頗受鼓勵。此後，對傳統詩詞啟蒙教學更加關注，對傳統的詩詞類蒙書也著意搜集。

除『李光明莊』所印書籍外，與詩詞相關的傳統蒙書，記憶特别的無非兩種。其一爲《唐詩合解》，此書又稱《古唐詩合解》，成書於清朝雍正年間，全書凡十六卷，其中古詩四卷，唐詩十二卷，作者爲王堯衢。所得版本護封包角完整，護封題有『積善堂』字樣，四册以『日』

『月』『星』『辰』爲序。首册内有牌記，僅有『唐詩合解』四字，無時間和刊刻信息。最後一頁則有抄録於乾隆丁亥年（一七六七）花月詩歌一首。該書至今無法判定版本，但從内頁印工看，當爲早期極初印本。後又陸續購得其他版本，都遠不及此本。

其二則爲商務印書館初版於民國六年（一九一七）三月的《修身詩教》，此書爲上海賈豐臻所編。此人曾擔任上海江蘇第二師範學校校長，著有《中國理學史》。《修身詩教》以發揚孔子『温柔敦厚』的詩教爲宗旨，以傳統詩歌教授『修身科』内容，如第一章第一節『勉學』選取了《長歌行》《四時讀書樂》兩首，表達了『少壯不努力，老大徒傷悲』的道理。此書以『爲己』『家庭』『社會』『國家』爲總章，所選詩歌大多正面積極，頗有教化意義，是至今所見不多的獨特詩歌教學教材。

自『狀元閣蒙學叢書』出版第一輯後，又萌生出選輯詩詞專輯的念頭，且一發不可收。自古以來，作爲教學適用的詩詞選本其實並不是很多，適合蒙學的更少。候選對象從明刊本到清代内府刊本，最終還是將眼光落到了狀元閣印本上。由李光明創辦於南京（時稱金陵）狀元境内的書肆『李光明莊』，所印刷的蒙學書前面一般都有一個紅印牌記，牌記正面一般是大字書名，且書名前多帶有『狀元閣爵印』字樣，成爲清代以來蒙學書籍中最響亮的品牌。筆者反復研究了『李光明莊』的書目，與詩詞相關的蒙書並不算少，精挑細選，忍痛割愛，去『詞』留『詩』，附以鑒賞理論著作《詩品》，構成了這一輯的主要內容。

首選《狀元閣印注千家詩》，作爲『三百千千』之一的《千家詩》，歷來爲傳統蒙學所重視。其實《千家詩》由五言詩和七言詩兩部分合併而成。其中，五言詩爲清代王相所選，七言詩則由宋代謝枋得所選。兩部分共選録作品二百二十六首，涉及自唐代至明代詩人百餘名，所選杜甫作品最多，共二十二首。作品題材多樣，山水田園、送別思鄉、吊古詠物皆有。且詩句淺白易懂，並附有注釋，較適合孩童誦讀。

次選《狀元閣唐詩三百首注釋》。該書編者蘅塘退士，原名孫洙，字臨西，爲我同鄉江蘇無錫人。《唐詩三百首》爲我個人搜羅最多的詩歌選本。自從少年時擁有了第一本豎排繁體書，就特別關注這部詩選。有一個階段，特别癡迷於搜羅乾隆以來各個版本的《唐詩三百首》，最多時僅木刻本就有二十餘種。大約在二〇一四年前後，本鄉名校錫山高級中學建設語文課程基地，這些書籍一併到了該校圖書館，爲更多學子服務。後來總覺遺憾，偶得錫山經綸堂本，方才去了心病。等到關注到『李光明莊』所印蒙書，購得《狀元閣唐詩三百首注釋》，比對之下，才知道蒙書品質的高下，非江河湖海可對比。

又選《狀元閣印宋元明詩》。該書别名《宋元明詩約鈔三百首》，由清代道光年間朱梓、冷昌言所編，根據序言所述，此書原爲冷氏家塾自用啟蒙讀本，仿照《唐詩三百首》體例編輯而成，共選一百四十五位作者的三百一十一首詩。據專家學者研究，該書是清代刊行最廣的唐詩以外詩歌選本，面世後箋注、翻刻、評點的衍生出版物多達數十種，甚至日本都有印本。宋元明三代詩作與唐詩三百首一併作爲童蒙讀本，完成了横跨唐、宋、元、明千年詩歌的合璧，不失爲中國蒙學史上的佳話。

終選《詩品注釋》，爲狀元閣印注唐代詩人司空圖所撰《二十四詩品》。這是一部古典詩歌美學與理論專著，由二十四首四言詩組成，從不同角度概括和描繪了不同詩歌風格的特點，對後世的詩歌鑒賞理論影響較大。該書篇幅不長，内容相對簡單，對詩歌欣賞具有指導作用，故選入作爲附録材料，可供蒙學參考。

《尚書·舜典》中有言：『詩言志，歌永言。聲依永，律和聲。』足見詩歌在中國人的生活中具有表情達意的重要功能。這些蒙書，依然以四言、五言、七言爲主，且對偶押韻，方便兒童理解背誦。我們之所以願意將狀元閣印本再次翻印，是期望當今教育能夠重拾詩歌啟蒙，讓中國人在言約旨遠的古典詩詞中找到失落已久的詩教傳統。

本書得以順利面世流傳，傳古樓陳志俊先生厥功至偉；在出版編輯過程中，浙江大學出版社王榮鑫老師費心良多；在修圖過程中，張亞平、温華莉兩位女士工作最多，最爲辛苦。編纂期間，夫人朱錦麗女士提供了不少建議，亦有書友、學友爲尋找原刊本提供了不少指導，在此不一一記録，謹致衷心感謝。

二零二一年九月於啟軒書室

千家詩目録

新鐫五言千家詩箋注卷上

新鐫五言千家詩箋注卷下

增補重訂千家詩注解卷上

增補重訂千家詩注解卷下

江南城聚寶門三山街大
功坊郭家巷內秦狀元巷
中李光明莊自梓童蒙各
種讀本揀選重料紙張裝
訂又分鋪狀元境狀元境
口狀元閣發售實價有單

狀元閣重
訂千家詩

諸名家百花詩

豫 王相 選輯

閩 鄭漢 校梓

五言絕句

杏花 溫庭筠

細雨長安道鶯花正及時

莫教風便起滿地濕胭脂

桃花 元微之

桃花深淺處似勻深淺粧

春風助腸斷吹落拍衣裳

新鐫五言千家詩箋註

瑯琊 王 相晉升 選註

莆陽 鄭 漢濯之 校梓

春眠 孟浩然

春眠不覺曉處處聞啼鳥夜來風雨聲

花落知多少

此先生高隱自得不求聞達而不係情於世務之寓言也言方春暮猶寒日高而始寤不覺其曉但聞窗外啼鳥之聲也因想昨宵枕上風雨之聲不絕想庭前花吹落不知多少矣因風雨而戀春眠聞鳥聲而未起在花落而不知其蕭

蘭花　梁宣帝
折莖聊可佩入室自成芳
開花不競節含秀委微霜

紅牡丹
綠艷閒且靜紅衣淺復深
花心愁欲斷春色豈知心

梨花　邱為
冷艷全欺雪餘香乍入衣
春風且莫定吹向玉階飛

禁掖梨花　皇甫冉

然閒適之情亦可見矣○孟浩然字浩然襄陽人開元中隱居鹿門山盛唐

訪袁拾遺不遇　前人

洛陽訪才子江嶺作流人聞說梅花早何如此地春

江嶺江西之庾嶺流人有罪而流放于嶺外也

浩然訪友不遇而傷其被放而作也拾遺洛陽人孟公之友也特至洛陽訪之不意袁已被罪免官而流放于嶺外矣故作詩寄之庾嶺地煖梅花早開公蓋未至也故曰聞說言嶺梅雖早豈如故園春色之可樂哉惜才人之不幸也

道郭司倉　王昌齡

映門淮水綠留騎主人心明月隨良掾

巧解迎人笑偏能亂蝶飛
春風時入戶幾片落朝衣
左掖海棠　王　維
閒拂檐邊草輕隨箔外風
黃鶯弄不足銜向未央宮
木蘭　白居易
妖嬈豔盈態興在楚宮詞
紫房常自斂日出折胭脂
荼蘼　孟浩然
一入荼蘼架無瑕色可掬

春潮夜夜深 掾音鴈司倉今之管糧主簿也掾屬吏也縣佐爲掾
少伯送掾而惜其去言吾門庭方春而淮水映綠暫留飲餞以盡地主之心也良掾雖難留而明月亦隨掾而去矣掾雖去而幸淮水春潮夜夜流深而相與其居於此水之上也○昌齡字少伯江甯人開元中仕至龍標尉盛唐

洛陽道 洛陽唐之東都也　儲光羲

大道直如髮春日佳氣多五陵貴公子雙雙鳴玉珂 五陵帝王陵寢附近之處多貴臣所居玉珂馬飾也
此言東都貴游之盛也言東都之官衢寬闊而路直如髮芳春而景物韶華佳麗游騎之多而五陵年少之貴介公子雙雙兩兩並馬春游鳴鑾佩玉之聲相

金風當面來吹過香猶襲

石竹　皇甫冉

散點空堦下閒疑細雨中
安能入相伴嗟爾殢秋風

石榴　孔昭

粧點庭中樹移根逐漢臣
只爲來時晚開花不及春

夜合　劉長卿

庭外生夜合含露垂頭泣
芳春早已舒夜來人不識

續而不絕也○光羲潤州人天寶中爲御史○盛唐

獨坐敬亭山　李白

衆鳥高飛盡孤雲獨去閒相看兩不厭只有敬亭山山在宣州城外

太白登山獨坐而作此詩言山有鳥有雲獨坐之久鳥與雲皆飛散惟已與山相對是人不厭山山不厭人也○李白字太白號謫仙官翰林盛唐

登鸛鵲樓樓在蒲州　王之渙

白日依山盡黃河入海流欲窮千里目。更上一層樓

水中蒲　韓愈
青青水中蒲長在水中居
寄語浮萍草相隨我不如

秋池二株蓮　弘執恭
秋至皆虛落凌波獨吐紅
託根方得所未肯即隨風

木槿　張文姬
綠樹競扶疏紅姿相炤灼
不學桃李花亂向春風落

紫藤　李白

此登樓眺遠之作也登此樓時已薄暮但見白日銜山而欲盡黃河之水由西滔滔東入於海矣然樓中所見尚爲山所蔽樹所遮而樓之上更有一層于是登最高之處而望之則千里長河及羣山萬壑儼然在目矣○之渙盛唐詩人

觀永樂公主入蕃　孫逖（音狄）

邊地鶯花少年來未覺新美人天上落龍塞始應春（龍塞龍荒邊塞之地）

唐凡以宗女出嫁外蕃例封公主逖見之有感而作言邊地苦寒鶯燕不生春花罕發雖過新年而未見春光之麗今公主自京而來如從天降應使邊塞遐荒之地始知春色矣蓋傷之而反言之也○逖博州人中書舍人盛唐

紫藤垂水花引蔓宜陽春
密葉隱歌鳥香風留美人

桂花　盧僎

桂樹生南海芳香隔遠山
今朝天上見疑是月中攀

茱萸　王摩詰

結實紅且綠復如花更開
山中倘留客置此芙蓉杯

菊花　賈島

九日不出門十日見黃菊

伊州歌 在邊外古伊吾國也　蓋嘉運

打起黃鶯兒莫教枝上啼啼時驚妾夢不得到遼西

蓋嘉運晚唐人西涼節度使或曰盛唐

此代邊人之婦思夫之作也言夫不可見惟憶夢寐之中或見之無奈鶯啼時驚夢覺故欲打散鶯兒不使啼驚吾夢庶妾魂可到遼西與夫相見也

左掖梨花 左掖在宮禁之左　丘為

冷艷全欺雪餘香乍入衣春風且莫定吹向玉階飛

此初任而以花自比求知於主之作也言梨花冷艷如雪開自宮垣禁掖之中

灼灼尙繁英美人無消息

䕺竹　王適

露滴龍鱗節風搖靑玉枝
依依似君子無地不相宜

斑竹　劉長卿

蒼梧千載後斑竹對湘沅
欲識湘妃怨枝枝滿淚痕

垂柳　雍裕之

嫋嫋古堤邊靑靑一樹煙
若爲絲不斷留取繫郎船

生香而襲御衣也春風自四方而來猶主恩雖冀而莫定吹向玉階飛舞猶小臣時得傍君以希龍顏之一顧也○巨爲嘉興人官太子庶子盛唐

思君恩　宮詞　令狐楚

小苑鶯歌歇長門蝶舞多眼看春又去
翠輦不曾過

此寫宮妃望主之情也言小苑之內春暮而鶯聲已歇長門之中徒覩蝶舞耳是一年之春又去而君王之翠輦曾不一經過焉則宮中之人傷春而望幸可知矣○楚燉煌人相憲宗子綯相宣宗

題袁氏別業　賀知章

主人不相識偶坐爲林泉莫謾愁沽酒囊中自有錢

非正居爲別業如園林書院之類此春游閒玩之作言觀林泉之佳趣偶來坐此初不識主人之面主人不愁無錢沽酒我自有錢以沽也○知章字季眞四明人武后時爲學士初唐

夜送趙縱　楊烱

趙氏連城璧由來天下傳送君還舊府明月滿前川

此送友之詩言趙子趙人其才如趙王連城之璧天下聞之久矣吾送之于明月之下還歸趙州本國之故府而別然明月照滿前川之上猶得與故人共之

葉　孔德紹

早秋驚葉落飄零似客心翻飛未肯下猶言惜故林

萍　庾肩吾

風翻暫靑紫浪起始疎密本欲嘆無根還驚能有實

藻　王摩詰

春池深且廣會待輕舟迴靡靡綠萍合垂楊掃復開

七言絕句

桃花　崔護
去年今日此門中人面桃
花相映紅人面祇今何處
在桃花依舊笑春風

百葉桃　韓愈
百葉桃花晚更紅窺窗映
竹見玲瓏應知侍史歸天
上故伴仙郎宿禁中

海棠　花蘂夫人
海棠花發盛春天遊賞無

也○楊炯華陰人舉神童爲盈州令
與王勃駱賓王盧照隣爲初唐四傑

竹裏館　輞川中之別館也　王維
獨坐幽篁裏彈琴復長嘯深林人不知
明月來相照
篁竹也竹木清幽之品故曰幽篁
此言獨居之樂也維在輞川竹里館中
獨坐幽竹之下揮琴一曲長嘯數聲深
林之中人不知之但有明月相照而已
○維字摩詰開元中爲尚書右丞盛唐

送朱大入秦　孟浩然
遊人五陵去寶劍值千金分手脫相贈
平生一片心

時引御筵繞岸結成紅錦
帳暖枝猶拂畫中船

又　李白

細雨霏霏弄曉寒海棠無
力倚欄干想應昨夜東風
惡零落殘紅不耐看

又　鄭谷

濃淡芳叢滿蜀鄉半隨風
雨斷鶯腸浣紗溪上堪惆
悵子美無情為發揚

以劍贈友之詩也言故人向長安而去長安有五陵多豪俠所居不可無劍也故贈則以千金寶劍以表吾平生一片向友之壯心也

長干行 長干在金陵　崔顥

君家住何處妾住在橫塘停船暫借問或恐是同鄉 橫塘在金陵麒麟門外

此疑游女與游子相問答之辭也言游女問郎家住何處不待其答而又自言家住鍾山之橫塘疑郎聲音與妾相近故停舟而暫問之恐是故鄉之人可相詰而致慇懃也。崔顥卞州人開元中司勳員外郎盛唐

詠史　高適

蘭花 裴度

天產奇葩在空谷佳人作佩有餘香自是淡粧人不識任他紅紫鬬芳菲

紅牡丹 白居易

惆悵階前紅牡丹晚來唯有兩枝殘明朝風起應吹盡夜惜衰紅把火看

紫牡丹 李益

紫蕊叢開未到家卻教游

尚有綈袍贈應憐范叔寒不知天下士
猶作布衣看 綈袍絲綿之袍也

昔魏以須賈范睢使齊齊王重睢之才賜之金而不及賈賈歸而遡於魏相魏齊魏齊以睢通於齊也而痛仗之死而復甦乃逃入秦更名張祿說秦莊襄王王大悅拜爲相征伐諸侯威震天下魏使須賈入貢於秦睢聞賈來乃敝衣而先謁賈賈見其寒而憐之曰范叔尙在乎何一寒至此哉乃解綈袍衣之睢曰幸得不死爲丞相張君御車耳賈曰吾數見張君門者不納子爲我通之睢乃爲賈御車至相府睢先入賈訝曰范叔何久不出門者曰乃丞相張君也賈驚肉袒匍匐謝罪范睢曰汝罪當死今得不死者以子綈袍戀戀尙有故人之情

客賞繁華始知年少求名
處滿眼穴中別有花

白牡丹　盧綸

長安豪富惜春殘爭玩街
西紫牡丹別有玉盤承露
冷無人起就月中看

又　張文新

牡丹一朶值千金將謂從
來色更深今日滿闌開似
雪一生辜負看花心

也乃赦之○高言須賈有怨於雎能憐
其寒而衣之不知其鼎貴猶以爲布衣
寒士也○適字達夫滄
州人歷官常侍盛唐

罷相作　李適之

避賢初罷相樂聖且銜杯爲問門前客
今朝幾個來 樂聖古人以淸酒爲聖人濁酒爲賢人皆隱語也

公退位有感而作也言已無能不堪居
相當避位以讓賢者安居無事惟銜杯
縱酒以自樂也然昔之爲相賓客滿堂
今已去位而門庭冷落顧我而來者曾
有幾人哉○適之唐宗室天寶中爲左
相善飲與李白等爲飲中八仙盛唐

逢俠者 俠者劍客也　錢起

賞牡丹　劉禹錫

庭前芍藥妖無格池上芙蕖淨少情惟有牡丹眞國色花開時節動京城

十姊妹　杜甫

纈屏綵屋引成行淺紫嬌紅別樣粧卻笑姑娘少情緒只將紅粉鬧兒郎

盤中　薔薇　章孝標

[illegible]偏饒麗景家賞春盤

燕趙悲歌士相逢劇孟家寸心言不盡
劇音吉劇孟漢之大俠起借以比俠者也

前路日將斜
燕趙古多慷慨悲歌之士如荊軻聶政之流至唐猶盛也起路逢劇俠之士因作詩以贈之言子固燕趙之俠士也與子幸逢於洛陽道中又漢俠士劇孟之鄉於是兩心相契而縱談悲壯不平之事無奈高談未盡而夕陽已斜又將分手而別也○起字仲玄吳興人天寶中不第官考功郎中唐

江行望匡廬　廬山一名匡廬　前人

咫尺愁風雨匡廬不可登祇疑雲霧窟猶有六朝僧
周有匡谷先生結廬于此後成仙故名

出帶根霞從開一朶朝衣
色兔踏塵埃看雜花

蜀葵　陳標

眼前無奈蜀花何淺紫深
紅數百窠能共牡丹爭幾
許得人輕處和緣多

黃葵　薛能

嬌黃新綠欲題詩盡日含
毫有所思記得玉人初病
起道家妝束厭禳時

廬山在九江府最高江行千里內皆見之六朝吳晉宋齊梁陳也多有高僧止息于此起欲登山值風雨所阻而不能上舟中高望但見雲霧迷漫而已意此雲霧之中必多人宿恐六朝之高僧或有存焉者耳

答李瀞　韋應物

林中觀易罷溪上對鷗閒楚俗饒詞客
何人最往還　饒多也詞客才人也

瀞韋之友也仕楚而歸以詩贈韋韋答之以詩曰子問吾近狀乎惟林中讀周易池上對白鷗而已子自楚來楚中多才如屈原宋玉者今亦不乏子與何人往來酬侶而最爲得意者乎○韋應物京兆人仕至蘇州刺史中唐

杜鵑花　李白

蜀國曾聞子規聲宣城還
見杜鵑花一叫一迴腸一
斷三春三月憶三巴

木蘭　陸龜蒙

洞庭西望渺無津日日征
帆送遠人幾度木蘭船上
望不知元是此花身

櫻桃　王建

宮花不與外花同正月長

秋風引　劉禹錫

何處秋風至蕭蕭送雁羣朝來入庭樹
孤客最先聞

夢得客邸傷秋之詩也言秋風何來乎但見逐羣雁而南飛則知西北淒涼之風也朝來颯颯而吹庭樹人皆聞之惟孤客不寐方其中宵透簾幃而響林樹則吾已聞之久矣○禹錫字夢得中山人貞元進士仕至太子賓客中唐

秋夜寄丘員外　韋應物　見前

懷君屬秋夜散步咏涼天山空松子落
幽人應未眠　幽人高曠　幽隱之人

先一伴紅供御櫻桃看守
別直無鵶鵲入園中

又　陸龜蒙

佳人芳樹雜春溪花外烟
濛月漸低幾度豔歌清欲
絕流鶯驚起不成栖

又　前人

三月櫻桃乍熟時內人相
引着紅枝同頭索取黃金
彈遶樹藏身打雀兒

懷上爲而作也言秋夜懷故人不能卽
枕因散步吟咏于凉天夜月之下秋山
空寂松子飄落于滿徑想此夜景淒清
而我所懷之幽人當此時亦未眠也

秋日　耿湋

返照入閭巷憂來誰共語古道少人行
秋風動禾黍

山居寂寞之作也言夕陽返照于門巷
之中則此日已暮憂從中來不可解結
有誰相與共話而暫爲消釋哉匪惟無
人共語而夕陽古道之中且無行人焉
惟有西風蕭瑟吹動田間之禾黍而已
○耿湋河東人大歷中爲左拾遺盛唐

秋日湖上　薛瑩

小桃　鄭谷
和烟和雨遮敷水映竹映村逍㶚橋撩弄春風奈寒冷到頭贏得杏花嬌

槐花　翁承贊
雨中粧點望中黃勾引蟬聲送夕陽憶昔當年隨計吏馬蹄終是爲君忙

玉蕋花　李益
一樹籠鬆玉刻成飄廊點

落日五湖遊烟波處處愁浮沉千古事誰與問東流　蘇州太湖一名五湖又名震澤又名雷溪湖上懷古之作也言泛游于五湖之上日落而烟生風起而波動則遊人之愁緒興也況日落而此日已逝愁深而此歲將盡吳王越覇五湖千古之事已爲陳迹而不可問已付于東流之水矣又何言哉○瑩晚唐人

宮中題　文宗皇帝

輦路生秋草上林花滿枝憑高何限意無復侍臣知　輦路宮中御道也天子受制于權宦有感而作也無心游賞御駕久稀則輦路草生矣春草未除

地色輕輕女冠夜覓香來
處惟見階前秋月明

雙桂　陳陶

青冥結根易傾倒沃州山
中雙樹好琉璃宮殿無斧
聲在此連枝作秋老

冬青　趙嘏

碧樹如烟覆淺波清秋欲
盡客重過故園亦有如烟
樹鴻雁不來風雨多

秋草又生春花久落秋花又開而上林
之游宴亦久不臨賞矣此無限之關心
雖近侍之臣亦不得而知之矣○
帝諱恒憲宗之子在位十四年

尋隱者不遇　賈島

松下問童子言師採藥去只在此山中。
雲深不知處

訪友不遇自爲問答之辭也言我訪隱
者値其他出因步之松下而問其童子
焉童子言我師出門採藥問其何處言
只此山白雲深處而不知其所在也則
幽人高隱之意自在其中矣○賈島
字閬仙范陽人仕終長江尉晚唐

汾上驚秋　蘇頲 音梃

菊　元稹

秋叢繞舍是陶家遍繞籬邊日漸斜不是花中偏愛菊此花開盡更無花

十月菊　鄭谷

節去蜂愁蝶不知曉來還繞折花枝自緣今日人心別未必秋來一夜衰

水芙蓉　李嘉佑

水面芙蓉秋已衰繁條倒

北風吹白雲萬里渡河汾心緒逢搖落秋聲不可聞

許公奉使渡汾河而驚秋之作也汾上去東都未甚遠而言萬里者將有萬里之行也客方有萬里之行何堪北風蚤至雲物淒涼木葉飄搖秋聲悲壯則前途遙遠愈入寒涼之地長途之苦可勝惜哉○頲字廷碩相玄宗封許公初唐

蜀道後期　張說 音悅

客心爭日月來往預期程秋風不相待先至洛陽城

燕公與友自蜀而歸間道相期期同入東都公有事失期而此人先歸故贈以詩

是看花時平明露滴垂紅
臉似有朝愁暮落悲

水仙　杜甫

琢盡扶桑水作肌冷光氤
與雪相宜但從姑射皆仙
種莫道梁家是侍兒

木槿

風雨淒淒秋景繁可憐榮
落在朝昏未央宮裏三千
女但保紅顏莫保恩

也言為客之歸欲早雖先歸一日亦以
為快是以與子訂期攜手同入于洛不
意秋風趁子之便不待我而已先入洛
則我之後期可知也○張說字道濟洛
陽人相玄宗與蘇頲俱有文名掌
朝廷制誥著作人稱燕許大手筆

靜夜思　樂府題　李白　見前

牀前明月光疑是地上霜舉頭望明月。
低頭思故鄉

此見月思鄉之作也言將寢之時明月
入窗照我牀頭其白如霜而牀前安得
有霜舉頭而觀則明月正當空也因月
而疑霜因霜而思寒月冷霜寒則低頭
徘徊致動我
故鄉之思矣

早梅　戎昱

一樹寒梅白玉條迥臨村路傍溪橋不知近水花先發疑是經冬雪未消

梅　杜甫

莫將香色論梅花毛女而今已出家老幹瘦枝蒼幾許縱無花蕊也輸他

又　元誠妻

南枝向暖北枝寒一種春

秋浦歌 秋浦在池州青陽縣　前八

白髮三千丈離愁似箇長不知明鏡裏何處得秋霜

太白流寓池陽有感而作也言吾髮因愁而白若以長計之應有三千餘丈而離人之愁思又比白髮猶長也而吾初時覽鏡髮未白也不知日照日生日白日多如秋霜肅而草木黃落也然而明鏡之中安得有秋霜哉亦愁之所使也

贈喬侍郎 御　陳子昂

漢庭榮巧宦雲閣薄邊功可憐驄馬使白首為誰雄 漢桓典為御史有威名人稱為驄馬御史

風有兩般憑仗高樓莫吹
笛大家留取倚欄杆

又 薛濤

白玉堂前一樹梅今朝忽
見數花開兒家門戶重重
閉春色因何入得來

楊花 李白

樓上江頭坐不歸水晶宮
殿展霏微楊花細逐桃花
落黃鳥時兼白鳥飛

傷侍御以直道而不見用也漢朝廷猶本朝也巧宦不以正得官賄賂權要而遷職也雲閣猶言雲臺麟閣指邊疆武臣也力戰禦邊反不蒙賞公侯之位亦巧宦者居之是文武皆不以正也子爲御史自壯至老而不陞遷直言不用白首立朝一片雄心爲誰而效乎○陳子昂字伯玉蜀人官左拾遺初唐

答武陵太守 武陵今常德府 **王昌齡** 見前

仗劍行千里微軀敢一言曾爲大梁客不負信陵恩 梁信陵君魏無忌食客三千餘人

別田太守之作也昌齡客武陵將返金陵太守餞之答以詩也言吾仗劍爲千里之行感君之意臨別而以一言相酬可乎念我曾爲游客于大梁矣受信陵

柳　趙嘏
拂水烟斜一萬條幾隨春
色醉河橋不知別後誰攀
折猶自風流勝舞腰

柳絮　薛濤
二月楊花輕復微春風搖
蕩惹人衣他家本是無情
物一任南飛又北飛

楊柳　王維
華淸高樹出離宮南陌柔

君知遇之隆今雖他往敢負其恩哉
以大梁比武陵以信陵比太守也

行軍九日思長安故園　岑參
強欲登高去無人送酒來遙憐故園菊
陶公居柴桑九日太守王弘使白衣人送酒
應傍戰場開
從軍而思故園之作言身在軍中消息
難通當此佳節非無高山可遊秋色可
玩也其奈無人送酒而此興遂闌軍中
稍閒而長安擾亂君上播遷而吾鄉故
園之菊恐應踐踏爲戰場矣傷哉○參
肅宗時爲御史仕至嘉州刺史盛唐

婕好怨音接好宮妃名　皇甫冉
花枝出建章鳳管發昭陽借問承恩者

條帶晚風誰見輕陰是良夜瀑泉聲畔月明中

又　劉禹錫

輕盈嫋娜占年華舞榭粧樓處處遮春盡絮飛留不得隨風好去落誰家

又　花蕊夫人

早春楊柳引長條倚岸沿堤一面高稱與畫船牽錦纜暖風搓出綵絲絛

雙蛾幾許長 漢成帝班婕妤賢而無寵後人多咏之譜入樂府此擬古樂府題而寫婕妤之怨也昔婕妤靜處深宮不希恩寵見別宮如花之女奉詔而入建章宮又聞昭陽殿內已品鳳管鸞簫以宴之矣試問承恩之美女雙蛾之眉黛幾許之長則亦同吾一樣之蛾眉也何有異哉○冉晚唐詩人

題竹林寺 寺在廬山　朱放

歲月人間促烟霞此地多殷勤竹林寺

更得幾回過

言歲月易度幽賞難期此地烟霞名盛之區人跡罕到故吾於此慇懃眷戀而不忍去自此之後能有幾回再到也

○朱放襄州人為曹王參軍中唐

曲江春草　鄭谷

花落江堤簇暖烟雨餘草色遠相連香輪莫輾青青破留與遊人一醉眠

殘花　張祜

雪暗山橫日欲斜郵亭下馬看殘花自從身逐征西府每到花時不在家

落花　白居易

漠漠紛紛不奈何狂風急

三閭廟 廟在沅州　戴叔倫

沅湘流不盡屈子怨何深日暮秋風起蕭蕭楓樹林 楚大夫屈原掌邵屈景三家之族故稱三閭大夫弔屈原也屈屈原忠而見疑投江而死楚人哀之故爲立廟故詩意曰湘沅之江水滔滔不盡如屈子之怨一何深也我來弔之但見白日已暮秋風乍鳴楓葉蕭蕭飄紅滿徑不勝今昔之感也○叔倫字幼公潤州人仕客營經略使中唐

易水送別　駱賓王

此地別燕丹壯士髮衝冠昔時人已沒今日水猶寒 燕丹燕太子丹也壯士刺客荊軻也

雨兩相和晚來悵望君知
否枝上稀疎地上多

詩花　杜甫

黃四娘家花滿溪千朶萬
朶壓枝低留連戲蝶時時
舞自在嬌鶯恰恰啼

花前　八

東望少城花滿烟百尺高
樓更可憐誰能載酒開金
盞喚取佳人舞繡筵

昔燕之刺客荆軻之入秦也燕太子送之于易水之上荆軻按劒而歌曰風蕭蕭兮易水寒壯士一去兮不復還其慷慨激烈怒髮沖冠雖事不成爲秦所殺而悲歌壯氣千載猶生故賓王于此地別友感荆軻之事而咏之曰昔年荆軻曾于此地與燕太子別也慷慨悲歌其髮上沖直指于冠矣此人已沒此水至今猶寒其千秋英烈之氣猶可想見也

○賓王義烏人爲臨海丞作檄文討武后兵敗爲僧居靈隱寺中唐

別盧秦卿　司空曙

知有前期在難分此夜中無將故人酒
不及石尤風（石尤風打頭風也能阻行人之將發）

蓮葉　鄭谷

移舟水濺差差綠倚檻風
多柄柄香多謝浣紗人莫
折雨中留得蓋鴛鴦

小松　杜荀鶴

自小刺頭深草裏而今漸
覺出蓬蒿時人不識凌雲
木直到凌雲始道高

別友人而欲留不可得之詩也言與子爲別明知有後會之期無奈此時此夜之情何故人有酒思留之而不可得反不如石尤之風能阻行舟使我二人不得遠別亦無可奈何之詩也○司空曙廣平人官虞部郎中中唐

答人　太上隱者

偶來松樹下高枕石頭眠山中無歷日寒盡不知年

隱者居終南自稱太上隱者不知姓氏壽年人見而問焉問故答以詩言我偶來至此枕石而眠眠覺而仍歸山山中無有歲歷不知年月時節但見暑往寒來不憶其爲何年何月也其高致如此

百花詩引

日下顏希之先生諱宗孔近號且菴曾秘書內史也著有百花詩清新秀艷如對名花俊逸琳瑯如親仙吏真藝林國色翰苑天香也亟授之梓氏用公海內吟賞之助云避奎壁齋主人識

五言律

新鐫五言千家詩箋註卷下

瑯琊　王　相晉升　選註
莆陽　鄭　漢濯之　校梓

幸蜀回至劒門　玄宗皇帝

劒閣橫雲峻　鑾輿出狩回　翠屏千仞合　丹嶂五丁開　灌木縈旗轉　仙雲拂馬來　乘時方在德　嗟爾勒銘才

五丁古力士開山通蜀

帝因祿山之亂避兵入蜀太子德宗立尊號上皇明年祿山平德宗迎帝回鑾車駕次劍門顧侍臣曰劍門天險若此自古及今敗亡相繼豈非在德不在險

牡丹

國色原無儷王封獨擅場
爭春分眾卉領異殿三陽
笑倚華亭醉妍徵錦字香
殘英體萬綠未許接榮光

白牡丹

上苑羣芳歇名花獨挺奇
煖香凝粉蕚晴雪點瓊枝
潔艷真傾國清持不媚時
情春留待笑懸錦衛貞姿

耶因駐蹕題詩言劍閣之形兩峯如劍高峻入雲峯頂橫而爲閣予爲避亂而出狩于蜀今日回鑾也但見山之色青翠而形如屏列千峯萬疊合抱而來但有一綫之道可通石赤如丹其門如嶂非古五丁之巨力而開闢之則秦蜀之地何由而通也而千年叢灌之古木遮蔽旌旗展轉而或隱或見嶺上之行雲如飛仙冉冉拂馬或去或來劍門之險峻如此有國者不可恃險而忘治而須有德以臨之則固矣嗟爾諸臣平定禍亂遠來迎朕回鑾以安社稷其功勳才德足以勒鐘鼎而銘旂常也○玄宗諱隆基高宗孫睿宗子在位四十五年禪位後稱太上
皇帝七年

和晉陵陸丞相早春遊望 杜審言

黄牡丹

魏紫常經眼姚葩未覩奇
乍疑西子怨還認洛妃痴
日下金鈿綻風前翠袖宜
眾香無與匹臣伏謝芳時

紫牡丹

沉香亭北艷魏色獨邀恩
春後雄高致花中稱至尊
霞蒸清露潤風拂暗香溫
羣芳徒爭媚誰能同日論

獨有宦遊人偏驚物候新雲霞出海曙
梅柳渡江春淑氣催黃鳥晴光轉綠蘋
忽聞歌古調歸思欲沾巾 晉陵今常州

陸丞相有早春詩審言依意而和之也言宦游之人勞於民事不知光陰之速忽驚物候之新也晉陵地近東海雲霞映日而先出則見天之已曙江南地暖而花先發觀早梅之放柳色之青則知春色之同芳淑之氣催黃鳥之遷喬晴煖之光覺水蘋之欲綠睹春色之初回傷宦游之未已而思歸之泪迸欲沾巾也○杜審言字必簡官學士甫之祖初唐

蓬萊三殿侍宴奉勑咏終南山

雙頭牡丹

一花壓羣卉何得秀連枝
共訝非常瑞同根產異姿
留春雙口笑怨蝶兩心私
夜集冰盤照香肩並轡時

芍藥

香散翻堦艷春深挺異材
翠揚風裏袖紅透雨中腮
疊重花王亞題推韻府魁
幽姿殊迴俗始信廣陵胎

前　人

北斗挂城邊南山倚殿前雲標金闕迥
樹杪玉堂懸半嶺通佳氣中峯繞瑞烟
小臣持獻壽長此戴堯天

杪音眇末也

唐大明宮庭有紫宸蓬萊含元三殿終南山在長安城南京都之對山也審言因聖壽賜宴而奉勅咏終南之詩也言北斗挂帝城之北南山倚宮殿之前山中金闕嵯峨于雲霄之上而白玉堂又居山崖之巔雲樹之末山嶺之半接帝京之佳氣山峰之內繞仙家之瑞烟小臣欲頌聖人之德敬以南山比天子之壽常戴于堯天
舜日之下也

水仙

微步香生襪盈盈水上波
黃冠冰作骨翠袖玉裁羅
文石培清健仙根耐琢磨
朝來濡露見渾是泣湘娥

蘭花

移自山深處栽培几案幽
貞姿香有韻逸性品無儔
不媚時人眼忻從君子遊
任他狂浪蝶未許戀枝頭

春夜別友人　陳子昂

銀燭吐清烟金尊對綺筵離堂思琴瑟別路繞山川明月隱高樹長河沒曉天悠悠洛陽去此會在何年

子昂居蜀有入洛之行友人張筵以餞之臨別而贈主人以詩也言子之餞我子春夜也銀燭之光清烟繚繞金尊之舉綺席珍羅高堂之樂奏琴瑟以動離思去路迢遙有萬里山川之遠是以留戀通宵不忍分手明月西下隱敝于高樹天欲曉而銀河漸沒矣承子之餞後吾則悠悠道途向洛陽而去矣歸期難定不知再會于何年也

並蒂蘭

清品從無匹昰奇更足誇
同根生九畹一本挺雙花
氣合鍾春色芳聯毓露華
祥生徵草瑞偏兆吉人家

蕙草

楚草春初歛長春蕙際融
清甘娛眼白貞抱剖心紅
翠膩凝朝露芬流積遠風
隱居培數本幽寂苑山中

長甯公主東莊侍宴　李嶠

別業臨青甸鳴鑾降紫霄長筵鵷鷺集
仙管鳳凰調樹接南山近烟含北渚遙
承恩咸已醉戀賞未還鑣

鵷音冤鷺義同鑣音標鑾也

長甯公主中宗女有寵于帝特賜東莊中宗與后皆臨幸之故嶠以宰相得隨駕賜宴應帝之制而作此詩也別業東莊之別館也甸皇畿之近甸也在東郊故曰青甸天子之駕曰鑾紫霄猶天也言帝后鑾輿猶從天而降也鵷鷺之集于水班行成列以比羣臣侍宴如鵷鷺之集也仙管簫也簫能引鳳言音樂也南山終南北渚渭水也言雲樹接乎終南烟霞映乎渭水也百官承天恩賜宴

紅梅

玉質迎風醉丹脣笑蔫開
先春馳寵信點額媚宮顏
桃杏非同調松篁是一班
最憐疎影動紅袖月中攀

白梅

嫒破枝生玉東皇點綴新
飛香醒夢蝶抱媚惹吟人
月浸愈增潔烟籠不染塵
羅浮仙骨逈上苑獨魁春

皆已詔醉而天子悅戀山水之勝而鑾輿尚未遽還也○嶠字巨山趙人相武后中宗

初唐

恩賜麗正殿書院賜宴應制得林字　文宗以說爲書院使掌儒臣講讀事　張說　見上

東壁圖書府西園翰墨林誦詩聞國政
講易見天心位竊和羹重恩叨醉酒深
載歌春興曲情竭爲知音

書院既成上宴儒臣說以翰林掌院事應帝制而賦此詩得林字之韻也東壁二星主天下文人魏曹子建置西園以招文士說言書院之建上應東壁文章

綠萼梅

冰姿含碧玉春氣藹瓊枝
芳草初呈瑞孤標的擅奇
娟應供綠蟻珍惜比青芝
酥雨輕風際尤宜月上時

雪梅

梅嶺花初發天上雪未開
雪處疑花滿花邊似雪迴
因風入舞袖雜粉向粧臺
關河幾萬里春至不知來

乃圖書之府也聚天下之才子講究詩書如子建西園文人雅集誠翰墨之林也以言詩國風雅頌政事在焉以言易則兩儀四象天地之心見焉以言已職則居相而鬻調羹和鼎之重以言君恩則既醉以酒又飽以德而叨聖主之深恩以言應制則儒臣才子之多老臣之詩思頓竭勉强而賦此恐知音所誚也

送友人　李白

青山橫北郭白水遶東城此地一爲別
孤蓬萬里征浮雲遊子意落日故人情
揮手自茲去蕭蕭班馬鳴

太白送友之詩意曰送子出北郭則青山橫亙於前送子登舟則長河一水遶

杏花

綴續倚雲根數榮耀且新
五樓酣絳雪金勒驟朱塵
艷染霞成樹風裁錦作茵
春遊憑問酒珍重惜花神

又

不學梅欺雪輕紅照碧池
小桃新謝後雙燕乍來時
香挹登龍客烟籠醉蝶知
臨時須貌取因爾易離支

城而東去矣從此與子一別而孤蓬泛泛萬里長征遊子之意如浮雲之無定而故人之情則如落日之西沉望之而不能見也子之馬從舟而去吾之馬入城而回二馬蕭蕭長鳴若有離羣之感非惟人不忍別馬亦不忍離也

送友人入蜀　前人

見說蠶叢路崎嶇不易行山從人面起
雲傍馬頭生芳樹籠秦棧春流遶蜀城
升沉應已定不必問君平

蠶叢帝嚳之後始封于蜀者也秦棧即漢中府入蜀之棧道也君平蜀人嚴遵漢成都賣卜者也太白送友入蜀詩意曰西蜀古蠶叢之國崎嶇險阻人不易

桃花

丹霞疑洞樹午炤欲然隄
奪盡青陽麗能教翠羽迷
折枝紅勸酒飛片錦成蹊
日引漁郎問仙源許寄栖

李花

春纔攢枝玉香含細細花
清標持朴素高潔厭繁華
承月疑霜捕翻風似雪斜
莫教輕採折結實欲浮瓜

行也路窄而徑曲山當人面壁陡而立山氣障而多雲如烟如霧從人馬首而忽生忽滅棧道羊腸九折而樹木參差籠映中有深泉從高而下南流入蜀而遶其城郭吾聞成都皆有賢者嚴君平賣卜今或亦有高人隱此然子之遷於蜀也升沉是皆有命存焉

雖有善卜亦不必問也

次北固山下　在鎮江府北　王灣

客路青山外行舟綠水前潮平兩岸闊
風正一帆懸海日生殘夜江春入舊年
鄉書何處達歸雁洛陽邊

言舟行江邊經于北固山下因作詩曰江行客路過于青山之下江舟之行則

絳桃花

灼質春無價東風借有光
根從和露種艷色冠時芳
綠壓新枝軟紅翻麗日長
遊蜂多得意貪採結花房

玉蘭

寶樹同縣壁榮時半過春
逼人冰魄爽對酒雪香新
潔可佯西子清宜比太眞
坐來風條動搖漾益增神

於綠水之前春水未至潮水平流兩岸之地多闊西風正而舟帆高掛以催順流而東天未明而放舟夜已殘而日出地近海隅日生最早也時值新正而立春則在去歲之末是春色之早也則吾離家已遠鄉書將何所達乎惟俟歸鴻之便傳之于洛陽而已○王灣洛陽人仕止滎陽簿盛唐

蘇氏別業　祖詠

別業居幽處到來生隱心南山當戶牖
澧水映園林竹覆經冬雪庭昏未夕陰
寥寥人境外閒坐聽春禽

詠于友人蘇氏別館而作此詩言子之園林靜雅可謂幽居矣吾來此處見山

繡球花

翠翹叢碎玉　似捧水晶盤
淸白凌春色　團圓聚曉寒
芳魂凝雪魄　素袂擁瑤闌
酒醉猶堪嚼　東風愼莫殘

紫荆花

爭羨田家種　千秋有義花
能教離復合　故得萋重華
服事傳來久　羣英莫浪誇
欲敦和翕夢　宜樹晚春霞

水之佳勝高士之淸曠令人生棲隱之心焉終南之山則當於門牖灃水之流則遠映園林經冬至雪尚留於竹稍花木掩映蔽日之光未深於夕而重陰密覆幽寂之境人聲不聞但聽春鳥之鳴而已其瀟灑得意之情自見於言外也

○祖詠范陽人官至駕部員外郞盛唐

春宿左省　杜甫

花隱掖垣暮　啾啾棲鳥過　星臨萬戶動
月傍九霄多　不寢聽金鑰　因風想玉珂
明朝有封事　數問夜如何

子美爲左拾遺時值宿夜故止于門下左省掖垣宮門左右掖之牆卽省中也

瑞香花

院靜春生瑞迎風送日長
花新紅傳粉枝瘦綠攢香
蘭閣多憐媚丰姿欲借光
簪來鵶鬢上蜂蝶逐人忙

紫木筆

昔日生江夢應疑卽此花
擣雲揮畫錦拂漢點春霞
裝穎揺丰韻青陽展麗華
使能濡翰墨兔管未須誇

言宮花隱於掖垣昏夜而不得見但見投枝之鳥啾啾而覓宿也星斗燦然欲動照臨于萬戶皓月當天而光明于九霄宮門欲啟必有鎖鑰傳呼之聲侍臣于五更而起聽之最早也朝馬既動則宮外必有鳴珂之響故因風動而思朝臣之將至也封事封章也因天明而欲上朝奏事故不暇而數問侍者夜之明否也○杜甫京兆杜陵人仕至工部員外郎盛唐

題玄武禪師屋壁　前人

何年顧虎頭滿壁畫滄洲赤日石林氣
青天江海流錫飛常近鶴杯度不驚鷗
似得廬山路眞隨惠遠遊

迎春柳

坐久清芬襲看來未識名
柔濃如翠剪花細宛金成
問道迎春柳如何及夏榮
想憐炎令寂獨挺著芳聲

鐵梗海棠

蒼條經百煉香發擬塗丹
爭羨英華麗誰云淑氣殘
天紅熏蝶醉濃翠逼人寒
遙度風前異推敲囑筆難

此子美題畫壁之詩也顧愷之字虎頭晉人善畫梁僧寶誌與白鶴道人皆欲居潛山武帝以二人皆有靈通令各以物誌其地道人則放鶴誌公則揮錫杖並飛入雲中此鶴至山則錫杖已先飛至卓立於山矣帝各以所止之處而築居焉昔有高僧乘木杯渡海而來因名杯渡禪師○子美言禪師二壁圖畫已久非名手不能畫此滄洲之景疑是虎頭之筆也但見日生于海其光映于林石之間浩浩然江海之波渺接于青天之際禪錫之飛時近乎白鶴木杯之渡不驚夫水鷗而吾之得入于此寺也如游乎廬山之路常隨晉高僧惠遠之游蓋以遠公比禪師以陶公自況也

終南山　王維 見前

垂絲海棠

柔絲懸灼質天嬌暢春同
蝶淚支無力蜂痴托有媒
催詩嬌欲濕佐酒笑頻開
真足凌蠶艷于今得異材

毛葉海棠

細蕊輕紅點修枝葉護毛
晴風醒午睡永日醉春醪
莫作牆頭杏堪同洞裏桃
含香愁俗眼惟喜結詩豪

太乙近天都連山到海隅白雲迴望合
青靄入看無分野中峰變陰晴衆壑殊
欲投人處宿隔水問樵夫

太乙終南山之別名爲洞天之最故曰天都其山連亘數千里至於大海之隅中峰之北爲秦爲雍州井鬼之分其南爲蜀爲梁州荊州翼軫之分故曰分野摩詰言終南之廣大深遠如此忽而白雲迷漫望之如合忽而青葱翠靄近之則無分野之廣連跨於二州陰晴之變不同於萬壑山深曠野一望無際向晚欲止宿于人家則不知其處隔水詢問於樵夫始知村舍之地也

寄左省杜拾遺　岑參　見前

西扶海棠

春老花長醉仙株木自知
靈根砂正點上苑綠初香
麗色輝丹旭晴香絢紫泥
只容栖傲吏幽勝武陵溪

薔薇

煖日屏開錦嬌紅彩染盈
淡香風遞暗嫩綠雨流清
玉刺欺蜂翅金甆洽酒醒
正吟春不再窗外語愁鶯

聯步趨丹陛分曹限紫微曉隨天仗入
暮惹御香歸白髮悲花落青雲羨鳥飛
聖朝無闕事自覺諫書稀

岑爲右補闕居尚書右省子美爲拾遺居門下左省同居禁中故贈之以詩言與子同趨於丹陛之間分左右省而居間於中書省之東西中書省稱紫微省故曰限紫微天子臨朝則補闕拾遺同入而侍於其側向晚退朝則身沾御香而歸省人老而白髮生花落而青春去故動暮年之悲士貴如入青雲官達快於飛鳥故動遲暮之羨也身爲補闕之官時值盛明朝政無闕可補無事可諫故諫職常閒而無書可上也

○岑參河內人仕終刺史

野薔薇

綽約叢天棘尤憐繞路旁
玉容甘寂寞翠袖自飄揚
谷草宜爲伍山梅且遜香
至今稱野色深爲惜遺芳

玫瑰花

小院初呈艷高林綠暗時
纖芒渾似棘嫩蕚宛塗脂
醉態隨蜂戀甜香引蝶痴
一枝生色夥何事滿頭施

登總持閣　前人

高閣逼諸天登臨近日邊晴開萬井樹
愁看五陵烟檻外低秦嶺窗中小渭川
早知清淨理常願奉金仙

閣在終南山之半岑參登而賛之也言逼近于諸天之佛界登臨而上覺紅日之近也方天霽晴明則長安萬井之樹無不在吾目中而下看五陵而烟樹迷漫丘墓縈遶則動人之愁思也秦嶺在長安之東俯檻而觀則秦嶺在其下渭川遶長安之北由窗窺之則小言身在高閣心悟清淨之理願奉金仙爲師也

登兗州城樓　杜甫

荼蘼花
靜窗陪韻友丹佩襯衫黃
艷拔芳春暮清含碧露涼
幽香風度遠密蔓架浮蒼
花事憐將了休遲秉燭忙

茶花
春工回艷冶老圃尚鋪金
香散淡中味清銷塵裏襟
憐人無賞識喜蝶是知音
密結遊蜂使紛紛處處尋

東郡趨庭日南樓縱目初浮雲連海岱
平野入青徐孤嶂秦碑在荒城魯殿餘
從來多古意臨眺獨躊躇

兗州古稱東郡子美父閒曾爲兗州司馬子美時省父故曰趨庭兗州有南樓甫登而縱目焉兗州有秦岱之山近于東海浮雲時起境接于青徐之地平野沃壤嶧山之上有秦皇之碑高聳于山猶孤嶂焉漢宗室魯恭王有靈光殿今已無存但有宮城荒地而已兗州名郡古跡猶多登樓臨眺不勝躊躇之感也

杜少府之任蜀州　王勃

城闕輔三秦風烟望五津與君離別意

柳花

斷岸濃陰曉因風雪舞晴
晶魂飄散亂玉質慣輕盈
沾酒浮光白窺簾撲面清
自憐春欲盡絆惹不勝情

木香

新碧盤如蓋全英點自空
鳥吟枝落外人坐翠微中
香落盃浮露清搖架引風
欲攀高未得倩蝶護深紅

同是宦遊人海內存知己天涯若比鄰
無爲在歧路兒女共沾巾

子安送友仕蜀詩也三秦西京之地五津西蜀之地言西蜀爲秦中之藩輔而風烟萬里望五津之遠而難至也今日分手君自南而我自北與子同是離鄉作宦之人雖山川間阻而同在四海之內但知己之心常存則天涯之遠若比鄰而居也何必于臨歧別路效兒女子之悲涕泪沾濡巾帕耶○王勃字子安龍門人高宗時爲朝散郎沛王修撰初唐

送崔融　杜審言 見前

君王行出將書記遠從征祖帳連河闕

虞美人

聞道英雄偶生輕血點葩
欲昭前世烈故令後人誇
雨滴分離泪天留節義花
塚寒精不朽霸業反成嗟

木林檎花

一露一朝新簾櫳曉景分
艷和蜂蝶動香帶管絃聞
笑擬風無力粧濃酒漸醺
直疑風雨夜飛去替行雲

軍麾動洛城旌旗朝朔氣笳吹夜邊聲
坐覺烟塵掃秋風古北平

崔為節度使掌書記之官將送主將出征而杜贈之以詩也言君方命將出師君為書記之官而遠從征于幕府也出郊送行者為祖道之餞祖帳張筵而列帳也言朝臣送餞之多自宮闕之外而連續于河洛三軍之衆旗麾之盛震動于洛城時帝居東都故言洛陽城也三軍軍行朔北朝迎北邊之朔氣夜則三吹笳以警衛皆邊城之音也書記但安坐軍中不須用武而大將自能掃靜烟塵而北地秋風寒凉之早是以不免懷君于萬里之外也

扈從登封途中作　宋之問

金鳳花
文彩翩翩勢熏風倚檻斜
朱明開豔景瑞日麗英華
浮白盃堪醉塗紅指足誇
獨防思振羽飛向五雲賒

鶯粟花
艷容推別致種種炫枝頭
傳說鶯爲粟難防蝶暗偷
臨風爭獻笑帶雨復含羞
祇恐歸韶景遊踪日日留

帳殿鬱崔嵬仙遊寔壯哉曉雲連幕捲
嵩山在登封縣高宗祀嵩山延清扈從車駕既祀而獻詩以頌也天子之行則以錦帳圍繞如宮殿然故曰帳殿言錦帷登于崔嵬之山則天子不亞神仙遊于五雲之中何其壯觀也曉雲之出連接于帷幕
夜火雜星回谷暗千旗出山鳴萬乘來
夜燭之光雜明星之燦皆言高也出谷之轉薇暗而不見人行但見千旗萬旌高出于雲中昔漢武帝登嵩山山有聲而鳴如呼萬歲者三萬乘即天子之駕言今高宗亦若有臣而迎萬乘也而小臣扈從聖主宸遊應宜獻賦以彰君德但學識淺陋愧無掞天之才
扈遊良可賦終乏掞天才
掞音擔拂也猶動天顏也

洛陽錦

莘莘仙草茸艷發錦成叢
綽約金蕊玉輕盈彩間紅
花繁偏耐暑枝弱且宜風
若問青陽勝爭趨紫陌中

淑氣花

肥綠垂青蔭薰風閒絲枝
艷堆雲五色秀占夏三時
亦可供詩趣尤宜結酒知
採來圍簇錦懸賞詡新奇

以獻耳自謙之辭也○宋之問字延清仕高宗武后中宗爲學士初唐

題義公禪房　孟浩然見前

義公習禪寂結宇依空林戶外一峯秀堦前衆壑深夕陽連雨足空翠落庭陰看取蓮花淨方知不染心

義公唐高僧孟公贈以詩曰公安禪寂靜之處結舍空林之下戶外孤峯聳翠堦前壑水深淸雨足而夕陽晚出庭陰而空翠時侵公之居可謂幽寂公之心可謂澄靜如青蓮之一塵不染也

醉後贈張九旭　高適

榴花

中天飛赤日火樹恰滋榮
每爲紅裙艷常教白眼明
盃問甜綠釀枝上醉黃鶯
若與春芳較羣英自避名

白石榴

素知原賽火此獨皓如銀
作雪時當夏疑梅月過春
總緣來海國故爾出風塵
抱朴持清白凌炎不媚人

世上漫相識此翁殊不然興來書自聖
醉後語尤顛白髮老閒事青雲在目前
床頭一壺酒能更幾回眠

張旭行第九飲中八仙之一工書法人謂之草聖好飲而不輟又謂之張顛玄宗時爲書學博士達夫與之飲醉後而贈以詩也言世人輕務結交而漫相識公則寡交惟知工書好飲而已當酒興來時揮毫染翰如雲烟變幻愈出愈奇人稱草書之聖既醉之後醉飲豪放語無倫次猶極顛狂白髮而不求聞達惟閒居自樂爲事近則天子詔爲書學博士日侍龍顏以代宸翰無暇高臥而狂飲矣公常好飲床頭置酒醒則飲而又眠覺則又飲而復臥今則置身於天子

梔子花

展秀當暈吹貞姿雪讓新
獨持枝上潔不染世間塵
比玉應無價評香未有倫
幾株籬落下蜂蝶往來頻

蓮花

品節同君子風流比六郎
露凝初出浴日映別成妝
雪檻詩添爽冰壺酒更香
波喧蘭槳急爭採水雲鄉

之側恐不能自遂其豪飲之興矣○高適字達夫滄州人歷官至考功郎散騎常侍封勃海侯盛唐

玉臺觀　前人

浩刹滕王造平臺訪古遊綵雲簫史駐
文字魯恭留宮闕通羣帝乾坤到十洲
人傳有笙鶴時過北山頭

高祖子滕王元嬰爲閬州刺史所建故詩多用王子故事道家謂宮觀皆基爲浩刹言此觀爲滕王所造觀有玉臺也猶梁孝王之平臺也臺上有彩雲疑是穆公女弄玉之壻蕭史駐於雲間碑上有文字滕王所遺猶魯恭王已逝而靈

白蓮花

艷皎亭亭玉滑鋪鏡奩晨
冰姿涵露液晶皚漾波光
原是瑤臺種分來水國香
瓊肌仙子化休覷作紅妝

並蒂蓮

種異花開異淩波蒂並紅
瑞生連理合秀結兩心同
吸月雙承露飛杳共舞風
齊芳相繼眷攜手水雲中

光殿中文字猶存也宮闕則通于諸天之羣帝圖畫則集十洲三島之神仙淸夜之時聞有笙聲鶴唳時過北山疑王子晉緱山之音也

觀李固言司馬題山水圖　前人

方丈渾連水天台總映雲人間長見畫
老去恨空聞范蠡舟偏小王喬鶴不羣
此生隨萬物何處出塵氛 氛音分

李固言相德宗在代宗時曾爲司馬有山水圖卷所畫皆名山仙跡李有詩題其後故子美亦和而題之也言瀛洲方丈在大海之中天台縹渺于雲霞之外吾于人間長見此畫也翛然不同於凡畫則圖畫之極工也惜吾老矣不能遊

同心芙蓉

灼灼荷花艷亭亭出水中
一莖孤引線雙影共分紅
色奪歌人臉香繁舞袂風
名蓮自可念況復兩心同

萱花

堂上朝生爽忘憂草正妍
露華浮翠黛秋色點金鈿
秀挺徵慈德操清擬大年
想來人子意尤喜并椿萱

見湖山之勝如范蠡泛舟王喬跨鶴但吾此生隨萬物之浮沉安能瀟洒出于風塵之外哉

旅夜書懷　前人

細草微風岸危檣獨夜舟星隨平野闊
月湧大江流名豈文章著官因老病休
飄飄何所似天地一沙鷗

子美罷官棲泊舟中夜月有懷而作也言春江兩岸草細風微適吾孤舟夜泊於此但見兩岸空闊一望無際惟有明星照映野曠天低若依于地少間月出於大江之上如隨江潮而起影逐波流而動也因思寄浮名於世豈爲文章而

夜合花

葉對條孤聳香飛秀滿庭
朝開暮擬艷夕斂固藏馨
[illegible]香招閑蝶清宵惹亂螢
芳聲動窈窕親灌抱銀瓶

凌霄花

秀奪凌霄譽依憑古木縈
蒼藤盤曲屈碧葉蔭青清
暑氣鎔金色炎光煉灼英
排空思捧日從此進花卿

著竊微祿于朝今因老病而休矣此身漂泊何似如沙鷗泛泛于天地之間也

登岳陽樓　前人

昔聞洞庭水今上岳陽樓吳楚東南坼
乾坤日夜浮親朋無一字老病有孤舟
戎馬關山北憑軒涕泗流　坼音策境界也

子美言我昔聞洞庭之廣惜未之見今且得上此樓而洞庭畢見矣其地東至於吳南盡於楚若此其巨其水上接於天下連於地日夜俱浮矣因思孤旅於此並無一字之知交老病休放惟有孤舟之漂泊而北方擾攘戎馬紛紜家信不通關山難越但依軒北望長歎而流涕泪而已

玉簪

誰種藍田玉含輝宛似簪
無瑕溫且潤待價韞宜深
涼月寒冰魄秋風舞翠襟
寄言憐惜者休使碎堦陰

金錢花

青蚨枝上集化育運奇功
鼓鑄無需火蹉磨止藉風
十千難買酒百萬莫扶窮
若使通流得爭培石樹紅

江南旅情　祖詠

楚山不可極歸路但蕭條海色晴看雨
江聲夜聽潮劍留南斗近書寄北風遙
爲報空潭橘無媒寄洛橋 媒猶寄書人也

詠旅寓於吳思鄉而作也楚山盡於丹陽過此則吳地今已近東海則歸路太遠而蕭條東海日出霞色鮮晴則知雨之將至吳江騰湧而澎湃則知夜潮之方來書劍飄零時近于南斗之下家音迢遙如北風吹雁侶能南來而不能北往也吳潭之橘方熟惜道遠無人以寄洛陽也○祖詠洛陽人駕部員外盛唐

宿龍興寺　綦毋潛 綦毋復姓

龍爪花

靈物曾遺爪秋來赤挺妍
託根雖自地有勢欲騰天
壯氣偏宜雨潛神不在淵
夜深含露見恍似抱珠眠

葵花

正氣鍾枝幹葵忱向日鮮
金莖朝吐秀璞抱晚含妍
一點孤貞逈千秋雅操堅
試看微草木人可不乾乾

香刹夜忘歸松清古殿扉燈明方丈室
珠繫比丘衣白日傳心淨青蓮喻法微
天花落不盡處處鳥銜飛

刹寺前旛竿也後因名寺曰刹禪室曰方丈僧一名比丘佛以牟尼珠繫比丘之衣維摩詰説法天女散花皆出釋典綦母潛春游而假宿于龍興寺因作詩曰春游於香刹夜宿而忘歸庭前之松清風肅肅於古殿禪扉之外禪燈炯炯則於方丈之中諸僧夜課尼珠繫于法衣之間禪心之淨朗於白日妙法之微潔於青蓮禪機之精微果如是宜乎天女散花諸佛之前落之不盡者則山鳥銜之而飛去也○綦音基綦母潛字季進荆南人官著作郎盛唐

羣芳譜竹譜引此詩作竹徑

雞冠

雄立空堦靜昂然勢欲鳴
霞蒸冠炫紫風拂羽搖輕
若覺爭持狀無聞報曉聲
獨疑羣喔喔似有戀留情

海棠

一番疎雨過娟上海棠枝
新蕊紅嬌滴柔條翠淺垂
恐教秋冷落因是日追隨
珍惜移燈看涼飈且莫吹

破山寺後禪院　常建

清晨入古寺初日照高林曲徑通幽處
禪房花木深山光悅鳥性潭影空人心
萬籟此俱寂惟聞鐘磬音

寺僧有創爲别室者曰禪院言方早而日初出照于高林之上但見石徑斜曲而通于幽隱之處禪房之外花木叢深清香可挹山光宕蕩羣鳥悅而栖鳴潭影澄清人心樂而空寂一塵不染萬籟無聲惟聞鐘磬之音徐度于林樹之外也○常建開元中進士爲盱眙尉盛唐

題松汀驛　驛在東吳　張祜

木槿花

涼飈嚴肅殺　木槿獨標紅
別致風前逞　疎林望裏融
戀留惟禁鳥　賞識荷山公
從此經題品　芳名奕世隆

桂花

金英攢老翠　歲久已摩空
氣爽惟資露　香流不藉風
種從天上得　花豈世間同
惟囑吳剛斧　休殘獨秀叢

山色遠含空　蒼茫澤國東　海明先見日
江白迥聞風　鳥道高原去　人烟小徑通
那知舊遺逸　不在五湖中

此過吳訪友不遇題詩于驛壁也言山色之遠接于碧天東南多水而卑下故日澤國東南近海日出最早江水作浪而泛白波但聞風聲之迅急鳥飛翔于高原人烟達通于小徑吳有震澤是名五湖我來訪者舊隱逸之士誰知已避地莫知其鄉而不在五湖中矣○張祜南陽人處士喬居丹陽中唐

聖泉寺在杭州城南鳳凰山　　釋處默

路自中峯上　盤回出薜蘿　到江吳地盡

丹桂

異種同霞赤秋中艷始噴粟金塵蓋脫扉玉品當尊濤可娛詩眼香能醒醉人縱教羣卉競莫勝廣寒根

白菊

霜數離下幹貞骨傲偏閑潔艷明于雪幽香且過梅秋金殘眾木冷玉挺孤材不比黃花瘦時人莫漫猜

隔岸越山多古木叢青藹遙天浸白波

下方城郭近鐘磬雜笙歌

處默越僧遊杭至聖泉寺而咏詩言自鳳凰山之中峯而上其徑盤迴紆曲繞出于蘿薜而始至也寺勢而東沈于江則吳之地盡矣江東岸則為會稽越地但見隔岸羣山之遠疊也古木參差青葱藹翠遙天江水白波一色俯首而視則城郭環繞居市羅列禪林鐘磬湖上笙歌無不聞也○晚唐

野望　王績

東皋薄暮望徙倚欲何依樹樹皆秋色

山山惟落暉牧人驅犢返獵馬帶禽歸

又

所向雪霜姿非關落帽期
香飄風外別影到月中移
發在林凋後繁當露冷時
人間稀有此自古乃無詩

紫菊

彭澤分佳種盈枝紫氣旋
凝脂非本質清操喜林泉
霜壓香逾爽霞侵夢倍妍
儘堪娛冷眼僧隱結忘年

相顧無相識長歌懷采薇

無功因隋亂而隱東皐聞唐興有感而作也薄暮言隋祚已盡倚徙何依言無貞主可依也樹樹秋色比隋末羣雄割據皆不以仁如秋天肅殺之氣而無陽春之煖也山山落暉言羣盜終不久而敗亡也牧人二句指唐之將興四征而天下咸服奏凱而歸馬帶禽歸言受命成功擒諸降王而入唐也後二句自寫欲仕唐而無知識引進之士但長歌咏嘯有懷夷齊之采薇爲西山之隱也其意謂士無人君之求宰相之舉進不以禮不如隱之爲愈也○王績一名勣文中子通之侄隋官正字避亂隱東皐號東皐子又稱斗酒學士初唐

送別崔著作征東 見前 陳子昂 見前

黄菊

商飈催冷艷簇簇遍黄金
差入豪華眼交投隱逸心
青霜堅挺挺玉露壯森森
三徑誰云寂東籬趣頗深

臘菊

天妍培數種婀婀綴柔枝
玉案充幽作紅爐壯令姿
霜嚴容未減風緊氣偏宜
莫遡盆中景冬深獨炫奇

金天方肅殺白露始專征王師非樂戰之子慎佳兵海氣侵南部邊風掃北平莫賣盧龍塞歸邀麟閣名

郎杜審言所送之地也○崔以儒臣爲東征書記參預軍事子昂贈詩以規之也言白露後霜降而秋金肅殺王者始命大將專征不服蓋王者之師非欲於戰鬬本欲安靜邊疆不以殺戮爲武也子與主將參其軍務慎勿以佳兵爲功佳兵者好殺也老子曰佳兵者不祥是也南部近邊地敵居北海北平通言地之邊界言子之用兵當如海氣邊風威令之肅自不難服南部之戎掃北平之亂末二句深戒之辭盧龍即北平邊塞甚言切莫或受金縱敵或獻帛求和畫地以界戎戮民以充俘奏

蘆花

江上西風冷洲邊荻抱寒
蕭森秋瑟瑟飛舞雪漫漫
鷺隱真難識鷗眠未易看
獨持清白質終日侶嚴灘

蓼花

夾岸風翻錦江天爛熳秋
晴輝翻碧浪晚照徹滄洲
艷惹遊鱗醉繁徵野鶩投
不希誰顧盼躭寂伴漁舟

功于朝冐膺封爵自以爲麟閣功臣子能無慚愧也

攜妓納涼晚際遇雨　杜甫

落日放船好輕風生浪遲竹深留客處
荷淨納涼時公子調冰水佳人雪藕絲
片雲頭上黑應是雨催詩

工部行樂之詩也言五月舟中之樂宜停舟避暑日將落則宜放舟風輕浪細徐徐而行也至於竹深林密可以留客荷香人淨可以納涼公子自調水水以飲客佳人親削藕絲以侑觴謂藕方初生削之細碎如雪也可謂樂矣而片雲忽覆于上漸黑而欲雨矣想爲催吾輩之詩而來乎

芙蓉

冷艷西風重亭亭兩岸稠
波分花上色露滴葉間秋
變幻含天趣妖嬈付水流
莫禁幽恨抱落落晚江頭

紫薇

霞布金天錦秋暘暴更丹
高枝翹獨挺茂苑已云殘
須體綸扉重休將草莽看
跡當移禁省清夜伴朝端

其二　前人

雨來沾席上風急打船頭越女紅裙濕
燕姬翠黛愁纜侵堤柳繫幔卷浪花浮
歸路翻蕭颯陂塘五月秋

此詩承前章之意言雨之斜來沾濡於席上風之迅急浪打于船頭越女燕姬言舟中妓女南北不一雨既久客衣皆淋漓越女慣坐舟船故紅裙雖濕而自若燕姬不諳水性見舟之搖震恐其顛覆而眉黛常愁也纜則繫于堤柳而舟搖席動浪則浮於帳幔而水卷風飄及至雨歇而歸人皆蕭颯而無興陂塘水鄉風浸夜涼衣濕人倦盛夏五月儼如深秋矣

茉莉

娟質珍閨閣艱培植院廊

玉英施翠葉清風襲羅裳

靜對能忘暑將來可貯囊

酬餘攜就寢枕畔惹情長

茉莉

金氣攢柔幹晴霞匝徑盤

香脂凝細萼翠帶繞雕闌

不使秋容寂尤宜翠眼看

應翻萬花譜載入佐吟壇

宿雲門寺閣 在紹興雲曲山 孫逖 見前

香閣東山下　烟花象外幽　懸燈千嶂夕
卷幔五湖秋　畫壁餘鴻雁　紗窗宿斗牛
更疑天路近　夢與白雲遊

逖燕人而南遊於越登雲門寺閣而作也言閣在東山之下烟雲繚繞花氣芬芳夜而懸燈則千嶂羣山皆暝晝而卷幔則五湖秋色相侵昨日觀畫壁半已漶漫猶餘鴻雁可觀夜宿山房則極其高峻唯見斗牛在空恍疑地勢之高與天相近故魂夢之中悠悠蕩蕩常在白雲之上也

秋登宣城謝朓北樓 李白 見前

梨花

一株淸晝冷抱潔笑羣紅
縞袂臨風媚冰貧帶雨融
閒門香寂寞照院玉玲瓏
白燕頻來語聲聲勸酒濃

山茶

至寶珠騰焰光生傲冷花
好霜嬌傅粉帶雨暽流霞
翠壓千林縞紅標一捻華
爭誇雪中火何不向貧家

江城如畫裏山曉望晴空兩水夾明鏡
雙橋落彩虹人烟寒橘柚秋色老梧桐
誰念北樓上臨風懷謝公

昔齊謝眺曾爲宣城内史有樓存焉故太白登樓而作詩言江外之城方秋而景色淒淸恍如圖畫高樓之下有宛溪句溪二水分遶郡城各有一橋言二水環流如明鏡之相映雙橋對起如長虹之對懸也人烟村落多栽橘柚秋深而寒則遍地皆香梧桐已飄零殆盡則知秋色已老誰人有興登此北樓之上臨風而有懷往昔之謝公也哉

臨洞庭　孟浩然見前

雪梅

六出旋寒吹衝寒五出開
潔雖勝玉質香不讓冰胎
和靖詩添興袁安夢未回
擁紅酣綠釀嚼素品花魁

臘梅

抱有凌寒質風霜歷歲深
色佳金作瓣香異蜜爲心
不欲趨韶景偏甘伴寂林
堪共阿筆隊爭勝灞橋尋

八月湖水平涵虛混太清氣蒸雲夢澤
波撼岳陽城欲濟無舟楫端居恥聖明
坐觀垂釣者徒有羨魚情

浩然南游洞庭有感而作言秋深洞庭水落潮平澄清蕩漾而天光雲影上下相映也雲澤夢澤二水名在楚二水常合爲一故曰雲夢言洞庭之氣鬱蒸而爲雲夢也洞庭之波直抵岳陽城下故云波撼撼搖也前四句寓言國家承平文德武功被乎四海後四句言己之不遇也言欲濟大川苦無舟楫寓汲引無人也欲端居而隱則有聖明在上而不任是邦有道貧且賤焉恥也因坐觀湖上之釣叟徒羨其得魚之多而己無與焉古人云臨淵羨魚不如退而結網謙

竹

亭亭如玉立清影護窗幽
珊珮雖宜夏良騷更可秋
紀情刋逸韻醫俗豁塵眸
十个休嫌少兒孫日見稠

柳

陶門曾種五爭勝又隋堤
話別攀枝贈勻肩比葉齊
春深翻白雪夏茂隱黃鸝
尤喜桃花放常聽繫馬嘶

言已之學未足故人不知而空羨他人之遇也

過香積寺 在長安南子午谷中 **王維** 見前

不知香積寺數里入雲峯古木無人徑深山何處鐘泉聲咽危石日色冷青松薄暮空潭曲安禪制毒龍

摩詰過寺游行登雲峯而作言初不知此寺之幽淨徑行不數里而入于雲峯之下但見古木參天人跡罕到鐘聲隱隱不知何處飄來流泉之響咽于危石日色之冷徹於青松時將薄暮聊於水潭一曲之近學高僧安禪靜坐而憩息焉以制毒龍之擾也毒龍比諸慾之害身故宜制之方可入道

桐

一葉落封重三時瑣綠深
席陰忘暑氣聽雨淌清音
枝嫋如龍舞花森待鳳吟
舉杯濃色浸香翠足開襟

椿

壯樹春無極森榮歷歲年
本根探地脈枝葉拂雲天
雨露滋培久烟霞覆育堅
每當稱祝比不復數彭籛

送鄭侍御謫閩中　高適

謫去君無恨閩中我舊過大都秋雁少
只是夜猿多東路雲山合南天瘴癘和
自當逢雨露行矣慎風波

唐時謫降之官多仕閩廣侍御謫嶺南也達夫送之以詩曰君之謫也君無恨焉此地我亦嘗居之矣大都秋雁不過嶺閩中則少雁但聞秋猿多悲嘯於嶺頭山浙而東入於閩則雲山高峻而違合廣之東西則多瘴癘閩之南風和而無瘴氣子之直道謫官聖朝雨露之恩不久召子還朝當勉力而行慎此風波之險也

蕉

未展同詩卷開來比翠牋
影分窗上綠清助筆頭妍
雨振三秋响涼招六月眠
虆茁虛體性果是出天然

松

翠聳參天末青葱莫記年
鶴驚風入夢龍起月窺眠
友竹清同操豐梅晚伴妍
秦封何足羨冬嶺秀爭傳

秦州雜詩　杜甫

鳳林戈未息魚海路常難堠火雲峯峻
懸軍幕井乾風連西極動月過北庭寒
故老思飛將何時議築壇

子美棄官避地秦州有感而作雜詩二十首此其一也鳳林魚海皆在朔方邊塞幕井軍中之井也飛將漢李廣人號飛將軍也言鳳林之干戈不息魚海之地兵塞而難行秦州堠望烽火之山則高峻而難登秦地久旱懸幕之上井皆枯竭而無水邊風之烈上漫於天西極之星爲之搖動邊夜無論冬夏則寒秋初之月邊之寒已甚矣邊城之故老思得雄勇之大將如漢之飛將軍李廣者

柏

久茹春螢永傳爲駐世方
峻峻聳岩壑矯矯歷風霜
葉釀千秋酒脂成萬古香
受知塵外客迥出丈夫行

楓

醉色凝霜葉渾如二月時
不疑秦代樹還作日邊枝
行樂將煨酒含情欲寄詩
淒淒曾度此滿地拾胭脂

方可以破敵而安邊今天子何時方築壇而拜之乎望之之切也

禹廟　在忠州　　前人

禹廟空山裏秋風落日斜荒庭垂橘柚古屋畫龍蛇雲氣生虛壁江深走白沙早知乘四載疏鑿控三巴

子美寓蜀至忠州而謁禹廟之作也四載大禹治水乘乘載也以四物載身而行謂水行乘舟陸行乘車山行乘樏檋泥行乘橇也三巴巴忠州在西控引三巴之地謂巴縣巴東巴西其水三折如巴字也子美言大禹之廟在空山之中當秋風夕陽之時寂無人跡惟橘柚之樹列于空庭龍蛇之象畫於古殿四壁之間

芝

商山尋秘採採得色如纁
示瑞呈三秀凝祥絢五雲
琪花同異致瑤草共清芬
飡久非徒壽還能出世羣

蒲草

天天青不朽草譜擅名高
水石從來契塵氛不可撓
異根呈九節上昂抱孤操
暇日明窗對悠然振彩毫

雲氣生焉江水之聲自沙走焉思神禹開山自此以來控三巴導大江之水於萬里而來也其疏九河通九江乘四載而勤勞胼胝之功如此其不易也

望秦川　李頎

自函谷西至隴皆曰秦川

秦川朝望迥日出正東峰遠近山河淨
透迤城闕重秋聲萬戶竹寒色五陵松
有客歸歟嘆淒其霜露濃

李頎罷職而出長安感慨之作也曰吾出郭起行東望秦川也太陽正出於東峰之上方清秋之際遠近之間山川明靜憑高而覘列縣諸州大小城地透迤隱顯皆在吾目中矣而四野之秋聲生於萬林之竹籟蒼茫之寒色生於上林

葡萄

架聳柔枝繞纍纍馬乳垂
珠光輸紫氣晶魄遜香姿
不絕蜂頻戲惟嫌鳥暗窺
摘來成美醞真足醒詩脾

木瓜

誰種瓜於木緣來匪郡平
有聲隆本草無物占芳名
清與琴書伴香聯翰墨盟
數枝供玉案真足暢吟情

之松濤而長安之游客有歸與歸與之嘆者愁行道之淒其懼霜露之零落也

○李頎東川人開元進士新鄉尉盛唐

同王徵君洞庭有懷　張謂

八月洞庭秋瀟湘水北流還家萬里夢為客五更愁不用開書帙偏宜上酒樓故人京洛滿何日復同遊

謂以尚書郎出使夏口與客泛舟洞庭而作也瀟湘在洞庭之南其水北北流入洞庭言八月洞庭之秋色已深瀟湘北流而游人不能中返還家之思空有萬里之憂獨醒之客徒生五更之愁而已閒觀書帙煩悶頓生同上酒樓離憂可

天竹
灼質懸叢幹瑤階護錦闌
最宜朝旭映豈畏夜霜殘
疑火驚飛羽如珠誤蟄蟠
原來天上竹不藉籜成竿

佛手
佛植菩提樹靈根卽化身
有形同指掌無物比淸新
香氣醒浮世金光示上因
燦然帷淨几相對養天眞

解而所懷之故人除子之外在長洛陽者衆今得與子同游何日復與諸子同游哉○張謂字正言天寶進士禮部侍郞盛唐

渡揚子江 唐置揚子縣卽瓜埠 丁仙芝

桂楫中流望空波兩岸明林開揚子驛
山出潤州城海盡邊陰靜江寒朔吹生
更聞楓葉下淅瀝度秋聲

仙芝之爲餘杭尉渡江而作言渡此長江搖桂楫至中流而四望也空波浩渺南北分明北望而林木叢雜則揚子之驛也南瞻而山色蒼涼則潤州之郡也江盡處則達于海時平則邊警肅靜秋深則江水生寒至中流而北風起儼然冬

香橼

太極幻奇芳初生碧綴囊
增芬資玉露易色藉玄霜
淸玩稱佳品疎林羨老黃
個中含至妙瓣瓣飽瓊漿

月之朔風也而江渚之中楓葉飄飄逐舟而至其秋聲淅瀝可動行客之悲也

○仙芝曲阿人餘杭尉盛唐

幽州夜飲 幽州今京師唐范陽 張說

涼風吹夜雨蕭瑟動寒林正有高堂宴
能忘遲暮心軍中宜劒舞塞上重笳音
不作邊城將誰知恩遇深

燕公巡邊夜宴之作言涼風生而夜雨至北地寒而林木蕭瑟矣高堂之上與諸君會宴暫忘年遲歲暮之思耳軍中之樂以舞劒爲歡塞上之音以吹笳爲曲則吾於諸君飲此宴而享此樂皆聖主之恩也不至邊庭安知此樂哉

志氣昂上儕

諸名家百壽詩
豫 王相 選輯
閩 鄭漢 校梓
七言律
三十壽文人
丹籙朱顏正妙年文星輝
其少微懸詩書氣老春秋
壯海岳姿清日月堅珠箔
字拔名蜚霧牙籤影拂玉
堂烟爲歌甲子今纔半百

增補重訂千家詩註解卷上

信州 謝枋得疊山 選
瑯琊 王 相晉升 註
莆陽 鄭 漢濯之 梓

春日偶成 程 顥

雲淡風輕近午天 傍花隨柳過前川
時人不識余心樂 將謂偷閒學少年

此明道先生自咏其閒居自得之趣言春日雲烟淡蕩風日輕清時當近午天氣融和傍隨于花柳之間憑眺于山川之際正喜眼前風景會心自樂恐時人

殘霞觴醉幾千

三十壽武將

三十登壇孰敢先雲霄壯志蚤橫鶩冠軍不用爲家日高蜜成功拜印年虎帳春風搖細柳龍韜夜月對紅蓮葡萄競獻無疆酌醉看長虹倚碧天

三十壽以上通用

泰嶽峯頭瑞色呈龍門桃

不識謂余偷閒學少年之遊蕩也○宋程顥字伯湻河南人謚明道先生從祀孔子廟庭

春日　朱熹

勝日尋芳泗水濱　無邊光景一時新
等閒識得東風面　萬紫千紅總是春

尋芳遊春踏翠之意泗水水名在魯地濱水涯無邊無限也當春之時風光景物煥然一新東風蕩漾拂面而來百花開放萬紫千紅皆是春光點染而成也○宋朱熹字元晦新安人封謚徽國文公從祀孔子廟庭

春宵　蘇軾

賔正花明胸襟倜儻神愈
壯矩矱端凝字自澄芸閣
夜深風景麗鸎簾春暖日
華生相邀滿進長庚酒寶
樹琳瑯喜更盈

四十壽上下通用

五陵佳氣滿芳州早見蓬
弧壯志酬萬里烟霞開燕
喜五湖風景羨鷗游靈芽
雙薦芝田草仙客重添海

春宵一刻值千金　花有清香月有陰
歌管樓臺聲細細　鞦韆院落夜沉沉

歌歌曲也管笙簫也鞦韆以綵繩繫索懸於架上女子坐板用手推送於空處以為戲也春宵美景一刻之歡值千金之價細細聲之清也沉沉夜漏之遲也甚言春宵之佳○宋蘇軾字子瞻號東坡眉州人仕至禮部尚書謚文忠公

城東早春　楊巨源

詩家清景在新春　綠柳纔黃半未勻
若待上林花似錦　出門俱是看花人

此詩屬比喻之體言宰相求賢助國當在側微卑陋之中如初春柳色纔黃而

屋籌爭羨在塵塵不染槃
阿端不貴通侯

四十壽有父兄

高人避世在墻東坐擁圖
書樂事融落落忽登強仕
壽怡怡偕媚大年翁門麾
旌幣人稱隱階滿芝蘭道
自通共喜躋堂稱介壽兕
觥欣進頌如松

四十壽富翁好施

未勻也若待其人功業顯著則人皆知之如上林之花似錦繡之爛則誰不知翫愛而羨慕之以喻爲君相者當識賢才於未遇而拔之於卑賤之時也○楊巨源字景山蒲東人貞元間進士仕至河中少尹

春夜　王安石

金罏香燼漏聲殘　剪剪輕風陣陣寒
春色惱人眠不得　月移花影上欄杆

香燼香成灰燼也此詩春夜不眠而有所思也言香已成灰而更漏將盡當此春夜輕風剪剪寒氣森森而無端春色惱亂人心欲眠不得惟見月色花陰斜照于欄杆之上也○宋王安石字介甫臨川人相神宗封謚荊國文公

蒼蒼松影照肩光觴薦梅
花雪已香行在倫彝堪砥
俗八歸譽鑒足型方江湖
寄傲稱觴雨閭里分甘飽
夕陽有道浩然眞不慼滕
前寶樹已琳瑯
四十壽貢監
鼎盛時當强仕秋環橋談
笑重山巨文章山斗趨庭
訓謨烈雲礽世德求然諾

初春小雨　韓愈

天街小雨潤如酥　草色遙看近卻無
最是一年春好處　絕勝烟柳滿皇都

此詩極贊春初微雨之細也酥酒之初熟而味甘滑似此膏雨潤澤萬物如酥之甘滑也細草方春而未青沾雨而藹然蒙茸潤色遠看似青而近看似無也初春細雨烟霧霏霏絕似含一烟之貌帶風而斜田園滋潤草木蒙芽一年豐稔皆膏雨之澤也故曰春好處○唐韓愈字退之昌黎人仕至禮部尚書封昌黎伯謚文公從祀孔子廟庭

元日　王安石

千金歷任俠排紛片語更
無尤家駒亢爽看搏翼笑
引南山獻海籌

四十壽山居

玉樹瑤林媚草堂聽歌金
縷醉霞觴種松霜折龍鱗
古看竹雲霄鳳尾長辟世
不妨棋共隱逃名祇合酒
爲鄉漫言强仕人當仕軒
冕何如耒耜良

爆竹聲中一歲除　春風送暖入屠蘇
千門萬戶曈曈日　總把新桃換舊符

爆竹山家以除夕燒竹竹爆裂之聲也魈聞聲畏懼而遠避屠蘇美酒名曈曈日初出貌桃符以桃木刻符于門以禦鬼也歲去春來春風吹煖以助酒力之醲也一歲之始家家換卻桃符以賀新正此詩自況其初拜相時得君行政除舊布新而始行已之政令也

上元侍宴　蘇軾

淡月疎星遶建章　仙風吹下御爐香
侍臣鵠立通明殿　一朶紅雲捧玉皇

五十壽詩翁

永日逍遙澗壑幽碧空雲淨少微浮朱顏自借丹霞駐彩筆能將山水酬五十道心無鶴髮半千名世等鷗游舟亘不減蓬瀛起長揖容成十二樓

五十壽儒者

五十儒生老一編筆田日月飽豐年窗含疎竹橫蝌

建章宮名鵲水鳥其立甚正此言早朝之時月淡星稀御香縹緲近侍文武臣僚端然如鵲立于通明殿前若紅雲簇捧玉皇于九霄之上也此言天子之尊居九重臣民瞻之如在天上也

立春偶成　張栻

律回歲晚冰霜少　春到人間草木知
便覺眼前生意滿　東風吹水綠差差

黃帝命伶倫斷竹爲筒以候十二月之氣陽六爲律黃鐘太簇姑洗蕤賓夷則無射陰六爲呂太呂夾鐘仲呂林鐘南呂應鐘爲陰也立春之時大呂已終太簇方始故曰律回而陽氣至也立春在年前故曰歲晚冰霜少陽舒而漸暖也

斜柳帶青風弄草乏莫厭
酒生常閭閻須知傲骨自
便便勉君時事無如酒療
倒披襟學醉禪

五十壽隱者

泌水洋洋樂考槃極星端
映少微南百齡遐祉剛盈
半九十陽春正麗三左相
銜杯稱樂聖封八擊壤祝
多男冊欄遞舞損儱健十

陽春漸暖草木敷榮萬物回春皆含生意東風和煦而輕徐吹於水面其波平浪靜日光蕩漾碧綠參差而動也。宋張栻字敬夫號南軒仕至修撰

打毬圖　鼂無咎

閶闔千門萬戶開　三郎沉醉打毬回
九齡已老韓休死　無復明朝諫疏來

此觀明皇打毬圖而作也三郎唐明皇也明皇天寶之後嬖寵楊妃與楊妃之姊妹秦國韓國虢國夫人淫佚無度酒酣擊毬以爲樂張九齡韓休二宰相皆直臣嘗諫明皇宴樂帝改容謝之於時九齡以老乞休韓休以疾卒于位帝無復忌憚而宴樂滋甚以致失國蓋傷其無有直諫之臣繼二賢之後正其君也

日平原欲與酣

五十壽文人

高樓揮手拂雲霄大隱何須作戲招詩翰兩山藏著述林泉半百在逍遙閒來狹客尋蓮社興到探奇帶酒瓢睽下承顏看彩鳳龍門百尺建高標

五十壽內外文人

賁裘克紹舊家聲抱璞堪

○宋鼂無咎字景迂官至秘閣正字兼右補闕

宮詞　林洪

金殿當頭紫閣重　仙人掌上玉芙蓉
太平天子朝元日　五色雲車駕六龍

此擬唐人元旦宮詞也唐有朝元閣天子元旦朝上帝之所有兩柱極高數丈上有金仙人捧芙蓉盤以承天露六龍天子所居易云時乘六龍以御天也五色雲車言天子鑾輿光華燦爛御至尊於九重之上也○宋林洪字夢屏莆田人有宮詞百首選其二首

其二　前人

酬十五城陳苑春雲思玉
樹漢宮秋露憶金莖醉鄉
日月浮三雅賓席衣冠盛
五更莫情懷才常不偶平
津晚遇獲高名

五十壽以上孝廉

姑射仙人冰雪姿巾車笻
杖足栖遲白華遥映蓬萊
島月殿曾攀丹桂枝金液
丹鑪浮紫氣玉壺春閣引

殿上袞衣明日月　硯中旗影動龍蛇
縱橫禮樂三千字　獨對丹墀日未斜

此言天子臨軒策士也袞衣天子之服也。入朝對策時得瞻仰天顏如日月之明也對策于丹墀侍衛旌旗之影搖影于硯水之中如龍蛇之動也縱橫禮樂言對策於君前所言皆禮樂刑政之大綱其字三千之言獨對於丹墀之下文成而日尚未斜也宋時有特薦之科對策稱旨者特賜進士及第故曰獨對

詠華清宮　王建

行盡江南數十程　曉風殘月入華清
朝元閣上西風急　都入長楊作雨聲

青絲大庭揚秩登甫日不
遜平津拜印時

六十壽有子讀書

花甲筵開獻壽頻祥鍾百
福自駢臻星迴斗極光暈
照鼎養庭闈色倍新鳳彩
遙看輝紫氣鸞書佇見下
青旻知君世有神仙術學
得長生不計春

六十壽隱士

此詠亡陳之故宮也朝元閣在華清宮內江南陳國舊宮存焉隋煬帝復修之以備臨幸者王建奉使過江南曉行夜月猶存西風忽變而作雨瞻望故國而作此詩長楊殿名陳後主訪漢長楊宮而爲之○唐王建字仲初潁川人大歷進士有宮詞一百首

清平調詞　李白

雲想衣裳花想容　春風拂檻露華濃
若非羣玉山頭見　會向瑤臺月下逢

唐玄宗與楊貴妃於沉香亭上賞牡丹召李白作清平調詞三首譜入樂府此其一也此題咏牡丹兼詠妃子彩雲似衣名花似貌妃子之美也春風拂檻朝

初遇花甲貌如童海上仙人羨此翁西望函關占紫氣東迎蓬海醉春風無疆福澤壺天隱有道聲名月旦中見說蟠桃花又發年年嘗映壽杯紅

又

花甲初周髮未蒼青泉白石足徜徉忘機自覺兒童狎屏迹能令日月長綺席

露含英牡丹之艷也對美女而玩名花賞樂於深宮之內其景不讓羣玉山頭瑤臺月下也羣玉瑤臺乃王母會羣仙之處極言其盛也○唐李白字太白唐宗室仕翰林院學士

題邸間壁　鄭谷

酴醾香夢怯春寒　翠掩重門燕子閒
敲斷玉釵紅燭冷　計程應說到常山

酴醾一花三葉其香淸遠玉釵燭花也常山邑名此鄭谷家於宜春旅行再宿而至常山憶家而擬作閨中思己之詞也酴醾飄香於夢中則夜色淸幽重門靜掩於庭院則燕子閒寂燭花敲斷燼落而更深憶所懷之人計其行程應說

新傳青鳥使斑衣喜薦紫
霞觴佇看令子蜚英早鳳
羽高翥沐寵光

六十壽封翁

青海長庚燭木徵良辰岳
誕視清暉蟠桃有種根源
茂花甲初週鬓未絲膝下
芝蘭盈綠野天邊綸誥出
黃扉當時萊綵雖云樂曾
似君家舞綉衣

已至常山郵舍矣○唐鄭谷字子愚號
亦由袁州宜春人光啟中進士仕至都
官郎

絕句　杜甫

兩箇黃鸝鳴翠柳　一行白鷺上青天
窗含西嶺千秋雪　門泊東吳萬里船

黃鸝鶯也鷺鷥水鳥此言春日之景黃
鸝對對飛鳴翠柳之中白鷺翩翩翼舉
青天之上開窗而對西嶺千秋之積雪
存焉出門而望河干則東吳之舟船泊
焉皆眼前自得之景也○唐杜甫字子
美京兆杜陵人仕至工部郎中左拾遺
與李太白同時爲
一代詩人之冠

又

花甲初週鬢未斑雲霄事
業授登壇三千蟠實春雲
燦五百陰符紫塞安棋裡
捷書來色喜膝前綵服競
承歡夾旬風雨弧辰靄兕
酌無疆四座酣

六十壽致政大老

闕下才華夙有聲天南星
彩映長庚乍看花甲開瑤

海棠　蘇軾

東風嫋嫋泛崇光　香霧空濛月轉廊
只恐夜深花睡去　故燒高燭照紅粧

嫋嫋風細貌泛崇光月光高照淡蕩之貌昔明皇召貴妃同宴而妃宿酒未醒帝曰海棠睡未足耳此詩借意以喻海棠言東風漾蕩月轉過廊我欲玩名花恐花欲睡故燒高燭以玩花容而爲宴樂也

清明　杜牧

清明時節雨紛紛　路上行人欲斷魂
借問酒家何處有　牧童遙指杏花村

草正書陽和動赤城五色
鳳毛新羽翼百年龍馬舊
聲纓懸知四海蒼生望未
許烟霞老此生

知縣六十壽子爲部郎

太保登庸歲始佯周南化
洽素絲謳神君作宰蘇民
望才子爲郎秉國籌九萬
雲程知日暮八千雲樹自
春秋大開門第高容駟會

此清明遇雨而作也遊人遇雨巾履俱濕行倦而興敗矣神魂散亂思入酒家暫息而未能也故見牧童而問酒家遙望杏花深處而指示之也○唐杜牧字牧之京兆人太和進士中書舍人一號樊川

清明　王禹偁

無花無酒過清明　興味蕭然似野僧
昨日鄰家乞新火　曉窗分與讀書燈

新火寒食禁烟而鑽榆柳之木更取新火也言讀書貧士遇佳節而無花無酒如山僧之蕭索也禁烟無火乞得鄰家新鑽之火雞鳴而起分照于讀書之燈而已○宋王禹偁字元之鉅野人官至學士

看羣星集太丘

六十有母同壽

花甲男兒鶴髮新承歡上
有柏舟親曾餐丹液留童
貌更舞斑衣獻壽辰膝下
含飴看四代眼前獻兕祝
千齡緱笙奏徹瑤池樂金
母婆娑撫大椿

六十壽新生孫

共喜耆齡介壽卮分甘況

社日　張演

鵝湖山下稻粱肥　豚柵鷄栖對掩扉
桑柘影斜春社散　家家扶得醉人歸

此言春社之樂也鵝湖在廣信鉛山縣其地多稻而無麥故方仲春社日而稻粱已肥也豚小猪也柵猪圈也豚歸於柵雞宿于棲桑柘之木其影疎斜而日將暮矣春社之宴方散則見飲酒之人皆扶醉而歸矣○唐張演字裕之

寒食　韓翃

春城無處不飛花　寒食東風御柳斜
日暮漢宮傳蠟燭　輕烟散入五侯家

復咏螽斯麒麟天上傳嘉
趾蘭玉庭前毓秀枝雅有
象賢堪濟美繩來祖武定
多奇二雛謾道徐卿好誰
似高門在此時

六十壽通用

耆碩懸弧里閈榮筵前絲
管協韶韺藍田玉樹孫枝
秀綠野金樽客獻盈結子
蟠桃千歲果如瓜火棗十

此咏宮中寒食也清明前一日謂之寒食郎禁烟節也五侯漢成帝一時封舅王譚王商王音王根王逢皆爲侯時人謂之五侯漢制禁烟節宮中鑽新火然燭散于貴戚之家此詩用漢事○係本朝從古禁烟傳燭於貴戚之臣也部郎唐韓翃字君平南陽人天寶進士駕部郎中知制誥時有與翃同名者亦爲郎中命下吏部以兩韓翃名上德宗御批春城無處不飛花四句乃與此韓翃

江南春　杜牧

千里鶯啼綠映紅　水村山郭酒旗風
南朝四百八十寺　多少樓臺烟雨中

此言江南春色之麗也十里鶯啼園林相接紅綠相映而水村山城旗亭酒肆

洲珍華堂競祝無疆壽不
羨高陽聚德星

又

才名誰繼洛陽傳孝友家
風似荀賢矯健不須鳩作
杖翩躚時看鶴摩天堂開
燕喜觴頻祝衣舞斑萊綺
映筵甲子盈籌歡未艾纔
知塵世有神仙

七十壽有父有子應舉

相望而鱗次南朝自梁時大興佛僧寺
四百八十迄今猶盛樓臺殿宇之多烟
林花雨之景而六朝佳
麗宛然猶在目前也

上高侍郎　高蟾

天上碧桃和露種　日邊紅杏倚雲栽
芙蓉生在秋江上　不向東風怨未開

此以芙蓉自喻也天上碧桃日邊紅杏
以比乘時得意之人藉皇家雨露之恩
而貴也芙蓉生于江上方春百花開放
芙蓉寂然自守不怨東風之不及我也
至秋百花搖落秋江之芙蓉獨拒霜而
開花彼碧桃紅杏又安在哉○唐高蟾
渤海人官御史中
丞侍郎高駢也

七十人生已古稀君今尙
著老萊衣惟邀青鳥留金
母共指寒星識少微玉液
香侵春椀碧瑶池花拂壽
筵輝封章咫尺雲中下次
第文孫奪錦歸

七十有母同壽

鶴髮先生戲綵衣當年萊
子是耶非漫言設帨歡重
慶更羨承歡過古稀桃實

絕句　僧志南

古木陰中繫短蓬　杖藜扶我過橋東
沾衣欲濕杏花雨　吹面不寒楊柳風

短蓬小舟有蓬繫於岸邊古木之陰也藜草名其莖至堅可爲杖者也春日時雨時晴香花開時小雨沾衣而欲濕楊柳風至柔當春吹面不覺其寒此春遊之詩也○志南唐時僧

遊小園不值　葉適

應嫌屐齒印蒼苔　十扣柴扉九不開
春色滿園關不住　一枝紅杏出墻來

再傳西母意椿陰長遠北
堂屏文孫次第稱觴日佇
聽絲綸下瑣闈

七十壽隱者

函關瑞氣映東曦北苑瑤
光共陸離詩頌九如觴獻
兕人生七十貌同倪天邊
雨露滋紅杏海上烟霞護
紫芝庭際卿雲生五色應
知此地有安期

屐齒踏破蒼苔之印扣柴扉而屢次不
開玉人不在而空返園雖關而春色難
關一枝紅杏露出園牆之外也○宋
葉適字清逸號木心仕至秘閣學士

客中行　李白

蘭陵美酒鬱金香　玉椀盛來琥珀光
但使主人能醉客　不知何處是他鄉

蘭陵隸兗州鬱金香草釀而爲酒玉椀
盛之其色如琥珀此太白醉酒而作言
但有主人留連歡飲以暢其
旅懷則不知異鄉之爲苦也

題屏　劉季孫

呢喃燕子語梁間　底事來驚夢裏閒

七十壽身隱入子女

瑞靄天南粲少微華堂人
瑞映春暉龍光萬丈時看
劒鶴髮稀齡獨采薇酒獻
霞觴環作液斑聯舞袖彩
爲衣應知眉壽同無極嗣
有恩光賁紫微

七十壽儒者

名註丹臺第一班庭闈擬
向鳳池攀香勞海北神仙

說與傍人渾不解　杖藜携酒看芝山

呢喃燕語之聲遶于梁間之壘底事何事也幽人晝眠梁間燕語驚回春夢其幽閒自得之趣未可對人言呼僮携酒杖藜而看芝山之景也。劉季孫宋人

漫興　杜甫

腸斷春江欲盡頭　杖藜徐步立芳洲
顛狂柳絮隨風舞　輕薄桃花逐水流

言春江景物芳妍而三春欲盡盜無傷感乎間扶藜杖而立江頭芳草之洲但見顛狂之柳絮隨風飄舞輕薄之桃花逐水而流不管春光之去住一任愁客之斷腸也

友佳隱淮南大小山寶鼎瓊枝光灼灼雲璈瑤珮響珊珊春來釀得長生酒爭獻稀齡駐玉顏

七十壽有孫

慶屆稀齡綠鬢存天開南極麗華軒勝游未老東山展芳讌時開北海尊世外百年綿壽域車前三鳳擇文孫應知垂老終膺詔指

慶全庵桃花　謝枋得

尋得桃源好避秦　桃紅又是一年春
花飛莫遣隨流水　怕有漁郎來問津

桃源在常德府武陵縣晉有漁人王道真沿溪捕魚見溪上流有桃花逐水而來因逆流而上尋至洞口入見桑麻雞犬桃花相映平生未歷不知何境問其土人謂曰吾等先世避秦之亂來此居住不知幾何歲月亦不知是何朝代男耕女織不與人世相通君何爲至此道真辭歸以告太守使數十人往訪之竟迷失其處先生見桃花而憶桃源之人避秦而隱但見桃花開始知一歲之春無時日紀也使我居之當花飛時不使之隨流入溪恐有漁郎見之來問津涯

日蒲澈下帝闕

七十壽　素

東閣梅舒占早枝欣開華
祝正當時琳瑯久識雲霄
彥璺鑠今看氷雪姿衍慶
貧疇先五福稀齡兕酌醉
千卮知君早結菩提果妙
契入間百祿宜

八十壽文人父

淮海秋高德耀光太翁八

也。宋謝枋得字君實號疊山
仕至江西宣諭使宋亡死節

玄都觀桃花　劉禹錫

紫陌紅塵拂面來　無人不道看花回
玄都觀裏桃千樹　盡是劉郎去後栽

紫陌紅塵長安春色之麗看花遊人眾多玄都觀桃花千樹指在朝之官劉郎自喻也言滿朝之人皆吾去後而陞遷者。劉禹錫字夢得順宗時爲考功員外郎坐王叔文黨貶遼州司馬德宗貞元初以恩召還爲主客郎遊玄都觀而作此詩時相惡其譏諷再貶播州司馬

再遊玄都觀　劉禹錫

十長初霜承家世守青箱
學教子堪登白玉堂綦組
滿庭儀淑訓笙歌盈耳獻
鴻章耆英聚鑠光京洛會
擬揄褒錫上方

八十壽武臣

香藹賓筵佐壽眉稱觴對
景兩相宜遙思岳降生申
日想見嵩呼仰聖時送喜
聲靈鵲應含香花氣篆

百畝庭中半是苔　桃花淨盡菜花開
種桃道士歸何處　前度劉郎今又來

禹錫再遊時桃花已盡種桃之蹊半是蒼苔而菜花滿徑矣種桃道士比先年宰相已去而吾幸得又還朝也。禹錫貞元中復以詞部郎中召還遊玄都觀而再作此詩時宰相又惡之復貶連州司馬至憲宗時裴度爲相始薦爲考功郎中去前爲吏部時已三十年矣遂卒于位贈學士禮部尚書

滁州西澗　韋應物

獨憐幽草澗邊生　上有黃鸝深樹鳴
春潮帶雨晚來急　野渡無人舟自橫

烟移六韜八陣家藏素渭
水春風待夢饒

八十壽知縣致仕

纔種河陽縣裏花蚤抛朱
綬臥青霞湖穿南國佳人
宅墅倚東山太傅家閒向
峰頭行綠玉醉從扇底按
紅牙非熊應入明王夢佇
看璜谿載後車

八十壽富商通用

此亦託諷之詩草色澗邊喻君子生不遇時鸝鳴深樹譏小人讒佞而在位春水本急遇雨而漲又當晚潮之雨其急更甚喻時之將亂也野渡有舟而無人運濟喻君子隱居山林無人舉而用之也○唐韋應物京兆人歷左司郎中蘇州刺史一稱韋蘇州

花影　　　　蘇軾

重重疊疊上瑤臺　幾度呼童掃不開
剛被太陽收拾去　卻教明月送將來

花影重疊映于瑤臺之上以比小人在高位也掃不開言雖有直臣攻之不去也太陽落則花影全無猶神宗崩時而熙豐小人俱貶謫也明月升而花影復

梅碧天青雁影遐丹楓黃
菊傲霜華宮前瓊樹仙人
種座上瑤星太耄家太乙
峰頭船似藕東方盤內棗
如瓜娛親跨得揚州鶴不
羨河陽縣裏花
九十壽有孫仕宦
欣瞻黃海慶耆英千頃洋
洋紀令名花甲久週今又
半天干已屆十旬更紫微

來言宣仁崩而小人復貪緣以進也
此傷小人在位而不能去之之意也

北山　王安石

北山輸綠漲橫陂　直塹回塘灩灩時
細數落花因坐久　緩尋芳草得歸遲

漲泛濫也灩灩水光瑩也此詩前公居白
下娛老而閒行之作北山在麒麟門外
公之別業在焉公遇暇時往來于鍾山
天印回塘直塹之間遇名花即席地而
坐逢芳草則枕石而眠
不知其坐久而歸遲也

湖上　徐元杰

花開紅樹亂鶯啼　草長平湖白鷺飛

清署孫鳴玉白髮斑衣子
效嬰木羨丹成淩海嶠九
如歌雅賦恆升

百壽通用

南極騰光映少微高堂人
瑞麗春暉七朝耆老滄田
易六代兒孫寶樹霏濟濟
寶筵歌蓁竹洋洋仙樂奏
金徵百齡遐祉塵寰異滿
座卿雲五色飛

風日晴和人意好　夕陽簫鼓幾船歸

此咏西湖之作湖上花開鶯啼紅樹湖邊草長白鷺羣飛風日晴和遊人絡繹而舒暢夕陽西下畫船歌吹而歸來西湖景色眞堪愛也○元杰宋人

漫興　杜甫

糝徑楊花鋪白氊　點溪荷葉疊青錢
笋根稚子無人見　沙上鳧雛傍母眠

此咏暮春之景也楊花飄落白如氊之糝徑荷葉初生小如錢之貼溪笋初上而稚芽穿地細而難見鳧雛水鴨之小者沙間傍母而眠皆眼前佳景也

春晴　王駕

又

箕疇福祉自天來是聚高
暘幾宴開松鶴翩躚翔雪
圃笙簧繚繞奏瑤臺百竿
身健閒鳩杖五世人文毓
鳳材陸地神仙仁者壽使
君端不羨蓬萊

又

熙門道老際昌時仁壽堂
前獻兕卮膝下斑斕成白

雨前初見花間蕊　雨後全無葉底花
蜂蝶紛紛過牆去　卻疑春色在鄰家

此言雨後殘春也未雨之前初見花開結蕊迨雨久而始晴則見葉而不見花矣紛紛蜂蝶過園林採花而來不見花而飛過牆垣疑春光景色尚在鄰園也

○唐王駕河中人熙宗時狀元

春暮　曹豳

門外無人問落花　綠陰冉冉遍天涯
林鶯啼到無聲處　青草池塘獨聽蛙

冉冉青光也蛙虫名也言春色已去花落門外而行人不問也是綠樹陰濃遍

鬂堦前玉樹映青藜秋林
挹露朝餐菊春閣流霞夜
茹芝何必蓬瀛能永駐百
齡人瑞世應稀

百壽封君

百歲難逢百歲人長春花
下祝遐齡五更在昔尊三
老六甲於今又四旬紫氣
當關知柱史青雲遶膝有
儒臣熙朝會見褒仁壽願

滿天涯斯時也春鶯已老而不啼青草
池邊惟聽蛙聲聒噪而已此詩專寫暮
春之景宛然在
目○曹幽唐人

落花　朱淑貞

連理枝頭花正開　妒花風雨便相催
願教青帝常爲主　莫遣紛紛點翠苔

連理枝雙樹並生而根連一本青帝東
皇之神司三春之令者紛紛花落也花
正開而芳姿艷麗於連理枝頭如少年
夫婦燕婉和諧也花開而遇嫉妬之風
雨相催百花搖落如夫婦不幸中道分
離乖阻也安得青帝常主四時使連理
花常開並蒂而無風雨紛紛之搖落矣
○朱淑貞宋詩女文公之族姪女也

效千秋頌大椿
老年壽有子孫文八
逍遙物外自婆娑五柳風
高映寶蘿籬畔種花餐露
早窗前運甓惜陰多朱顏
不藉丹砂駐綠醑時娛白
雪歌喜覲一陽登大耋瑯
瑯玉樹聽鳴珂
壽封君通用
舞彩行看錦作袍蒲輪指

春暮遊小園　王淇

一從梅粉褪殘粧　塗抹新紅上海棠
開到荼蘼花事了　絲絲天棘出莓墻

此言春事將闌也梅花零落則粉褪粧殘矣而新紅艷麗又發于海棠枝上及夫荼蘼開後一春之花事已終惟有絲絲之天棘蔓生而出于莓牆之上而已○王淇字菉猗宋人

鶯梭　劉克莊

擲柳遷喬太有情　交交時作弄機聲
洛陽三月花如錦　多少工夫織得成

日下林皋論才品自東西
晉問字詩傳大小毛月滿
碧晉將伐桂霞生紫海欲
蟠桃漢庭入授唐虞典杖
屨優游樂聖朝

又

名園如綺酒如淮座有蓬
瀛膝有萊北海樽前酬和
滿東山棋裏捷音來頻添
海屋長生算小築壺天大

此咏鶯之詩鶯梭言其鶯飛鳴迅速來往園林拋擲如梭之捷也遷喬詩出自幽谷遷于喬木言鳥當冬時蟄伏于幽谷之中及春暖始遷于喬木之上其聲嚶嚶而交交如弄機杼之聲焉當洛陽三月春光花艷麗繁華猶如錦繡觀爾鶯梭拋擲于園林之中費幾許工夫方織成如此錦繡春光也此詩極狀鶯梭二字之妙○劉克莊號後村宋人

暮春即事　葉李

雙雙瓦雀行書案　點點楊花入硯池
閒坐小窗讀周易　不知春去幾多時

瓦上之雀聞行其影動于書案之上楊柳之花飄蕩其絮落于硯池之中而讀

隱厓賴有鵬程貽燕翼綿綿接武振雲階

壽封君有父母

瞳曨初日照重闈玉杖遙瞻紫禁屏三世絲綸榮瑣闥九峰鸞鶴引斑衣承家寶誥光聯璧邇主恩深賜有緋壽祉西京誰得似石家萬石倍增輝

壽封君 有母子現任京居官

易之人閒坐小窗不知春色之已去忽驚瓦雀之行始見楊花之落方知春去多時也○葉李號平巖太學生

登山　李涉

終日昏昏醉夢閒　忽聞春盡強登山
因過竹院逢僧話　又得浮生半日閒

此言丈夫不得志而終日昏昏如醉如夢忽聞春光已盡強去登山以尋春色偶遊竹院與山僧閒話良久始覺向在紅塵勞擾之中今又暫得清閒半日也
○唐李涉字清溪洛陽人太和中爲太常博士號月溪子

蠶婦吟　謝枋得

氤氳佳氣滿霄閒此日效
庭自舞斑七十已圖稀大
老百齡強健有慈顏堂開
白雪搖樽滿景拔朱明鶴
信還獨有梁公司諫納筆
雲飛思倚燕關

壽封翁

世慶堂前樂事殷饒贍佳
氣轉氤氳長春花釀千年
酒太乙藜輝五色雲金闕

子規啼徹四更時　起視蠶稠怕葉稀
不信樓頭楊柳月　玉人歌舞未曾歸

子規鳥名一名杜鵑好夜啼言蠶婦聞子規啼而不寐啼畢時已四更矣起視其蠶筐恐蠶稠而桑葉之稀又從而添益其葉也樓頭殘月掛于柳梢天欲明矣而玉人歌舞尚未歸來也

晚春　韓愈

草木知春不久歸　百般紅紫鬭芳菲
楊花榆莢無才思　惟解漫天作雪飛

榆莢榆樹之莢其小如錢言草木知春色之不久故萬紫千紅皆乘時而舒放

陳情湧疏草重闈舞彩鷹
香芹天倫樂事如君少芳
譽從今遍八垠

壽老年

慇寵佳氣接蓬萊三樂堂
前壽域開月滿緱山仙子
降星移南極老人來高門
錦字連城貴天闕綸音錫
誥同仙掌筆中多瑞露年
年持獻紫霞杯

也惟楊花榆莢二種全無才思紛紛飄落于漫天如雪之飛揚而已

傷春　楊簡

準擬今春樂事濃　依然枉卻一東風
年年不帶看花眼　不是愁中卽病中

準擬預料也春光未到之時預料今春賞心樂事必與濃而稠密豈知一春已過而宴賞仍虛葢年年花發而略不曾觀者非愁中無緒則病中未能也傷春之意情見于詞矣○宋楊簡字誠齋官龍圖閣學士

送春　王逢原

三月殘花落更開　小簷日日燕飛來

壽封君
翩翩青鳥報佳辰宴啟南
山壽域新瑣闥丹心傳諫
草高堂遐福慶靈椿風搖
綵服明宮錦日麗瑤觴雜
御珍閬說三山應在望桃
花常並玉顏春

壽丈人父
疊錦堂高啟玳筵桃花重
放小春天丹顏曉駐金鑾

子規夜半猶啼血　不信東風喚不回
三月春色已暮花殘已落而復有開者小簷之燕子日日飛來營其巢穴也子規之鳥當三更而悲鳴下血流而方止言其春去難留雖子規之悲啼流血而不能喚回已去之春光也
○逢原宋人謝疊山之友

三月晦日送春　賈島
三月正當三十日　風光別我苦吟身
其君今夜不須睡　未到曉鐘猶是春
三月三十春已盡矣而我苦吟之身忍見春光別我去乎春雖無計可留然當此之時惟宜苦吟痛飲以送青春不須睡卧曉鐘未發明朝之夏未來猶是今

算白髮晴娛綵服鮮南極一星高五斗東瀛三島集羣仙膝前麟趾皆華國佇見綸褒下日邊

壽封翁有母

重慶高堂綺宴開氤氳佳氣滿瑤臺鳳生霞珮迎王母日映斑衣戲老萊浮世幾人登上壽君家奕葉並仙胎國香馥郁蘭蓀茂分

日之殘春也○唐賈島字閬仙初爲僧後舉進士官長江尉

客中初夏　司馬光

四月清和雨乍晴　南山當戶轉分明
更無柳絮因風起　惟有葵花向日傾

初夏爲清和節乍雨乍晴之時而南山當其戶牖雨來而烟霧微茫雨霽而峯巒明媚也柳絮飛盡無跡可尋惟有葵花向日而開以喻新主當陽小人道消君子道長也○宋司馬光字君實相神宗哲宗官太師封溫國公謚文正

有約　司馬光

黃梅時節家家雨　青草池塘處處蛙

得金莖獻壽杯

壽高年好道　少時風流雅逸

鬱鍊由來號地仙高披鶴
氅更蹁躚烏衣先輩南岡
上皃島遙占北闕前桃葉
姬多傳舊譜蓮花會每結
新緣何須遠慕瑤池樂雪
藕冰桃滿壽筵

壽老年好聲妓

碧簡丹臺已注仙手攜綠

有約不來過夜半　閒敲棋子落燈花

立夏後數日為入梅故曰黃梅梅天不雨家家雨言文人皆閉戶而不出也處處蛙言池塘之中蛙聲聒耳也約友朋夜話以消岑寂又因雨阻而不來閒坐不勝其悶燈下敲棋而燈花落盡也

初夏睡起　楊簡

梅子流酸濺齒牙　芭蕉分綠上窗紗
日長睡起無情思　閒看兒童捉柳花

梅味至酸食之不覺而餘酸猶濺乎齒牙之間也芭蕉初長而綠陰映乎紗窗之上日長人倦假寐而起情緒無聊閒看兒童戲捉空中之柳花以釋悶而已

玉步蹁躚坤姿合在風塵
外名德應居耆舊先珠樹
瓊芝娛膝下舞衣歌扇樂
樽前與君試論滄桑事時
爲麻姑啟壽筵
壽高年大臣後裔
文雅風流擅大年一時耆
舊獨推先家承北斗天喉
舌居小東都水潤遲秋院
松雲開士館春江花月麗

三衢道中　曾紆

梅子黃時日日晴　小溪泛盡卻山行
綠陰不減來時路　添得黃鸝四五聲

此春暮出遊初夏而返之詩也當黃梅之時不雨而連晴數日泛小舟而回溪水盡處捨舟而行山路也綠樹陰濃不減初來之路更有黃鸝巧囀于深林比來時更添幽趣也○宋曾紆號紫山宰相布之子知衢州

即景　朱淑貞

竹搖清影罩幽窗　兩兩時禽噪夕陽
謝卻海棠飛盡絮　困人天氣日初長

人船羨君才力殊強健高
論時驚滿四筵
壽文人父
築室東隣白下橋門庭榆
柳足逍遥停雲麥起春醪
熟聽雨詩成夜燭銷老去
風情還自許興來遊社不
須招鳳毛五色尤堪羨賦
就淩雲達聖朝
壽文官老年有母

此詩作于殘春將夏之時言竹影搖清
籠罩于幽窗之上時禽春深鳴聲頗噪
不可得而名也當此之時海棠已卸柳
絮已飛盡矣而困人天氣正是晝日初
長之候深閨靜坐
無聊之倦態也

夏日　戴復古

乳鴨池塘水淺深　熟梅天氣半晴陰
東園載酒西園醉　摘盡枇杷一樹金

乳鴨小鴨也乳鴨戲于池塘水或深而
或淺梅熟之時天氣半晴而半陰於時
也方載酒宴遊于東園又復至西園而
酣飲見枇杷方結實如金之垂乃盡摘
之而侑酒也○戴復古字
式之號石屏南宋進士

天露雲開商極明萱花欣
慶彩衣輕千齡王母青瞳
烱九德林皋綠髮生瑤海
碧桃開澤國金門仙吏是
清卿緣知葉葉流家慶簪
組蟬聯滿帝京
壽老年文士
當代儒宗有令名香浮竹
葉醉銀鐺書探二酉傳河
洛道握雙環貯渤瀛東海

晚樓閒望　王安石

四顧山光接水光　凭欄十里芰荷香
清風明月無人管　并作南來一味涼

此居水上樓臺凭欄閒眺之作四望之間山光與水光相接荷花十里香氣襲人而來芰小菱也其花與荷雜開于水面也當晚之時明月已上清風徐涼間散之人無拘無束惟有凭欄南向而納其一味清涼享天地自然之樂也

山居夏日　高駢

綠樹陰濃夏日長　樓臺倒影入池塘
水晶簾動微風起　滿架薔薇一院香

壽添無算爵南山鶴算看
餘笙瑤池並獻蟠桃寶蘭
桂芳菲姓字嶸

壽致政開府

中丞福澤比淮清英衞殊
勳遜令名南紀安攘勞赤
爲東山舒嘯繫蒼生願施
龍德爲霖雨莫擬羔裘傲
客星媿我駕駘懷一顧每
從斗極祖鴞鈞

綠樹當夏之時而濃陰稠密樓臺倒影于池塘微風吹動水面波光蕩漾其紋如水晶之簾紋細雨織而光榮也回首院中薔薇滿架香風襲襲馨馥滿庭豈非夏景清和之淑景乎○唐高駢字千里渤海人淮南節度使

田家　范成大

晝出耘田夜績麻　村庄兒女各當家
童孫未解供耕織　也傍桑陰學種瓜

耘田耘去田中之草也言男子晝出耘田婦人饋食至夜無事猶績麻以備織布之用可見村庄之間男女各執其事無非勤力以成家也至于童孫年幼不能耕織間暇之時傍桑陰之下學爲灌溉而種瓜焉田家勤朴之風可想見也

壽中書
文章高領鳳池班天上螭
頭近可攀手握絲綸歸北
省身閒樓野近東山香分
玉殿千花出禱引金莖五
夜還文壽正應從政日好
抒丹赤近龍顏

壽文入宦族
湖海襟期百尺樓誰云有
道不風流高筵顧曲推谷

○宋范成大號
石湖官至學士

村庄卽事　范成大

綠遍山原白滿川　子規聲裏雨如烟
鄉村四月閒人少　纔了蠶桑又插田

此言四月田家之景也山原之間新綠遍于田疇雨露沾足滿川之水白光浩渺言禾稠水足也初夏細雨霏微如烟之漠漠而子規之聲又啼于林中時見鄉村之田無非耕耘之夫蓋四月之間閒人絕少也至於婦女亦不敢怠荒田事故纔畢其養蠶之務而又助男子種插秧苗也其時和歲稔男女之勤風俗之美誠可佳也

瑾小築藏書繼孝侯萬里
雲霄贍伯仲三千蟠實自
春秋躋堂共擬無疆壽笑
引南山進鶴籌

文人父壽

天上長庚正耀光人間佳
慶集君堂旋裁彩服供兒
戲共指金桃入壽觴玄鶴
已窺丹箭就仙芝重映玉
蘭芳聖朝恩澤深如海行

題榴花　朱熹

五月榴花照眼明　枝間時見子初成
可憐此地無車馬　顛倒蒼苔落絳英

榴花當夏而開朱英燦爛映目光華其榴子即結于花瓣之下但慨其園林閒寂車馬稀疏絳英紅蘿鋪下滿地遮遍蒼苔無人玩賞也

村晚　雷震

草滿池塘水滿陂　山銜落日浸寒漪
牧童歸去橫牛背　短笛無腔信口吹

陂水岸也寒漪水上波紋也當仲夏時水草鋪于池塘綠水盈乎陂岸而夕陽

見綸封出建章

壽大臣

九列丹霄姓字香東山高
臥詠滄桑長生已著優臺
籍大業長懸帝闕傍桂釀
金莖逾大藥蘭蕤玉樹羨
成行黃扉接武看鴻奮景
歲華堂綺席張

壽致仕者

會向明光曳綠裾黑頭卿

在山下映於水波光漾蕩紅日如浸于池水之中牧牛童子歸村橫吹短笛于牛背之上信口無腔而悠然自得也○雷震宋人爵里無攷

茅簷　王安石

茅簷常掃淨無苔　花木成蹊手自栽
一水護田將綠遶　兩山排闥送青來

蹊花間小逕也護田長溪之水可以灌溉田園而為之護蔭也此荊公在金陵閒居之時言茅簷之下時常淨掃無苔痕之跡昔年手栽花木皆長大而地已成蹊矣門外之田疇有長溪擁護而綠水環繞于村前對面兩山雙峯如戶當門并列菁葱之山色如排闥而送入門來極言眼前山水之佳也

相早懸輿丹經已悟參同
契青瑣猶傳諫獵書海上
瑤臺低几席庭前玉樹滿
堦除廟堂物色應宸眷休
向華陽下隱居

壽林下

解組從容泌水陽葛巾芹
服恣徜徉名登紫府仙人
籙訣受黃庭內景章老去
丹心仍戀闕道成白石可

烏衣巷　劉禹錫

朱雀橋邊野草花　烏衣巷口夕陽斜
舊時王謝堂前燕　飛入尋常百姓家

朱雀橋在金陵城外烏衣巷在橋邊烏衣燕子也王謝之家庭多燕子故名烏衣王導謝安晉相世家大族賢才衆多皆居巷中冠蓋簪纓爲六朝巨室至唐時則皆衰落零替而不知其處橋邊惟長野草巷口但見夕陽而古道已難尋矣想當年盛時王謝之家大第高門如雲相接雕梁畫棟燕子成巢今之燕子依然而王謝之家已杳但飛入尋常百姓之家而已蓋傷故家古蹟而云然也

送使安西　王維

為糧陽回報臘梅將放四座騰歡獻兕觴

又

黍谷陽回歲未闌春秋直擬大椿看星精常傍青藜近霜氣猶含白髮寒庭下子孫如列雁人間仙吏似驂鸞蒲輪若下東山曲壽客還彈貢禹冠

壽文隱

渭城朝雨浥輕塵　客舍青青柳色新
勸君更盡一杯酒　西出陽關無故人

安西西域諸國之總名唐有安西都護以鎮之此渭城送人出使安西而作言渭城朝雨為君拂浥輕塵客舍柳色方新立春暖之時無風霜之苦也餞程之酒將闌而欲別勸君再進一杯以壯行色明日西出陽關之外但見白草黃沙更無故人相遇也○王維字摩詰太原人開元進士第一官至尚書右丞此詩演入樂府為陽關三疊惟第三句不動其餘互換居首轉疊為詩六首

題北謝碑　李白

一為遷客去長沙　西望長安不見家

披吟鋪白敝判闕客到時
驚烏雀閙座滿芳樽盈北
海庭多叢桂擬燕山雲停
幾幾瞻朱鳥燕止申申
玉顏佇看蒲輪褒聖佐好
霈霖雨潤壓寰
壽武大臣
巖巖千丈古虯龍挺峙天
河砥柱峯石室素書唯自
賞扶風鴻略績應同鳳臺

黃鶴樓中吹玉笛　江城五月落梅花

此詩太白將謫長沙至鄂州黃鶴樓而作也遷客謫官遠遷也黃鶴樓仙人王子安乘黃鶴而飛昇故以名樓落梅花笛中曲名公為遷客至此登樓望長安而不見姑弄笛吹梅花一曲以遣懷又適當五月之時也○樓上有臺曰樹黃鶴樓四面俱有臺榭公此詩題于北榭之碑落梅花笛中之曲調也

題淮南寺　程顥

南去北來休便休　白蘋吹盡楚江秋

道人不是悲秋客　一任晚山相對愁

白蘋江上草白色之花開於初秋道人程子自謂也言自北而來從南而去暫

仙侶鳴蕭近麟閣勳名接
武雄介壽年年桃放後插
花高宴聽歌鐘

壽武隱

金符如斗重元戎頗牧聲
名九塞通制勝書傳黃石
早功成游擬赤松同春暉
煦煦瞻仁壽秋水洋洋頌
閫衷聖主拊髀懷壯略旌
書指日下江東

止而休息于此得休便休也遠望秋江見白蘋爲西風吹盡而楚江秋色已老矣當此之時不無悲秋之思在我道人無思無慮無秋可悲一任兩岸晚山相對秋色自悲而我自無愁也

秋月　程顥

清溪流過碧山頭　空水澄鮮一色秋
隔斷紅塵三十里　白雲紅葉兩悠悠

此極言秋色之澄清也清溪山上之泉自極頂而過碧山之頭懸空而下入於溪也水碧天青映長空而一色自此而至人居之處三十里之遙望之不見惟有白雲在山紅葉飄空悠悠無際隔斷紅塵秋色之幽靜可佳也

壽武臣

鳴鞭勅客盡幽燕壽日堂
開晝戟前九十條風吹彩
鳳三千珠履列初筵壽觴
誤識雲中鳥白鹿翻驚海
上仙指日凌烟看首冠封
侯不羨玉關年

又

紫霞灧灧吐金巵綵服垂
筵春晝遲百尺蒼松淩碧

七夕　楊朴

未會牽牛意若何　須邀織女弄金梭
年年乞與人間巧　不道人間巧幾多

牽牛織女二星名七月七夕以前數日皆竟夜經天至陽升而始沒故人比之爲人間夫婦經年而一會也時人女子于此夕陳設瓜果對月穿針而乞巧爲戲此詩設爲問答之意謂吾未識牽牛之意爲何年年相邀織女以弄金梭耶復謂之曰汝年年乞與人間之巧卻不道人間之巧幾多也○楊朴宋人簡之弟

立秋　劉武子

乳鴉啼散玉屏空　一枕新涼一扇風

漢千年白鹿繞清漪茅君
丹熟顏如赭海日花明錦
似琪拂拂旌旄遮細柳勳
名會見畫麟時

壽武致仕

談兵早歲擅雄名虎帳琳
瑯玉樹榮爲戀烟霞躭豹
隱閒游洲渚立鷗盟綘桃
三月鍾雙瑞黃髮千春列
五更鼎彌華堂恆介祉俟

睡起秋聲無覓處　滿堦梧葉月明中

乳鴉小鴉也玉屏屏色如玉也秋聲秋風搖樹蕭瑟之聲梧桐方立秋之日其葉先零落也言乳鴉啼散而夜色之中惟有新涼襲襲紈扇風清而已但聞秋聲蕭瑟而無跡起而視之惟見滿堦梧葉之影于明月之中蓋梧葉望秋而先落其秋風八樹蕭瑟而淒清也○武子宋人爵里無攷

七夕　杜牧

銀燭秋光冷畫屏　輕羅小扇撲流螢
天街夜色涼如水　臥看牽牛織女星

銀燭月光也月光當秋而清冷斜映于畫屏之上但見螢火如星流光可愛輕

門亦自有蓬瀛
壽有子掌兵
功烈遙從三晉傳雲臺勳
望足千年無私花鳥堪娛
老不朽功名屬後賢幕府
霜清懸虎帳轅門春滿舞
龍泉錦衣玉佩承歡日樂
事欣逢淑景天
壽文人父隱者
高俠風流冠一時嘉賓四

搖羅扇以撲之于時天街之上夜涼如水銀河清淺牛女星輝仰天間臥而玩之其悠悠自得之趣可見矣○俗傳七夕牛女相會凡諸烏鵲皆此翼成橋以駕二星而渡天河焉

中秋　杜牧

暮雲收盡溢清寒　銀漢無聲轉玉盤
此生此夜不長好　明月明年何處看

銀漢即天河玉盤月也言薄暮之雲因風收盡清寒習習而生碧天銀漢秋聲寂然而明月轉昇于天際如玉盤之圓瑩而輝光也自我有生凡值中秋之夜明月多為風雲所掩而不常見此清光又自出仕以來遷轉之地不一今年在

座慶瑤巵花傳小閣朝行
酒月滿高齋夜賦詩丹鼎
煉成堅道骨黃山歸去駐
仙姿笑看子弟多文藻服
食勳名各有爲

壽隱者

峯中雲水意蕭疎佳氣嶙
峋大隱居有地當名通德
里何人不式太邱廬雲間
星聚賢人集門外風來長

此處見此明月明年中秋又不知在何處看月也好景難逢良宵難值人生良遇難期何不及時行樂乎

江樓有感　　趙嘏

獨上江樓思悄然　月光如水水如天
同來玩月人何在　風景依稀似去年

此登樓憶舊之詩也言獨上江樓悄然而有思也但見江中水月流光與天一色因憶去年同上此樓玩月之人今日不在惟風光月色不減去年之景對景懷人其感深矣○唐趙嘏字承祐山陽人會昌進士官渭南尉

西湖　　林洪

者車我欲偕君娛白首往
來未識綠尊虛

父子同壽

煦照春風啟玳筵靈椿彩
服共翩翩華堂兩世稱難
老芸閣諸孫並象賢金掌
同沾清露潤白雲雙映壽
星懸憑君莫話蓬萊事重
慶于今有地仙

封翁夫妻同壽

山外青山樓外樓　西湖歌舞幾時休
煖風薰得遊人醉　直把杭州作汴州

山外有山樓外有樓言青山之多樓臺之密也湖中遊客終朝歌舞幾時休息于天暖時和風光艷麗遊賞者沉溺宴安而不知返如昏醉然想將杭州之佳麗認爲汴州之繁華矣杭州南宋所居汴州北宋之地爲金所有言南宋君臣只圖偷安宴樂于西湖棄汴京故地而不問置祖宗大仇而不報可勝惜哉

西湖　蘇軾

畢竟西湖六月中　風光不與四時同
接天蓮葉無窮碧　映日荷花別樣紅

丹霄日麗映蓬萊膝下人
推蓋代才四世賢豪爭進
履百年花竹對銜杯龍門
業自河汾大鴻案春臨索
戟開鍾鼎勳名兼色養太
平事業屬三台

夫妻同壽

金谷名園敞玳筵椿萱偕
老綵衣鮮清時自重南山
皓高隱深知甪里賢曲徑

東坡出守杭州咏湖之作言西湖之景當六月之時風光雲物之佳麗非四季之可比蓮葉滿湖接天之碧而無窮際荷花貼冰映日而紅粧嬌艷別有一般丰韻荷花如此其媚而湖光山色之美可知矣

湖上初雨　蘇軾

水光瀲灧晴偏好　山色空蒙雨亦奇
欲把西湖比西子　淡粧濃抹也相宜

瀲灧水光之漾蕩也空濛山色之霏微也西子古美人此言西湖佳景晴雨皆宜湖光瀲灧映日而波紋蕩漾方喜其晴之可愛忽而山色空濛烟雨霏微雖雨亦有可觀也吾見西湖之佳可比當日之西施蓋西子之天香國色淡粧亦

飛花隨步即方塘流水雜
鳴絃翩翩桂子偕班舞奪
錦時看繞膝前
夫妻同壽子秀才
南極光連寶婺輝椿萱堂
上共清微百年共享長生
宴四世同瞻五采衣喜溢
蘭孫游泮闕行看鳳誥下
彤墀遙知東海鄰蓬島雙
烏凌霄跨鶴飛

佳濃抹尤宜美人無往而不
佳障西湖之晴雨皆麗也

入直　周必大

綠槐夾道集昏鴉　敕使傳宣坐賜茶
歸到玉堂清不寐　月鈎初上紫薇花

此侍臣入直宮禁之詩中書省中多植
槐樹敕使內侍奉敕傳命之官玉堂翰
院之地謂之玉堂紫薇花名開遍省中
故人謂翰禁之臣爲紫薇郎言上道之
時已日暮而昏鴉集省矣忽上命敕使
宣召顧問而賜茶于殿上也謝聖而歸
入宿玉堂夜氣清明思念君恩隆重而
寢不成寐但見一鈎斜月初升于紫薇
花上矣斜月如鈎而初上時夜已深矣
○宋周必大廬陵人相孝宗謚益國公

夫妻同壽有子孫

何處蓬瀛海上山瓊宮縹
緲接雲間樽開舉案雙頭
白袖舞承顏兩代斑一歲
再逢青鳥降九重時見紫
泥頒持觴擬效華封祝筌
裏祥霞滿玉關

母子同壽

杖履逍遙臥白雲蕭蕭垂
髮鶴爲羣已從巖壑題高

水亭　蔡確

紙屏石枕竹方床　手倦抛書午夢長
睡起莞然成獨笑　數聲漁笛在滄浪

倚于紙屏籍乎石枕臥于竹床閒觀書
史手倦而拋書于牀因而假寐栩栩然
不知午夢之長夢醒之時莞然獨笑忽
聞滄浪之水漁人吹笛數聲驚回吾夢
其悠然自得之趣可知矣
○宋蔡確間人相神宗

禁鎖　洪遵

禁門深鎖寂無譁　濃墨淋漓兩相麻
唱徹五更天未曉　一墀月浸紫薇花

士更向庭聞奉太君八饌
鱸魚江上美銜書鸞鳥海
中分年年叢桂幽芳馥長
傍賞花映夕曛

又

寶婺祥光滿十洲雲飄彩
服卽丹邱慈幃玉仗聯玄
髮子舍金章映白頭瑞鶴
獻來仍九穗蟠桃結實又
千秋彤庭寶誥行徵瑞海

禁門宮禁之門也相麻拜相之制命用黃麻紙書之進呈用寶而後行也宮中每夜有唱更之人謂之雞人此亦入直草制之詩言宮禁森嚴夜靜而諸門深鎖寂靜無譁也朝廷有拜相之制命當制儒臣撰之親承天語歸而草制濃墨淋漓潤澤于黃麻之紙兩相之制已成而雞人已唱五更天尚未曉惟見一墀月色寒浸紫薇花影此形容得意之詩也。宋洪遵字平齋鄱陽人翰林學士

竹樓　李嘉祐

傲吏身閑笑五侯　西江取竹起高樓
南風不用蒲葵扇　紗帽閒眠對水鷗

傲吏簡傲清閒之官江西多以竹爲樓不用瓦上下用竹覆之蒲葵草名可製

外霞漿海上籌
壽兄弟文人
衡門瀟灑翫章編一榻南
薰拂五絃軾轍文章天下
重覽祥兄弟古今賢六經
淑世芸輝棨三樂怡堂彩
袖翩弧矢星高瞻壯氣爲
君歌雅頌如川
壽詩人隱者
神如秋水玉如容獨步詞

爲扇但言爲官而簡傲清閒不羨五侯之貴安居于竹樓水閣之上當暑而迎風便臥自如清風習習而扇閒不用脫帽於凡上人閒眠而帽亦閒眠與水上浮鷗相對不亦快乎。唐李嘉佑字從一官袁州刺史

直中書省　白居易

絲綸閣下文章靜　鐘鼓樓中刻漏長
獨坐黃昏誰是伴　紫薇花對紫薇郎

絲綸帝主所出之命令也取王言如絲其出如綸之意禁中鐘鼓以定昏曉而節更漏之聲紫薇郎中書省入直之臣也此樂天入直之詩言坐于中書省中絲綸閣下黃昏寂靜惟與紫薇花相對而已。唐白居易字樂天元和進士别

壇雙眼空粲翰斗間迴夜
色開樽花底起雄風青天
氣靄閶門紫丹鼎沙明勾
漏紅不是長生原有術八
公安得老還童
壽山人
松陵倡和日徜徉高隱林
中歲月長晝擬前身爲顧
陸書從古法見鍾張綠尊
霞瀉金烏色碧篆烟飛寶

號香山卽香山九老之一仕至戶部尚書

觀書有感　朱熹

半畝方塘一鑑開　天光雲影共徘徊
問渠那得淸如許　爲有源頭活水來

半畝方塘言其小也鑑鏡也一鑑開言水光明澄徹如鏡也天光雲影水中照映徘徊流動不竭之貌問渠問水也爲設爲相謂源頭水有水源而長流不竭也此詩文公日觀書而見義理之高明猶水之澄淸而洞照萬物問渠何其澄徹光明如此則爲有源頭活水周流水周流而不竭如人之義理有萬事之殊其水原歸于一不外聖賢道統之眞派而已

鴨香共羨眞人在天際漫
尋紫海任東方

又

三徑蕭然遠世紛人如野
鶴在雞羣綸巾時拂烏皮
几錦字常留白練裙茶鼎
曉分雙井露研山秋結九
華雲瑤池長翫人間世誰
擬東方十賚文

又

泛舟　　朱熹

昨夜江邊春水生　艨艟巨艦一毛輕
向來枉費推移力　此日中流自在行

此玩索而有得焉之詩艨艟巨艦皆大
舟推移舟大水淺必用多人推挽而後
行也文公以泛舟喻學言春水未至而
溪流淺弱舟非推挽不能行也及夫春
水泛漲雖艨艟巨舟如羽毛之輕順水
而行中流自在全不費力何其易也以
比人見道不明千思萬索及至悟來
不思不勉自然而然從容中道也

冷泉亭　　林洪

一泓清可沁詩脾　冷煖年來只自知

嬾傍金門樂遂初金聲擲
地欲何如經成爭看中郎
字名重時迴太守車樓下
春潮朝載酒門前嶺雪夜
擁書清時未可閒巢許自
有玄纁到隱居

又

名世文章出世心高齋長
日坐花陰胸中玄解唯邱
壑眼底青雲自古今誰使

流出西湖載歌舞　回頭不似在山時

泓水清深貌沁飲水而涼潤于心也言水之情可飲以沁滌吾詩人之脾胃也其泉在深山之處年去年來或冷或煖只自知之耳其水流出西湖而載歌舞之船濁而不清無復昔日湖山之潔矣此喻人生之初其性本善及其富貴薰心物欲陷溺則不如初性之清明也

冬景　蘇軾

荷盡已無擎雨蓋　菊殘猶有傲霜枝
一年好景君須記　最是橙黃橘綠時

傲經久也言初冬之時荷葉敗盡已無擎雨之蓋菊花雖殘尚有傲霜之枝一

論才稱八斗眞堪挾字值
千金桃花潭水春醪熟歲
歲南山好共吟

壽醫士

芋服寬裁白羽輕獨將仁
術等閒情朝看仙種丹霞
杏暮聽瑤音紫玉笙雲裏
采芝飛石燕窗前煉藥囀
流鶯百年何處觀明德璀
燦階庭寶樹榮

年好景將闌君須記取其最佳者最
是初冬橙已黃而橘已綠之時也

楓橋夜泊　張繼

月落烏啼霜滿天　江楓漁火對愁眠
姑蘇城外寒山寺　夜半鐘聲到客船

明月初落寒烏夜啼秋霜滿空江楓葉
落漁火欵烟皆與舟中愁眠之人相對
而難寐者也忽聞寒山鐘聲夜半而鳴
不覺起視客船已至姑蘇城外之楓橋
矣。唐張繼字懿孫天寶
進士仕至戶部員外郎

寒夜　杜小山

寒夜客來茶當酒　竹爐湯沸火初紅

又

南州高士遠流芳明後聲名播四方壺內有天春不夜井中遺橘水生香煮成芝水烟騰竈煉就丹砂月滿房老我眈書成痼癖願求仙術起膏肓

壽中年醫

舊家門巷自烏衣瓊樹仙姿世所稀蚤向青箱傳大

尋常一樣窗前月　纔有梅花便不同

寒夜客來以茶可以代酒呼僮煮茗爐火初紅與客共話於寒窗月下尋常亦是此月但覺今夜梅花芳香襲人其月倍佳于他日也。小山宋人名爵

霜月　李商隱

初聞征雁已無蟬　百尺樓臺水接天
青女素娥俱耐冷　月中霜裏鬭嬋娟

蟬鳴于夏秋之交雁回于八月之候霜降于九月之中青女霜神素娥月中嫦娥也此詩言征雁初來則柳上之蟬已寂然無聲矣當此清秋之景登百尺之高樓望水天之一色青霜凝露白月揚輝亦可稱良夜矣因憶霜中青女之神

藥深從丹室領玄机壺中
大樂函今耀海上眞方我
玉屏壽國壽親兼壽世咸
從三祝正春暉

壽老年醫

春回橘井自流芳衣紹丹
溪衍慶長神巧共推調爕
手慈悲應屬大醫王朱顏
永駐頤期壽玉質長延卻
老方滕下亭亭看寶樹斑

與月中嫦娥一般佳麗而俱耐淸寒可謂雙淸二美矣。唐李商隱字義山陳州人大中進士官翰林學士

梅　王淇

不受塵埃半點侵　竹籬茅舍自甘心
只因誤識林和靖　惹得詩人說到今

林和靖神宗之末隱於孤山之梅嶺上放鶴湖中不婚不宦蕭然自適人稱其以梅爲妻以鶴爲子王淇此詩蓋咏梅之爲物淸瑩皎潔不受塵埃半點之侵從不生于雕闌畫棟之下而甘心于竹籬茅舍之間意謂君子不覺繁華富貴之鄉而樂淸幽隱逸之趣也惟林和靖知梅之佳致而種樹孤山以梅鶴自樂

爛四世進霞觴

壽賀新婚者

上苑春暉樂未央瓊樓花
尊壽聯芳桃夭灼灼宜家
慶麟趾振振衍祚長五夜
珠璣千帙富四方弧矢一
星光秋來好展扶搖翮佇
聽泥金冠帝鄉

壽賀客初回

香到寒梅返畫船長風萬

其咏梅有疎影橫斜暗香浮動之句深得梅之神趣故人有梅妻鶴子之稱予謂梅本自清閒幽雅何意得嫁林和靖惹詩人談笑至今以爲佳話乎

早春　白玉蟾

南枝纔放兩三花　雪裏吟香弄粉些
淡淡著煙濃著月　深深籠水淺籠沙

南枝回南之枝近日而暖得氣之先放花先放纔放兩三花言初開也花初放而遇雪雪方霽而見花故詩人吟香弄粉徘徊其下但見烟霧霏微香風淡蕩月光黲黩疎影濛籠映溪而深深照水映月而淺淺籠沙其清香瘦影之佳妙如此可謂極於描寫者矣○白玉蟾宋羽士

里興翩翩學成明道濂溪
後詩出開元大歷先四海
交游朱履滿十千佳釀酒
星懸慚予積雨塵長鋏醉
龍歸來賦綺筵
壽年少商賈
英姿不減五陵豪雅羨超
宗有鳳毛雁陣翔風橫劍
佩龍門鼓浪奏錐刀不將
聲譽干冠冕惟有濤填在

雪梅　盧梅坡

梅雪爭春未肯降　騷人閣筆費評章
梅須遜雪三分白　雪卻輸梅一段香

此平較梅雪之詩梅飄香而送暖雪六出以知春故云爭春未肯降二者俱佳未知孰優也騷人詩客也欲評題而閣筆思索評論未定也言梅雖白較之於雪則不及雪之色雪雖淸較之於梅則不及梅之香故梅遜雪白而雪卻輸梅之香矣上二句作梅雪相爭下二句作詩人判斷之意玩三分一段遜輸二字梅似差勝于雪矣○盧梅坡宋人爵里未攷

又

縕袍谿壑自深青道坦故將忠信涉波濤

五月壽

拂拂薰風散壽筵欣看華誕近中天稱觴競獻菖蒲酒祝嘏人歌菉竹編伺父後車專鉞日伏生前殿授經年會知白下忘机叟坐擁琴書得自然

秋壽

有梅無雪不精神　有雪無詩俗了人
日暮詩成天又雪　與梅并作十分春

精神筆韻也此詩人既評梅雪之後又作此以解之言梅雖淸香若無雪以襯之其丰韻則不精神矣有雪有梅無詩以評之不亦居然俗了哉日既暮而詩成天又雪矣故香映色點染先春共作十分春色也

答鍾弱翁　牧童

草鋪橫野六七里　笛弄晚風三四聲
歸來飽飯黃昏後　不脫蓑衣臥月明

綠草橫鋪于野晚風弄笛數聲歸來飽飯臥于明月之下不脫蓑衣而蕭然自

花開三徑映東籬處士星
高燦大虛白社遐齡推第
一青箱秘笈覽無餘高風
方外論司馬大耋師中重
後車漫數六朝全盛事且
看四世戲斑裾

高年冬壽通用

其高天心復旦時高年人
瑞應昌期一尊綠綠期常
滿雙鬢青青尚未絲兕酌

得出有可樂入有可足以淡
人名利之心也○弱翁宋人

秦淮夜泊　杜牧

烟籠寒水月籠沙　夜泊秦淮近酒家
商女不知亡國恨　隔溪猶唱後庭花

秦淮在金陵桃葉渡後庭花陳後主宮
詞夜泊秦淮聞鄰舟商女隔溪而唱後
庭花蓋不知乃金陵亡國
之詞不宜于此地唱之也

歸雁　錢起

瀟湘何事等閒回　水碧沙明兩岸苔
二十五絃彈夜月　不勝清怨卻飛來

爵堂三祝須賓筵歌雅九
如詩翩翩綵服卿雲麗駟
馬門高人在玆

瀟湘衡陽之地鴈南飛至此即北回二十五絃瑟也湘靈之神鼓瑟瀟湘之水言歸寓聞瑟聲之怨想不勝其清怨而飛來也。唐錢起字仲文天寶進士

題壁　無名氏

一團茅草亂蓬蓬　驀地燒天驀地空
爭似滿爐煨榾柮　漫騰騰地煖烘烘

此言安分之詩也燒茅草以禦寒驀地而烈焰燒天頃刻而滅蓋茅草虛而不實比人非道以干富貴忽興而忽滅也榾柮樹根堅而耐久可以禦寒火漫騰而足易煖强求富貴爭如安隱之爲快乎

諸名家贈賀詩

豫　王相　選輯

閩　鄭漢　校梓

七言律

送會試

疎雨凉生客子衣秋闈捷後又春闈青萍擬作雙龍化碧落爭看一鶚飛西漢文章從古少東陽聲價近來稀採花預得龍頭選好

增補重訂千家詩註解卷下

早朝大明宮　賈至

銀燭朝天紫陌長　禁城春色曉蒼蒼
千條弱柳垂青瑣　百囀流鶯繞建章
劍佩聲隨玉墀步　衣冠身惹御爐香
共沐恩波鳳池上　朝朝染翰侍君王

銀燭月光也紫陌御階也青瑣宮門刻爲青瑣之形建章宮名柳千條鶯百囀皆春時也鳳池中書省居宮禁嚴邃之地舍人掌制誥者居之以比天上鳳凰池染翰謂以文章事君也○唐賈至字幼鄰洛陽人官中書舍人

寄泥金望錦歸

又

纔看攀桂月中來又喜觀光過鳳臺調鼎鹽梅方濟世明堂梁棟正論才鵬搏霄漢三千里魚躍龍門第一雷此去定期蓮上第長安走馬看花回

送廷試會試通用

贈荊雅羨逸倫才況復時

和賈舍人早朝　杜甫

五夜漏聲催曉箭　九重春色醉仙桃
旌旗日暖龍蛇動　宮殿風微燕雀高
朝罷香烟攜滿袖　詩成珠玉在揮毫
欲知世掌絲綸美　池上于今有鳳毛

五夜即五更漏更漏也催曉箭言漏聲催曉如箭之速也九重天子所居春色比天子之容天顏有喜春色盎然既如仙桃而紅色見于顏也朝將退時日初出而映旌旗之影如動龍蛇風色微而見燕雀之飛翔于宮殿朝既罷矣御香沾于滿袖公餘無事揮毫成珠玉之詩末聯則言舍人之父曾爲翰禁之臣掌

清泰運開瑜瑾器推三代
重斗山文起八朝衰未[illegible]
霖雨酬康濟先識春風煦
草菉遙憶八庭數對日卿
雲五色聚金臺

送鄉試會試通用

中原赤幟樹文壇萬里雲
霄振羽翰丹鳳墀頭新帝
闕黃金臺上舊長安一巵
行餞尚書履三策應彈貢

朝廷之制誥書天子之綵綸鳳毛池上父子繼美其在于今不羨謝家之鳳毛矣○賈至前有大明宮之作故子美和之後二首皆和題也至父賈曾中宗之朝亦爲中書舍人明皇謂賈至曰先皇制命乃爾父爲之兩朝盛典俱出卿家可謂繼美矣故子美和其詩而發贊其家學之盛也○謝鳳子超宗父子文章繼美梁武帝謂之曰超宗殊有鳳毛言其有父風也鳳毛二字本此

和賈舍人早朝　王維

絳幘雞人報曉籌　尙衣方進翠雲裘
九天閶闔開宮殿　萬國衣冠拜冕旒
日色纔臨仙掌動　香烟欲傍袞龍浮

萬冠策馬歸來詩畫錦可容彈鋏有馮諼

送官入京

蓬萊宮闕五雲間天上羣仙集佩環珥筆每從花下散玉珂時聽月中還清秋幕府芙蓉靜白日堂簾獬豸閒浩蕩天風吹鶴馭春朝入覲紫宸班

送京官入朝

朝罷須裁五色詔　佩聲歸到鳳池頭

周禮雞人掌朝廷夜呼曉唱漢制儀衛之上候曉于朱雀門外著絳幘專傳雞唱以待朝曉籌唱更之籌也宮中唱更以銅籤擲地鏗然有聲五更之籌改爲曉籌尚衣宮人掌朝廷之服九天即九重天子之所居也仙掌註見前言舍人既同萬國衣冠朝于天子而獨侍于仙掌之間身倚傍衮龍之制新承天子之命令歸于中書省中而裁制誥則見其朝服雍容佩聲鏘然歸于鳳池之上也

和賈舍人早朝　岑參

雞鳴紫陌曙光寒　鶯囀皇州春色闌

金闕曉鐘開萬戶　玉階仙仗擁千官

春風仙珮步瀛洲山水微
茫覽勝遊名世才華宣建
白濤時偉筆獨風流中天
星斗扶宸極上苑花明拂
玉樓遙想大庭趨覲罷早
承恩澤鳳池頭

送監司出京

聞道禮帷度大江故園喜
見碧油幢香飄鷺嶺新秋
樹詩滿鸞湖舊玉缸元禮

花迎劍珮星初落　柳拂旌旗露未乾
獨有鳳凰池上客　陽春一曲和皆難

此亦和前題言雞鳴于紫禁而曙色日光鶯啼于皇州而三春將暮曉鐘動而萬戶齊開仙仗齊而千官肅靜百花迎平劍佩星光初落綠柳拂于旌旗露濕未乾斯時也獨羨鳳凰池上之舍人退朝從容草詔方畢而賦詩爲樂才調之高如陽春白雪使人欲和而未能也○陽春古曲名宋玉云客有歌于郢中者其始唱下里巴人之歌國中和者千餘人繼唱陽阿薤露之歌和者數十人而已其後爲陽春白雪之調和者方數人耳蓋其調愈高而和者愈寡也○唐岑參河內人官至戶部員外嘉州刺史

龍門模楷峻羊公峴首姓
名雙西風一夜梧桐雨爲
送羲和出帝邦

送御史出京

繡斧霜威肅柏台澄清攬
轡定江淮欲安風鶴哀鳴
謐特簡夔龍駟馬來如燬
如傷懷孔邇爲霖爲雨筆
康哉佇看敷政陳千羽百
祿攸攸履泰階

上元應制　蔡襄

高列千峯寶炬森　端門方喜翠華臨
宸遊不爲三元夜　樂事還同萬衆心
天上清光留此夕　人間和氣閣春陰
要知盡慶華封祝　四十餘年惠愛深

千峯謂鰲山燈上峯巒之多寶炬燭光森列也端門即午門翠華御駕也天子出遊曰宸遊三元夜春爲歲之元正月春之元元宵夜之元也言天子宸遊御午門而觀燈非爲慶賞三元其實與萬民同樂也惟君有與民同樂之心故天心應之而清光普照也萬衆樂君恩感天心之應而和氣藹散于春月之陰故

送武臣上任

年少登壇著令名提封萬里重干城橐弓畫擁魚麗陣甲帳春迴細柳營大樹勳勞多不伐長城烽火看清謐將軍一去威遐暢指日蒼生頌太平

贈知縣致仕

天瑞雲爲五色披華宴金縷畫遲遲蓮開幕府池邊

畢集于端門效華封之人祝天子無疆之壽要知此祝也非一月之祝今天子在位四十餘年重熙累洽沛澤弘深而萬民仰載之久也○宋蔡襄字君謨仙遊人仕仁宗朝官端明學士禮部尚書謚忠惠

上元應制　王琪

雪消華月滿仙臺　萬燭當樓寶扇開
雙鳳雲中扶輦下　六鰲海上駕山來
鎬京春酒霑周宴　汾水秋風陋漢才
一曲昇平人盡樂　君王又進紫霞杯

此上元天子觀燈賜宴之詩也首聯言春雪已消而明月滿臺萬燭森列御扇

日花滿河陽縣裏時看舊
風高推洛社循良聲望動
京師共欽龍馬精神健繞
膝欣看紫鳳嬉

贈郡縣官

九重宵旰爲黔黎守令如
公復論誰藉花無金千獨
處春秋有筆斷羣疑每聽
白髮歌遺愛擬代蒼氓寫
頌思膏雨陽春承沛澤神

雙開得見天顔也二聯言燈之華麗雙鳳排雲而扶仙人之輦六鰲出水而駕海上之山三聯言君臣同樂之盛事指周漢之君以美之詩曰王在在鎬豈樂飲酒周武王在鎬京宴羣臣以比今之諸臣沾君之宴汾水在山西武帝遊幸于此君臣歌秋風之詩以比今之君臣宴樂賦詩有勝于漢也末聯言朝廷與民同樂而民亦樂其樂也故樂官奏昇平之樂而君王樂甚又進紫霞之觴也

○宋王琪字禹王官至翰林學士

侍宴 安樂公主新宅應制 **沈佺期**

皇家貴主好神仙　別業初開雲漢邊
山出盡如鳴鳳嶺　池成不讓飲龍川

君不忝史臣詞

贈大和尚

塵拂宗風動九重南遊飛錫掛千峰開堂正可依僧紹展錫何妨繼誌公池水一痕通白鹿缽雲五色貯蒼龍媿余塵跡終相隔遙聽寒山子夜鐘

贈講師

手攬金欄賜紫衣帝恩常

粧樓翠幌教春住　舞閣金鋪借日懸
侍從乘輿來此地　稱觴獻壽樂鈞天

此明皇妹安樂公主山庄新第帝幸之而命儒臣賦詩也首聯言其築此宅第以事神仙而高出于山嶺也鳴鳳嶺在鳳翔飲龍川即渭水言山水之佳勝于二處也翠幌即翠幙金鋪閶門環上之飾言翠幌留春金鋪映日也乘輿天子所駕言侍駕而至此也稱舉也鈞天皇帝之樂也言侍宴之臣奉觴而上壽以奏鈞天之樂也○唐沈佺期字雲卿內黃人官禮部員外郎

答丁元珍　歐陽修

春風疑不到天涯　二月山城未見花

共佛輪輝句中自鷲前三
語盡後能參第一機任處
烟雲非色相到來猿鳥盡
皈依遁知宴坐經行日若
雨天花滿座飛

贈詩僧

幽棲自合住雲林杖履躡
條鹿苑陰法坐散花開妙
語澄溪息垢見禪心黃昏
磬冷空山靜子夜燈寒古

殘雪壓枝猶有橘　凍雷驚筍欲抽芽
夜聞啼雁生鄉思　病入新年感物華
曾是洛陽花下客　野芳雖晚不須嗟

此思友人謫居邊城小邑因其寄贈而答詩以慰之也首聯言二月無花言春風不到邊城也二聯言橘經雪而實猶存凍雷驚筍而萌芽欲出三聯言其聞雁而思鄉因病而感物何其悲也末聯乃慰之曰吾與爾曾仕洛京同爲洛陽花下之客多歷春光今雖暫謫山城荒春野徑芳菲雖晚復何歎哉○宋歐陽修字永叔廬陵人仕參知政事謚文忠公

插花吟　邵雍

殿深寂寂虎溪人不到四
時常聽海潮音

又

梵王樓閣冠吳中雲繞諸
天寶法宮寶刹月明珠出
海花臺烟暖雨隨風庭松
回指思玄奧濁酒留賢憶
遠公劫後相看情倍好詩
成須寄草堂東

贈羽士

頭上花枝照酒卮　酒卮中有好花枝
身經兩世太平日　眼見四朝全盛時
況復筋骸粗康健　那堪時節正芳菲
酒涵花影紅光溜　爭忍花前不醉歸

此言盛世芳春之樂也首聯言花枝映酒酒卮涵花次言身經兩世之太平眼見四朝之全盛三十年爲一世年已六十眞宗仁宗英宗神宗爲四朝皆宋朝太平全盛之時也而且身軀康健時節芳菲爭忍坐對名花美酒而不醉歸耶

○宋邵雍字堯夫隱居不仕學者尊謚爲康節先生

寓意　晏殊

十畝蒼苔一畝宮遲丹顏
色似芙蓉不教神鬼窺仙
籙會使風雷起劍鋒山石
種來都是玉淵魚飛去盡
成龍野人受得長生訣珍
重泥金次第封

又

丹汞光華照洞庭天壇日
色帶疎星玄都道士青虹
劒上界仙人白鳳翎閶闔

油壁香車不再逢　峽雲無跡任西東
梨花院落溶溶月　柳絮池塘淡淡風
幾日寂寥傷酒後　一番蕭索禁烟中
魚書欲寄何由達　水遠山長處處同

此有所思之詩也油壁香車美人所乘
峽雲神女行雨行雲任西東不定之意
梨花月下楊柳風前言所遇之處今杳
然不可見也寂寥於酒後蕭索淸明傷
春之際也魚書欲到而無由水遠山長
而無人可托徒有憂思感歎而已○宋
晏殊字同叔臨川人官
參知政事魯國元獻公

寒食書事　趙元鎮

朝回天蕩蕩纍珠經閱畫
冥冥欲從杖履秋山裏風
雨篝燈採茯苓

又

綠草毛茸碧樹斜清涼勝
地即仙家養生不餌千金
藥對客時分五色瓜池上
雨來飛亦鯉林間月出見
妖蟇顧余雙鬢渾如雪常
憶丹泉汲井花

寂寂柴門村落裏　也教插柳紀年華
禁烟不到粵人國　上冢亦攜麗老家
漢寢唐陵無麥飯　山谿野徑有梨花
一樽竟藉青苔臥　莫管城頭奏暮笳

此邊方寒食之詩也古者寒食插柳于門言雖殊方村陋之處也不妨插柳以記歲華也禁烟之節粵中未聞故兩廣之地不知禁烟清明時麗德公常攜家上冢而此地亦知攜家上冢如麗德公之事也因憶小民之家遠方辟地亦知上冢而漢朝之寢墓唐代之山陵今雖有存有不存更有何人捧一盂麥飯而祭之乎傷帝王之墓垣墟也古帝王尚如此而小民復何問乎不如一樽濁酒

贈醫士

星源共衍舊家聲坐擁奇書數百城建業晴雲滋玉樹鍾陵朝露接仙莖壺天大隱春常在學海淵涵道愈明自有青囊能壽世丹溪不羨紫陽名

賀新婚

清秋滿眼菊花黃共喜鸞簫奏鳳凰南國佳人多窈

醉臥蒼苔取一時之樂一任城頭畫角雖催而不顧也○元鎮宋人爵里未詳

清明　黃庭堅

佳節清明桃李笑　野田荒塚只生愁
雷驚天地龍蛇蟄　雨足郊原草木柔
人乞祭餘驕妾婦　士甘焚死不公侯
賢愚千載知誰是　滿眼蓬蒿共一丘

桃李遇清明而盛開故曰笑荒塚遇寒食祭掃而生悲故曰愁斯時也春雷發而龍蛇起蟄春雨足而草木皆新因祭祀而憶齊人乞食于墦間見禁烟而哀子推之焚死蓋介子推割股以救晉文公文公即位而賞不及故子推恥言功

苑西京彼美並芬芳三千
錦字天球燦十二連城白
璧光寶炬輝搖明月夜百
年嘉慶樂無疆

又

河洲窈窕咏鴛鴦青簡冰
絲自一行雀篇遙臨青玉
案鸞簫喧奏鬱金堂生緣
襁褓成嬌麗人自閨幃賜
異香此夕春光深似海花

而隱于綿谷文公思而求之不得使人召之不出乃焚其山意其必出子推終不肯出而焚死晉人哀之以其死于清明前三日故于此三日皆禁火不舉至清明乃祀之禁烟之節蓋本于此然子推之廉齊人之貧皆何在哉往古來今蓬蒿滿眼荒塚纍纍惟黃土一坯而已人生于世何不及時而行樂乎○宋黃庭堅字魯直江西分寧人仕至侍講學士謚文節

清明　高菊磵

南北山頭多墓田　清明祭掃各紛然
紙灰飛作白蝴蝶　淚血染成紅杜鵑
日落狐狸眠塚上　夜歸兒女笑燈前

屏寶燭樂無疆

又

百兩盈門爛錦幛燃犀于
槳映清暉周詩自洽關雎
化秦簫遙臨彩鳳隨爭羨
才郎如琬琰應知淑女正
芳菲人間樂事輕天上祗
恐嫦娥夜不歸

賀招親

溫柔不羨白雲鄉十二珠

人生有酒須當醉 一滴何曾到九泉

言清明之時紛紛然祭掃於南北山頭紙灰飄白如蝴蝶之飛淚灑郊原若杜鵑之血日落而狐狸穿眠于塚上祭掃回家兒女歡笑于燈前竟忘死者長眠于塚矣則紙灰與淚有何益哉人生于世遇酒則亟宜痛飲莫待死時空眠孤塚三牲五鼎徒爲虛設雖一滴之酒安能到于九泉之下哉○高菊磵宋人名翥末詳

郊行即事　程顥

芳原綠野恣行時 春入遙山碧四圍
興逐亂紅穿柳巷 困臨流水坐苔磯

簾月似霜咏雪庭中來淑
女生花筆裡見才郎彤弧
巧中屏間雀綵綺音招曲
襄凰咏雉久憐紅線杳一
枝人喜寄翽翔

賀居官生子

桃有陽春桂有秋甘棠有
蔭遍南洲臺邊乍覩風雲
氣閫內方生將相籌朱芾
斯皇符泰兆菘高維岳錫

莫辭盞酒十分勸　祇恐風花一片飛
況是清明好天氣　不妨遊衍莫忘歸

此明道春日郊行之作恣行任意而遊也言春日恣行于芳原綠野瞻春色于遠山四圍蒼翠逐亂紅于柳巷流水皆能坐對一觴莫辭深飲祇恐風吹花落則春色凋零矣況當此佳節又值風日清和亟宜玩賞但不可樂而忘返耳

鞦韆　洪覺範

畫架雙裁翠絡偏　佳人春戲小樓前
飄揚血色裙拖地　斷送玉容人上天
花板潤霑紅杏雨　綵繩斜掛綠楊烟

洪厤佇看綵袖聯翩起媱
美當年萬戶侯
賀生子有祖父在
堂上靈椿已大年階前玉
樹洽莘莘高松曾擬生申
頌蘭茁欣看種碧田掌渥
明珠堪動色神清秋水自
驚筵合飴盈獨桑榆樂大
卜千門有象賢
賀生子

七言 詩千詩 唐 李太白

下來閑處從容立　疑是蟾宮謫降仙

此咏鞦韆女子之美也首言畫架精工而高聳翠繩雙墜而偏邪佳人春日戲于小樓之前佳人戲于架上紅裙飄颺而飛揚推送之間玉貌佳人挽索昇空如上青天之樂紅杏如雨沾落于鞦韆花板之上綠楊如烟繚繞于綵繩之間須臾戲畢而下從容佇立于幽閒之處翩翩佳麗如蟾宮謫降之仙子也。

宋洪覺範洪皓之孫鄱陽人官至秘閣待制

曲江對酒　杜甫

一片花飛減卻春　風飄萬點正愁人

且看欲盡花經眼　莫厭傷多酒入脣

庭際蘭孫甫出芽藍田奕
葉秀瓊華丰姿不數徐卿
美寶樹長生謝傳家未取
干戈占異氣終期霄漢吐
青霞鳳毛原是君家物他
日還期傍帝車

賀連生雙子

誰家雙璧兩玲瓏東海徐
卿樂事同掌上瓊敷肌似
玉懷中珪合氣如虹長看

江上小堂巢翡翠　苑邊高塚臥麒麟
細推物理須行樂　何用浮名絆此身

言花飛一片已減卻春光何況風飄萬點豈不動人之愁乎且看欲盡之花當飲入唇之酒江上小堂無人居止而翡翠來巢苑邊高塚貴人所葬而石麟自臥物理遷移變幻如此仔細推之人生自當行樂又何用浮名牽絆哉

其二　杜甫

朝回日日典春衣　每日江頭盡醉歸
酒債尋常行處有　人生七十古來稀
穿花蛺蝶深深見　點水蜻蜓款款飛

瑜瑾排青案曾有播興綴
碧叢信是藍田多種得好
扶鳩杖侍仙翁

賀老年生子

蘭閨喜見浴麟時花甲初
添玉樹枝雪裏高山頭白
早海中蟠實子生遲荊山
璞剖連成玉台浦光呈照
乘珠萬事從今方已足旋
看門第出高車

傳與風光共流轉　暫時相賞莫相違

言居官貧無以爲樂惟是退朝常典衣沽酒盡醉江頭耳酒錢不足常負而未償然酒債乃尋常之事人生自古稀有七十之年吾雖未七十而光景無多矣況穿花之蛺蝶點水之蜻蜓景物風光洵足爲樂宜暫時相賞不可相違也

黃鶴樓　崔顥

昔人已乘白雲去　此地空餘黃鶴樓
黃鶴一去不復返　白雲千載空悠悠
晴川歷歷漢陽樹　芳草萋萋鸚鵡洲
日暮鄉關何處是　烟波江上使人愁

賀生子週歲

年年佳氣慶充閭香馥蘭
孫遶砌鋪其擬提干兼俎
豆旋驚把卷識之無秋風
祁氏誇雙桂明月韋家有
二珠千里他年應自信龍
文驥子總雲衢

賀生孫

鱸肥江上賦歸辭荏苒年
華晝錦遲靑瑣丹心焚諫

世傳武昌費文禕登仙駕黃鶴而去故人建樓于此漢陽在武昌江北中有鸚鵡洲皆樓中所望之景但鄉關迢隔惟看江上之烟波動人愁思而已。唐崔顥開元進士汴州人李白欲題黃鶴樓見顥詩而止自以爲不及也

旅懷　崔塗

水流花謝兩無情　送盡東風過楚城
蝴蝶夢中家萬里　杜鵑枝上月三更
故園書動經年絕　華髮春惟兩鬢生
自是不歸歸便得　五湖烟景有誰爭

無情去而不能復留也水流花謝送盡春光過楚城而去莊周夢蝴蝶子夢則

草童顏鶴髮付金芝已誇
松幹高標秀又喜蘭蓀獨
吐奇莫謂東山空繫望蒲
輪早擬下彤墀

賀生雙孫

挂冠神武老清時高臥詩
邸歲月遲仙草種來非小
草孫枝長處是年枝三江
潮發雙龍起千里風生兩
驥隨最是東南多盛事瞽

萬里之遙杜鵑啼血泪子醒則三更月皎因憶故園音信經年絕少兩鬢頒白人春更多又言子自是不能歸耳若歸則五湖烟景逍遙自得有誰爭兢乎。

崔塗字禮仙唐時進士

答李儋　韋應物

去年花裏逢君別　今日花開又一年
世事茫茫難自料　春愁黯黯獨成眠
身多疾病思田里　邑有流亡愧俸錢
聞道欲來相問訊　西樓望月幾回圓

此蘇州在官因李儋寄贈而答之也言去春花下一別忽已經年宦海茫茫升

纓累世慶無期

○佳節勉學詩 七言律

清明

留春無計願春遲花落空

山聽子規翡翠棲香依杜

若牽牛引蔓上棠梨杜陵

寒食常爲客李賀春游爲

覔詩莫負韶光如電速好

求新火繼青藜

又

沉難定浮生黯黯惟喜長眠身多疾病
而思歸未能邑有流離之民而食俸堪
愧聞君欲命駕親來問訊于我使我
幾同望月之圓不知何時方到也

清江 杜甫

清江一曲抱村流　長夏江村事事幽
自去自來梁上燕　相親相近水中鷗
老妻畫紙爲棋局　稚子敲針作釣鈎
多病所須惟藥物　微軀此外復何求

此賦草堂之景也長夏之時鄉村景物
事事幽雅燕與鷗言事物之幽棋與釣
見人事之幽燕自去來鷗相親近見與
物相忘也妻與子各爲嬉戲之具見俯

白沙堤上綠楊邊處處游
人醉管絃莫遣桃花作紅
雨且看榆火散青烟謳歌
競賞承平日稼穡深明大
有年耕讀良謀休枉負從
來大業在書田

又

南郊草色映堤新百囀流
鶯喚友聲繫馬登樓裁雅
韻停車酤酒踏芳茵溪花

仰無累室家安樂也末言老年多病
惟需藥物以治之此外並無一事也

夏日　張耒

長夏江村風日清　簷牙燕雀已生成
蝶衣曬粉花枝午　蛛網添絲屋角晴
落落疏簾邀月飲　嘈嘈虛枕納溪聲
久班兩鬢如霜雪　直欲樵漁過此生

言江村風日晴和燕雀初雛于簷牙之間蝴蝶停翅于花枝而曬粉蜘蛛添絲于屋角補網天晚而月映疏簾欲臥而溪聲入枕洵可佳也末言年暮而鬢髮如雪塵事可捐直欲偕隱漁樵以娛老景而已○宋張耒字文潛官翰林待制

笑日攀游客岸柳和烟拂
醉人芸蓋清明時序好暫
抛芸帙翫晴春

又

翩翩春色染輕條席地窮
眸景色饒萬雉雲屯迷欲
散三山風靄迴還遙帆飛
隱約江橫帶寺繞縈迴塔
擁香最是夕陽難繪處烟
籠霞彩靄籠潮

輞川積雨　王維

積雨空林烟火遲　蒸藜炊黍餉東菑
漠漠水田飛白鷺　陰陰夏木囀黃鸝
山中習靜觀朝槿　松下清齋折露葵
野老與人爭席罷　海鷗何事更相疑

輞川地名摩詰所居因積雨而起遲蒸藜炊黍以餉犁田者水田白鷺之飛鳴朝槿露葵之把翫是與物相忘也末言野老已無爭席之心海鷗何相疑而不相狎乎莊子所謂海翁忘機而鷗不飛去卽用此意

新竹　黃庭堅

又

三月流鶯遷禁城杏花零亂逼清明一犁好雨秧初種千頃平疇麥正青醉向窮途悲阮籍愁來天際問張衡池塘見說生新草好把新詩次第賡

又

晴郊春事滿江洲乘興登臨一倚樓新水灤迴芳杜

插棘編籬謹護持　養成寒碧映漣漪
清風掠地秋先到　赤日行天午不知
解籜時聞聲簌簌　放梢初見影離離
歸閒我欲頻來此　枕簟仍教到處隨

首言初種竹時編棘爲籬以護之培養已成有寒碧漣漪映水之趣風掠地而先來枝之高也日當午而不知葉之密也竹包爲籜籜解而竹梢始放其聲簌簌其影離離洵可愛也安得閒暇頻來此地更攜枕簟而偃臥以玩之耳

表兄話舊　竇叔向

夜合花開香滿庭　夜深微雨醉初醒

遶午烟澹蕩落花幽園林
歌吹良時樂館閣吟哦好
句搜流盼東山懷遠志好
舒經濟展良謀

又

芳堤嫩柳拂遊人爲惜韶
華插鬢新車馬五陵誇勝
地郊原一片踏青塵市中
榆火過寒食江上蘋花照
暮春年少須知行樂易春

遠書珍重何由答　舊事悽涼不可聽
去日兒童皆長大　昔年親友半凋零
明朝又是孤舟別　愁見河橋酒幔青

夜合朝開而暮合與表兄敘飲于花下微雨初醒之時言別後遠隔有書難寄也舊日之事悽楚難言因憶別時鄉里之兒童今已長大昔年之親友半已凋零明朝兒又別去相送河橋見酒幔而不勝愁也○唐竇叔向字遺直扶風人

偶成　程顥

閒來無事不從容　睡覺東窗日已紅
萬物靜觀皆自得　四時佳興與人同

光易老百年身

又

綠遍郊原春事深清明佳
趣豁塵襟聲聲禽語幽人
意種種花開老圃心桑葉
漸舒梯欲整菜苗暗長路
難尋爲求新火驚尨吠好
向雜窗漫檢尋

清明風雨

風風雨雨禁烟時歷遍春

道通天地有形外　思入風雲變態中
富貴不淫貧賤樂　男兒到此是豪雄

言清閑無事而從容臥起之時東方之
日己紅矣靜觀萬物而思得于心佳景
四時與與人同適道體之大天地形影
風雲變態無所不至莫有不通處富貴
而不淫安貧賤而自樂男兒于此
處立得定豈不豪雄之丈夫乎

遊月陂　程　顥

月陂堤上四徘徊　北有中天百尺臺
萬物已隨秋氣改　一樽聊爲晚涼開
水心雲影閒相照　林下泉聲靜自來

光總不知桃李野墻花發早蘼蕪江國燕來遲深宵簷溜寒猶滴佳節清明禁不欲寄語少年當努力須知白日若駒飛

清明登雨花臺

一自談經散雨花江南千古擅繁華六朝金粉追王蹟九疊琉璃樹梵家桃李成蹊渾欲笑笙歌匝地樂

世事無端何足計　但逢佳節約重陪

言登堤四望有中天之臺在北而最高也但見萬物逢秋而蕭然一樽向晚而可酌觀水面閒雲之影聽林下流泉之聲秋色洵可觀也末言世事多端何足計較但逢佳節不厭登臨重陪玩飲可也

秋興八首選四　杜甫

玉露凋傷楓樹林　巫山巫峽氣蕭森
江間波浪兼天湧　塞上風雲接地陰
叢菊兩開他日淚　孤舟一繫故園心
寒衣處處催刀尺　白帝城高急暮砧

無涯憑高極目江峯藹雄
雉飛鳴絢彩霞

上巳清明

亂紅如雨綠蒼苔上巳清
明罕共借修禊蘭亭羣老
集舞雩沂水衆英來桑麻
無礙稱豐歲耕讀須知毓
異才當惜寸陰駒隙過好
尋榆火入書齋

又

此公在白帝城外舟居而作言玉露凋
零江楓葉落巫山巫峽秋氣蕭森兼天
波浪接地風雲江間塞上兵阻而世亂
矣孤舟寄此兩見菊開故園之思一心
常繫斯時處處人家製寒衣而催
刀尺白帝高城惟聞向暮砧聲耳

又

千家山郭靜朝暉　日日江樓坐翠微
信宿漁人還泛泛　清秋燕子故飛飛
匡衡抗疏功名薄　劉向傳經心事違
同學少年多不賤　五陵裘馬自輕肥
言山坡之下村落千家朝日初暉而人
方靜之時日登江樓之上而坐望翠微

萬壑松風撼草亭花飛春
晝坐聽鶯何年曲水閒修
禊此日青山競踏青樹杪
江連寒雨白城頭月映晚
山青金陵千古繁華地回
首滄桑幾代更

閏二月清明

一春罕睹春陽媚百花含
露渾如醉月明花朝花已
闌雨餘寒食寒猶滯傳語

也信宿漁人仍泛泛水中清秋燕子飛
飛江上因憶漢匡衡疏歸直言時後而
作宰相而我亦直言而遭貶斥劉向傳
經以明後學而作九卿我欲傳經以世
亂而相違舊時同學諸少年俱已富貴
輕裘肥馬于五陵之上不相聞問也

又

蓬萊宮闕對南山　承露金莖霄漢間
西望瑤池降王母　東來紫氣滿函關
雲移雉尾開宮扇　日繞龍鱗識聖顏
一臥滄江驚歲晚　幾回青瑣點朝班

因憶長安盛時築蓬萊宮于終南山北
置承露盤于霄漢之間天子臨幸西望

東皇惜歲華莫將風雨阻遊輩好尋李賀囊中草付與江淹筆底花

端陽

江上青青擁劍蒲江湄戶戶挂朱符錦帆不返隋天子黍葦難酬楚大夫虎踞龍蟠誇勝跡蛟騰鳳起有弘圖五絲幸續長生線且讀人間有用書

瑤池疑王母之欲降東瞻函谷迓紫氣之方盈寶扇開于雉尾日色映于袞龍甫也小臣會于此而識聖天子之顏焉豈期放棄以來一臥滄江暮年晚歲空懷故國之思幾同于青瑣宮門會點朝班之上也

又

昆明池水漢時功　武帝旌旗在眼中
織女機絲虛夜月　石鯨鱗甲動秋風
波飄菰米沉雲黑　露冷蓮房墜粉紅
關塞極天惟鳥道　江湖滿地一漁翁

昆明池漢時所開武帝演水師之處也鑿石鯨于池中每至風雨時鱗甲皆動

又

長淮渺渺欲何之葭葦蕭蕭動遠思畫虎豈能驅暑毒浮龍猶憶弔江湄滿區競泛長生酒彩勝欣添續命絲自有瑤篇消永夏迎風開卷日舒遲

又

一陰初姤正中天共酌遐觴駐大年十里芰荷鋪碧

又鑿牛郎牽牛織女當機之形長安遭天寶祿山之亂宮闕空虛池上菰米蓮房皆飄墮于波中無人收拾也關塞極天惟鳥道一線之路可通故明皇避亂而幸蜀江湖滿地之廣一身飄泊無依如漁翁之泛泛于江上也

月夜舟中　戴復古

滿船明月浸虛空　綠水無痕夜氣沖
詩思浮沉檣影裏　夢魂搖拽櫓聲中
星辰冷落碧潭水　鴻雁悲鳴紅蓼風
數點漁燈依古岸　斷橋垂露滴梧桐

言滿船載月水光夜氣之浮空詩思浮沉搖櫓下錦帆之影而未定夢魂飄蕩

水六橋歌管沸樓船波競
龍標喧令節名題雁塔勵
英年般勤莫負囊螢志好
向芸窗理蠹編

又

律轉甤賓淑景芳中天令
節水雲鄉葵榴弄色娛金
谷蒲艾生香泛玉觴拂拂
秧禾鋪隴畝盈盈𪎊麥積
倉箱時霖廣布豐年瑞好

于檣槳之中而未寐驚醒而視星辰映
水鴻雁鳴風碧潭紅蓼之間惟有漁燈
數點梧桐垂露滴斷橋之
下而已極言秋夜之景也

長安秋望　趙嘏

雲物淒涼拂署流　漢家宮闕動高秋
殘星幾點雁橫塞　長笛一聲人倚樓
紫艷半開籬菊靜　紅衣落盡渚蓮愁
鱸魚正美不歸去　空戴南冠學楚囚

署官舍也言庭際當秋輕雲拂署望朝
廷之宮闕高凌秋漢殘星猶在而塞雁
橫空長笛一聲而危樓自倚籬菊半開
紫艷初芳渚蓮凋落紅衣盡卸斯時也

舊螢窗待題揚

又

中天佳節映朱門畫舫朱
檇醉鳳笙酒泛蒲觴增淑
氣衣懸艾虎佩雄精漫商
正則當年事曾記田文此
日生男兒欲遂高門志須
效覊螢醉六經

午日水亭看舟

映水人家處處樓秦淮此

松江之鱸魚正美而不能歸空戴南冠
如楚因之繫於晉也○楚鍾儀被晉師
所獲景公見而問之曰南冠而繫者誰
也疑其戴南人之冠非晉人也命其奏
樂儀操南音公以其不忘故國命釋
放之○唐趙嘏字承祐仕至渭南尉

新秋　杜甫

火雲猶未斂奇峰　欹枕初驚一葉風
幾處園林蕭瑟裏　誰家砧杵寂寥中
蟬聲斷續悲殘月　螢焰高低照暮空
賦就金門期再獻　夜深搔首歎飛蓬

言火雲未收而涼風已動蕭瑟之氣入
于園林砧杵之聲响于夜靜見人之因

目勝瀛洲朱簾鷁舫鳴簫
鼓錦纜龍舟遲楫桴火樹
銀花光上下星橋雪洞影
沉浮蘭湯浴罷渾無事醉
倚雕欄玩碧流

七夕

一歲雙星兩渡河天恩重
許輟机梭目窺銀漢秋彌
澹雨下參商露更多脉脉
喜看離未久迢迢休問夜

秋而備寒也蟬聲斷續螢燄高低見蟲
類隨時而飛鳴也末言欲獻策于金馬
門以求進奈鬢髮如飛蓬流
光易衰老時搔首而自嘆也

中秋　季　朴

皓魄當空寶鏡升　雲間仙籟寂無聲
平分秋色一輪滿　長伴雲衢千里行
狡兔空從弦外落　妖蟆休向眼前生
靈槎擬約同攜手　更待銀河徹底清

皓魄以影言寶鏡以形言仙籟無聲言
月靜風閒也狡兔妖蟆皆月中之形兔
能生光蟆能蝕魄靈槎漢張騫乘槎以
涉天河之事言如此明月平分秋色千

如何不須更乞人間巧但
乞年年一聞過

又

星河雲影澹相連牛女相
逢古渡邊閶闔競傳瓜果
會詞壇多賦雀橋篇寧知
此會爲何夕剩有新愁似
去年始信情緣堪萬卻常
留乞巧世相傳

又

里光明安得狡兔不虧其光妖蟇不蝕
其魄舟泛天河之槎以玩銀河之清徹
乎有清心克欲不移外誘之
意○季朴唐人爵里未詳

九日藍田會飲　杜甫

老去悲秋强自寛　興來今日盡君歡
羞將短髮還吹帽　笑倩傍人爲正冠
藍水遠從千澗落　玉山高並兩峰寒
明年此會知誰健　醉把茱萸仔細看

自嘆年老悲秋甚難自適今日飲酒之
興與君盡歡不復悲矣然老來髮短恐
效孟孫之吹帽故笑倩傍人爲正其冠
也藍水玉山秋景堪玩今者與諸君歡

西風習習欲鳴條何處穿針大小橋斜月半窺迎玉斗長河衆羽渡銀潮天孫別怨應難訴禁客愁懷未可招闇道鄰隆曾曬腹好將錦繡勝空枵

七夕聞蛩

瓜果陳庭下夕暉一鈎新月映中閨佳期共望塡橋雀涼信先傳振羽雞促織

飲明年此日吾輩之中未知誰人猶健乎故醉看茱萸以遣佳興也

秋思　　陸游

利欲驅人萬火牛　江湖浪跡一沙鷗
日長似歲閒方覺　事大如天醉亦休
砧杵敲殘深巷月　梧桐搖落故園秋
欲舒老眼無高處　安得元龍百尺樓

火牛田單破燕之事言功利嗜欲驅迫更勝于火牛江湖浪跡之人若沙鷗之間適也日長如年惟閒人方覺事大如天醉後亦休聽砧杵之聲至月落而方止見梧桐之落知故園之先秋欲舒老眼看此秋光奈無高處安得陳元龍百

聲催星在戶牽牛花落火
流西文人莫乞穿針巧但
乞文齊福更齊

中秋

清夜何須秉燭遊且邀明
月共觥籌口吞丹桂婆娑
影手摘金莖湛露秋天上
無梯登兎窟人間有筆造
龍樓男兒自有淩雲志不
羨乘槎問斗牛

尺之樓以眺此秋光乎。朱陸游字
務觀號放翁平湖人官至轉運使

與朱山人　杜甫

錦里先生烏角巾　園收芋栗未全貧
慣看賓客兒童喜　得食堦除鳥雀馴
秋水纔深四五尺　野航恰受兩三人
白沙翠竹江村暮　相送柴門月色新

錦里卽錦江先生朱希眞也言先生冠
烏角之巾秋收芋栗之多未可爲貧也
賓朋時至兒童忻喜果實盈堦鳥雀安
馴秋水既澄深者纔四五尺野舟雖小
渡者止二三人竹翠沙白江村暮矣
山人送我于柴門看月色之方新也

又

月映朱簾上玉鈎人當此夕興偏優光浮銀漢三千界露冷金風十二樓鸞影遠飛天闕曉雁聲清度海門秋欲攀桂子何由達早把吳剛玉斧修

又

朧朣玉宇宴瑤觴良月千秋樂未央自有重輪開寶

聞笛　趙嘏

誰家吹笛畫樓中　斷續聲隨斷續風
響遏行雲橫碧落　清和冷月到簾櫳
興來三弄有桓子　賦就一篇懷馬融
曲罷不知人在否　餘音嘹喨尚飄空

過止也碧落青天也晉桓伊善吹笛過清溪王徽之泊舟謂之曰聞卿善吹笛請爲我一奏伊下馬據胡床三弄而去漢馬融作笛賦皆用笛事也此首言誰于樓上吹笛其聲悠揚隨風而至其响徹于青霄其韻清和透入簾櫳之內不減桓伊之興端稱馬融之賦也一曲已終其人不見惟聞飄空嘹喨之音而已

鏡何須仙曲舞霓裳兎宮久閟長生藥桂殿新薫百和香此夕寰中人盡望願分暉彩映藜光

又

秋色平分夜未央風來翠竹動清商波搖銀漢千江白塔湧金蓮百炬光壯士長歌懷易水兒童小仗擊漁陽舉頭試翫蟾宮影丹

冬景

劉克莊

晴窗早覺愛朝曦　竹外秋聲漸作威
命僕安排新暖閣　呼童熨貼舊寒衣
葉浮嫩綠酒初熟　橙切香黃蟹正肥
蓉菊滿園皆可羨　賞心從此莫相違

曦日光言初日之光映晴窗早起而可愛竹外之風聲漸作寒威也于是呼童僕而安排煖閣熨貼寒衣以禦冬新釀之酒其色如嫩綠之竹葉初熟之時經霜之蟹其黃若既剖之橙甘美頗佳芙蓉黃菊清香滿園皆可玩羡而賞心樂事不可相違也

桂續芬有異香

中秋問月

我欲停杯問廣寒蟾宮月殿幾時安丹梯有影何難上玉斧無痕可借看不信藥成須狡兎誰辭桂冷有青鸞人人莫道天墀近多著工夫次第觀

中秋咏月

冰輪初出海門東淡淡晷

冬景　　杜甫

天時人事日相催　冬至陽生春又來
刺繡五紋添弱線　吹葭六管動飛灰
岸容待臘將舒柳　山意衝寒欲放梅
雲物不殊鄉國異　教兒且覆掌中杯

添線者言冬至後日漸長以女工之當刺繡時多添一線之工夫也吹灰古者以葭莩之灰置管內吹之冬至而灰飛向東至後則葭灰向上也言冬至一陽生天氣漸長陽氣漸舒岸柳山梅皆將舒放父子雖在異鄉而雲烟景物不殊故國教兒且進杯酒勿負此佳景也

河細細風虛壁光浮金混
濛珠簾影透玉玲瓏唐皇
曾說當年到庾亮應來此
會同從此一燈清夜永窮
研莫教腹枵空

中秋咏桂

皎皎銀河月暗明平分秋
色玉輪清飄飄桂影三千
界馥郁天香九萬程上苑
英才誇獨占小窗士子羨

梅花　林逋

衆芳搖落獨鮮妍　占斷風情向小園
疎影横斜水清淺　暗香浮動月黃昏
霜禽欲下先偷眼　粉蝶如知合斷魂
幸有微吟可相狎　不須檀板共金樽

霜禽寒雀也檀板拍板以詠歌者也言衆芳已落而梅花獨妍可謂占斷紅紫之風情而爲百花魁首也清淺之水映横斜之疎影黃昏之月色照浮動之暗香霜禽欲下偷眼先窺粉蝶如知芳魂欲斷蓋此時尚未有蝶也幸有微吟之詩可以相狎不須檀板金樽以賞之也○宋林逋字和靖孤山隱士

流謦殷勤好把雲梯整定
掇蟾宫第一層

中秋宫中樂詞

雲樓奕奕敞朱扉玉宇重
重徹紫微輪滿天庭光皓
魄桂開仙闕吐清暉深深
羅幌焚香出隊隊霓裳侍
輦歸忽聽雲中催按笛怕
令烏鵲又驚飛

重九

自咏　韓愈

一封朝奏九重天　夕貶潮陽路八千
本爲聖朝除弊政　敢將衰朽惜殘年
雲横秦嶺家何在　雪擁藍關馬不前
知汝遠來應有意　好收吾骨瘴江邊

此文公上佛骨表諫憲宗貶潮州刺史途遇姪韓湘而作也雲横二句乃韓湘在長安時祝壽之聯至此而方應也言上書諫主朝奏而夕貶去京有八千之程本爲朝廷除異端之教又敢辭遠謫以惜衰朽之殘年平望秦嶺之雲有家難見過藍關而雪擁馬不能前吾姪冒雪而來知汝之意恐吾遠死遐荒好收

頁時選勝據宗巔落帽風
高勝事偏遠水徵明摇落
日層城環抱瑣秋烟林深
木葉翩翩舞江靜征帆渺
渺連我欲題糕覓佳句搘
頤把盞漫成篇

又

擧伴憑高共舉觴閒簪黃
菊倣柴桑楓林掃葉摇新
月芸閣披雲拂石床好友

吾骨於瘴癘
之江邊也

干戈　　王中

干戈未定欲何之　一事無成兩鬢絲
踪跡大綱王粲傳　情懷小樣杜陵詩
鶺鴒音斷人千里　烏鵲巢寒月一枝
安得中山千日酒　酩然直到太平時

言干戈不定無處可避大事未成人已老也王粲當漢末賦詩感懷杜甫以唐亂行吟自遣予之心跡迨大同而小異也鶺鴒知有兄弟患難哀鳴以相救予有兄弟則千里無音烏鵲南飛遶樹而無枝葉可棲予亦相似安得古中山仙

龍山佳會少來賓雁字尺
書長一樽且盡東籬醉何
必還尋落帽狂

又

爲尋秋色陟層岩木末松
濤萬壑哀塔擁雲間孤雁
繞峯青江上數帆開香迷
梅令藏書屋酒沸譎王諦
法臺楓璨不知何事故故
飄花雨自天來

人釀千日之酒使人一飲而醉至太平
時方醒乎。王中字積翁宋末詩人

歸隱　陳摶

十年蹤跡走紅塵　回首青山入夢頻
紫綬縱榮爭及睡　朱門雖富不如貧
愁聞劍戟扶危主　悶聽笙歌聒醉人
攜取舊書歸舊隱　野花啼鳥一般春

先生於五代時會應進士舉既而悔悟
乃棄名歸隱而作是詩也言讀書而來
爲功名而奔走紅塵回首故園惟有頻
入夢中而已況當干戈擾攘之秋紫綬
金章朝榮而夕賤不如隱臥爲高甲第
朱門昔煥而今傾不如安貧爲上且朝

又

積後山林落葉稀黃花采
采繞柴扉催租吏去生秋
興隱帽人酣又夕暉歲晚
且甘菰米飯天寒偏怯芰
荷衣觀書不厭蘭膏竭日
有分輝太乙藜

九日觀菊

西風秋暮更研華籬下初
開繞徑花冷艷扶疏香客

深暮晉社稷頻移爲君者傾危而可憂
錦瑟瑶琴歡娱不久沉溺者皆醉而可
厭不如攜書歸隱閒翫野花啼鳥自有
一般春色也○陳摶字圖南五代隱士

時世行 贈田婦　杜荀鶴

夫因兵亂守蓬茅　麻苧裙衫鬢髮焦
桑柘廢來猶納稅　田園荒盡尚徵苗
時挑野菜和根煮　旋斫生柴帶葉燒
任是深山最深處　也應無計避征徭

言田婦之夫因兵亂而困守蓬茅婦衣
不充惟麻苧裙衫鬢髮憔悴首不整也
桑柘枯廢猶供國稅田園荒蕪尚且徵
糧三聯野菜生柴言困窮之極征徭不

院幽懷歷亂醉山家霜鬢
不羨尊鱸美濁酒眞如玉
液嘉乘興登高看日晚菊
黃偏插鬢邊斜

九日山寺

野寺移尊木葉蒼南山佳
色對重陽閒喈坐愛莓苔
靜深院時聞桂菊香曾有
參軍狂落帽偏宜陶令醉
傳觴詩成卻笑劉郎拙不

免雖深山之處無計可避極言其困
也。唐杜荀鶴九華人大中進士

送天師　甯獻王

霜落芝城柳影疎　慇懃送客出鄱湖
黃金甲鎖雷霆印　紅錦韜纏日月符
天上曉行騎隻鶴　人間夜宿解雙鳧
匆匆歸到神仙府　爲問蟠桃熟也無

獻王明高帝子諱權封南昌天師世居
廣信朝王而贈以詩也芝城鄱湖皆在
江右天師所經之地印比雷霆符如日
月言道術之高騎鶴而來乘鳧而去言
仙踪之近歸仙府而問蟠
桃皆極贊美天師之詞也

敢題糕緻錦囊

九日風雨

秋風茅屋任飄颻楚雨何
堪覓此朝衣佩萸囊空笑
遠庭間蠟屐能登高雞漫
歷亂垂黃菊墻外殷勤送
濁醪莫倚南樓山色暝一
尊聊復醉霜螯

送毛伯溫　明世宗

大將南征膽氣豪　腰橫秋水雁翎刀
風吹鼉鼓山河動　電閃旌旗日月高
天上麒麟原有種　穴中螻蟻豈能逃
太平待詔歸來日　朕與先生解戰袍

世宗即嘉靖帝也。時安南謀反，帝命南盜伯毛伯溫征之，親作此詩以送之。首聯言其人物英豪，次言旗鼓壯麗，麒麟有種，言世卿之貴，螻蟻難逃，言南蠻必滅，末聯望其凱旋而奏捷也。○按疊山選本皆唐宋詩，末二首明詩，不知何年贅入童蒙，久誦姑並存之。

傳古樓景印

圖書在版編目（CIP）數據

千家詩 / 王星主編. -- 杭州 : 浙江大學出版社, 2022.5

（狀元閣蒙學叢書. 第二輯）

ISBN 978-7-308-22411-6

Ⅰ. ①千… Ⅱ. ①王… Ⅲ. ①古典詩歌－詩集－中國 Ⅳ. ① I222.72

中國版本圖書館 CIP 數據核字 (2022) 第 040407 號

蒙學叢刊

狀元閣蒙學叢書第二輯

唐詩三百首

王星 主編

浙江大學出版社

傳古樓據啟軒書室藏清
代狀元閣刻本影印原書
板框高一七四毫米寬
一三六毫米

唐詩三百首目録

五言古詩

樂府

七言古詩

樂府

五言律詩

七言律詩

樂府

五言絶句

樂府

七言絶句

樂府

江南城聚寶門三山街大
功坊電報局西秦狀元巷
中李光明家自梓童蒙各
種讀本揀選重料紙張裝
訂又分鋪狀元境狀元境
口狀元閣發售實價有單

狀元閣唐詩三百首注釋

唐詩三百首題辭

世俗兒童就學卽授千家詩取其易於成誦故流傳不廢但其詩隨手掇拾工拙莫辨且止七言律絶二體而唐宋人又雜出其閒殊乖體製因專就唐詩中膾炙人口之作擇其尤要者每體得數十首共三百餘首錄成一編爲家塾課本俾童而習之白首亦莫能廢較千家詩不遠勝耶諺云熟讀唐詩三百首不會吟詩也會吟請以是編驗之時乾隆癸未年春日蘅塘退士題

目錄

註釋唐詩三百首

蘅塘退士手編

五言古詩

感遇二首　張九齡

蘭葉春葳蕤桂華秋皎潔欣欣此生意自爾爲佳節誰知林棲者聞風坐相悅草木有本心何求美人折

葳蕤 蕤儒佳切音甤草木華垂貌

江南有丹橘經冬猶綠林豈伊地氣暖自有歲寒心可以薦嘉客奈何阻重深運命唯所遇循環不可尋徒言樹桃李此木豈無陰

下終南山過斛斯山人宿置酒　李白

暮從碧山下山月隨人歸（四句下山）卻顧所來徑蒼蒼橫翠微（四）相攜及田家（句過山人）童稚開荊扉綠竹入幽徑青蘿拂行衣歡言得所憩（宿一）美酒聊共揮（置酒）長歌吟松風曲盡河星稀我醉君復樂陶然共忘機

終南山（一統志在西安府城南五十里爾雅山未及上曰翠微）

月下獨酌　李白

花開一壺酒獨酌無相親舉杯邀明月對影成三人（本獨酌詩偏勾出三人）月既不解飲影徒隨我身暫伴月將影（月影伴說反覆推勘愈形其獨）行樂須及春我歌月徘徊我舞影零亂醒時同交歡醉後各分散永結無

情遊相期邈雲漢

春思　李白

燕草如碧絲秦桑低綠枝（承燕草—承秦桑）當君懷歸日是妾斷腸時春風不相識何事入羅幃

望嶽　杜甫

岱宗夫如何（字字是望）齊魯青未了造化鍾神秀陰陽割昏曉盪胸生層雲（高）決眥入歸鳥（遠）會當凌絕頂（結明望字）一覽眾山小

贈衛八處士　杜甫

人生不相見動如參與商今夕復何夕共此燈燭光少壯能幾時鬢髮各已蒼訪舊半為鬼驚呼熱中腸焉知

二十載重上君子堂。昔別君未婚。兒女忽成行。怡然敬父執。問我來何方。問答乃未已。兒女羅酒漿。夜雨翦春韭。新炊閒黃粱。主稱會面難。一舉累十觴。十觴亦不醉。感子故意長。明日隔山岳。世事兩茫茫。

衛八處士（唐史拾遺公與李白高適衛賓相友善時賓年最少號小友此當是也）參商（左傳高辛氏有二子曰閼伯曰實沈日尋干戈帝遷閼伯於商邱主辰故辰爲商星遷實沈於大夏主參故參爲晉星）

佳人　杜甫

絕代有佳人。幽居在空谷。自云良家子。零落依草木。關中昔喪敗。兄弟遭殺戮。官高何足論。不得收骨肉。世情惡衰歇萬事隨轉燭夫壻輕薄兒新人已如玉合昏尚（已上敘佳人之遭遇）知時鴛鴦不獨宿但見新人笑那聞舊人哭在山泉水（下寫佳人之志節）清出山泉水濁侍婢賣珠迴牽蘿補茅屋摘花不插髮采柏動盈掬天寒翠袖薄日暮倚修竹

合昏【本草】合歡至暮即合故云合昏

夢李白二首

杜甫

死別已吞聲生別常惻惻江南瘴癘地逐客無消息故人入我夢明我長相憶（信其是）恐非平生魂（疑其非）路遠不可測（又）魂來楓林青（信其是）魂返關塞黑（又疑其非）君今在羅網何以有羽翼（其）落月滿屋梁猶疑照顏色（來罷竟無疑）水深波浪闊無使蛟龍得（其去恐有不測）

浮雲終日行遊子久不至三夜頻夢君情親見君意告歸常局促（六句夢中情景）苦道來不易江湖多風波舟楫恐失墜出門搔白首若負平生志冠蓋滿京華斯人獨顦顇（六句醒後悲懷）孰云網恢恢將老身反累千秋萬歲名寂寞身後事

李白（天寶十五載白臥廬山永王璘迫致之璘軍敗白坐繫潯陽獄得釋乾元元年終以汚璘事長流夜郎遂汎洞庭上峽江至巫山以赦得釋）

送別　王維

下馬飲君酒問君何所之君言不得意歸臥南山陲但去莫復問白雲無（音其無）盡時

送綦毋潛落第還鄉　王維

聖代無隱者英靈盡來歸遂令東山客不得顧採薇既至金門遠孰云吾道非江淮渡寒食京洛縫春衣置酒長安道同心與我違行當浮桂棹未幾拂荊扉遠樹帶行客孤城當落暉吾謀適不用勿謂知音稀

青谿　王維

言入黃花川每逐青谿水隨山將萬轉趣途無百里聲喧亂石中色靜深松裏漾漾汎菱荇澄澄映葭葦我心素已閑清川澹如此請留盤石上垂釣將已矣

黃花川〔水經注〕大散水西流入黃花川

渭川田家　王維

斜陽照墟落，窮巷牛羊歸。野老念牧童，倚杖候荆扉。雉雊麥苗秀，蠶眠桑葉稀。田夫荷鋤至，相見語依依。卽此羡閑逸，悵然吟式微。

西施詠　王維

豔色天下重，西施寧久微。朝爲越谿女，暮作吳宮妃。賤日豈殊衆，貴來方悟稀。邀人傅香粉，不自著羅衣。君寵益嬌態，君憐無是非。當時浣紗伴，莫得同車歸。持謝鄰家子，效顰安可希。

秋登蘭山寄張五　孟浩然

蘭山　張五　登山

北山白雲裏，隱者自怡悅。相望試登高，心隨雁飛滅。愁

因薄暮起興是清秋發時見歸村人沙行渡頭歇天邊樹若薺江畔洲如月何當載酒來共醉重陽節

蘭山（名山記）石門山在慶符縣治南下瞰石門江林薄間多蘭草一名蘭山

夏日南亭懷辛大　孟浩然

山光忽西落池月漸東上散髮乘夕涼開軒臥閒敞荷風送香氣竹露滴清響欲取鳴琴彈恨無知音賞感此懷故人中宵勞夢想

宿業師山房待丁大不至　孟浩然

夕陽度西嶺羣壑倏已暝松月生夜涼風泉滿清聽樵人歸欲盡煙鳥棲初定之子期宿來孤琴候蘿逕

同從弟南齋翫月憶山陰崔少府　王昌齡

高臥南齋時，開帷月初吐。清輝澹水木，演漾在窗戶。苒苒幾盈虛，澄澄變今古。美人清江畔，是夜越吟苦。千里其如何，微風吹蘭杜。

尋西山隱者不遇　邱爲

絕頂一茅茨，直上三十里。叩關無僮僕，窺室唯案几。若非巾柴車，應是釣秋水。差池不相見，黽勉空仰止。草色新雨中，松聲晚窗裏。及茲契幽絕，自足蕩心耳。雖無賓主意，頗得清淨理。興盡方下山，何必待之子。

春泛若耶溪　綦毋潛

幽意無斷絕此去隨所偶晚風吹〔泛〕行舟花路入〔春〕谿口際

夜轉西壑隔山望南斗潭煙飛溶溶林月低向後生事

且瀰漫願爲持竿叟

若耶溪〔水經注〕若耶溪水上承嶕峴麻溪溪之下孤潭周數畝出麻溪下注若耶谿水至清照衆山倒影窺之如畫〔寰宇記〕若耶谿在會稽縣東二十八里

宿王昌齡隱居　常　建

清谿深不測隱處惟孤雲松際露微月清光猶爲君茅亭宿花影藥院滋苔紋余亦謝時去西山鸞鶴羣

〔隱○居　宿○王　因○宿○起○見〕

與高適薛據登慈恩寺浮圖　岑　參

塔勢如湧出孤高聳天宮登臨出世界磴道盤虛空突

〔先○從○下○望○上　四○句○登〕

兀壓神州崢嶸如鬼工四角礙白日七層摩蒼穹（二句到頂此）下窺指高鳥俯聽聞驚風（從上臨下）連山若波濤奔湊似朝東（八句四面之景　東）青槐夾馳道（南）宮館何玲瓏秋色從西（西）來蒼然滿關中五陵北原（北）上萬古青濛濛淨理了可悟勝因夙所宗誓將挂冠去覺道資無窮

慈恩寺塔【長安志】慈恩寺隋無漏寺故地高宗在春宮時爲文德皇后立故名慈恩浮圖永徽三年沙門玄奘所立後漸頹長安中改建　五陵【西都賦】北眺五陵【李善注】高帝葬長陵惠帝葬安陵景帝葬陽陵武帝葬茂陵昭帝葬平陵

賊退示官吏　元結

代宗廣德元年

癸卯歲西原賊入道州焚燒殺掠幾盡而去明

年賊又攻永破郡不犯此州邊鄙而退豈力能
制敵與蓋蒙其傷憐而已諸使何爲忍苦徵斂
故作詩一篇以示官吏

昔年逢太平山林二十年泉源在庭戶洞壑當門前井
稅有常期日晏猶得眠忽然遭世變數歲親戎旃今來
典斯郡山夷又紛然城小賊不屠人貧傷可憐是以陷
鄰境此州獨見全使臣將王命豈不如賊焉今彼徵斂
者迫之如火煎誰能絕人命以作時世賢思欲委符節
引竿自刺船將家就魚麥歸老江湖邊

西原賊　唐書元結傳代宗拜結道州刺史初西原蠻
掠居人數萬去遺戶裁四千諸使調發符牒

二百函結以入困甚不忍加賦即上言臣州爲賊焚破糧儲屋宅男女牛馬幾盡今百姓十不一在耄孺騷離未有所安請免百姓所負租稅及租庸使和市雜物十三萬緡帝許之明年租庸使索上供十萬緡結又奏歲正租庸外所率宜以時增減詔可結爲民營舍給田免徭役流亡歸者萬餘

郡齋中雨與諸文士燕集　韋應物

兵衛森畫戟宴寢凝清香海上風雨至逍遙池閣涼煩痾近消散嘉賓復滿堂自慚居處崇未睹斯民康理會是非遣性達形迹忘鮮肥屬時禁蔬果幸見嘗俯飲一杯酒仰聆金玉章神歡體自輕意欲凌風翔吳中盛文史羣彥今汪洋方知大藩地豈曰財賦强

郡齋　貞元初應物爲蘇州刺史

初發揚子寄元大校書　韋應物

四句初發十字作八層看

悽悽去親愛泛泛入煙霧歸棹洛陽人殘鐘廣陵樹今

四句寄元

朝爲此別何處還相遇世事波上舟沿洄安得住

揚子〔一統志〕鎮江府大江即揚子江

寄全椒山中道士　韋應物

四句道士

今朝郡齋冷忽念山中客澗底束荊薪歸來煮白石欲

四句寄

持一瓢酒遠慰風雨夕落葉滿空山何處尋行跡

全椒山〔一統志〕滁州全椒縣神山有洞極深景物幽邃　郡齋建中二年應物出刺滁州

長安遇馮著　韋應物

客從東方來衣上灞陵雨問客何爲來采山因買斧冥

冥花正開颺颺燕新乳昨別今已春鬢絲生幾縷

夕次盱眙縣　韋應物

落帆逗淮鎮停舫臨孤驛浩浩風起波冥冥日沈夕人歸山郭暗雁下蘆洲白獨夜憶秦關聽鐘未眠客

盱眙縣屬臨淮郡

東郊　韋應物

吏舍跼終年出郭曠清曙楊柳散和風青山澹吾慮依叢適自憩緣澗還復去微雨靄芳原春鳩鳴何處樂幽心屢止遵事跡猶遽終罷斯結廬慕陶直可庶

送楊氏女　韋應物

永日方慽慽，出行復悠悠。女子今有行，大江泝輕舟。爾輩苦無恃，（此五字一篇之主）撫念益慈柔。幼爲長所育，兩別泣不休。對此結中腸，（二筆收住）義往難復留。自小闕內訓，（再申前說）事姑貽我憂。賴茲託令門，仁卹庶無尤。貧儉誠所尙，資從豈待周。孝恭遵婦道，容止順其猷。別離在今晨，見爾當何秋。居閒始自遣，臨感忽難收。（應前作收，歸到失恃）歸來視幼女，零淚緣纓流。

晨詣超師院讀禪經　柳宗元

（晨詣讀經）

汲井漱寒齒，清心拂塵服。閒持貝葉書，步出東齋讀。眞源了無取，妄跡世所逐。遺言冀可冥，繕性何由熟。道人庭宇靜，（超師院）苔色連深竹。日出霧露餘，青松如膏沐。澹然離

言說悟悅心自足

貝葉書（本集註）西域有貝多樹國人以其葉寫經故曰貝葉書　繕性（莊子）繕性於俗（注）繕治也

溪居　柳宗元

久爲簪組束幸此南夷謫閒依農圃鄰偶似山林客曉耕翻露草夜榜響溪石來往不逢人長歌楚天碧

樂府 凡郭茂倩所收者俱列於此餘亦然

塞上曲　王昌齡

蟬鳴空桑林八月蕭關道出塞復入塞處處黃蘆草從來幽并客皆共塵沙老莫學游俠兒矜誇紫騮好

塞下曲　王昌齡

飲馬渡秋水　水寒風似刀　平沙日未沒　黯黯見臨洮　昔日長城戰　咸言意氣高　黃塵足今古　白骨亂蓬蒿

好大喜功　到頭總是黃塵白骨

臨洮　漢書地理志隴西郡臨洮縣

關山月　李白

明月出天山　蒼茫雲海間　長風幾萬里　吹度玉門關　漢下白登道　胡窺青海灣　由來征戰地　不見有人還　戍客望邊邑　思歸多苦顏　高樓當此夜　歎息未應閒

山　關

關山月　樂府解題曰關山月傷離別也古木蘭詩曰萬里赴戎機關山度若飛朔氣傳金柝寒光照鐵衣相和曲有度關山類此

天山　漢書武帝紀天漢二年貳師將軍三萬騎出酒泉與右賢王戰

於天山（注）天山在西域蒲類國　玉門關（後漢書）班超上疏曰但願生入玉門關（注）玉門關今沙州也去長安三千六百里　白登道（史記韓王信傳）上出白登匈奴騎圍上（注）白登臺名去平城七里　青海灣（北史吐谷渾傳）青海周迴千餘里內有小山

子夜秋歌　吳聲曲辭　李白

長安一片月　萬戶擣衣聲　秋風吹不盡　總是玉關情　何日平胡虜　良人罷遠征

子夜歌（唐書樂志）曰子夜歌者晉曲也晉有女子名子夜造此聲過哀苦（樂府解題）曰後人更為四時行樂之詞謂之子夜四時歌曲之變也

長干行　李白

妾髮初覆額　折花門前劇　郎騎竹馬來　遶牀弄青梅　同

居長干里兩小無嫌猜十四爲君婦羞顏未嘗開低頭
向暗壁千喚不一回十五始展眉願同塵與灰常存抱
柱信豈上望夫臺十六君遠行瞿塘灩澦堆五月不可
時明皇幸蜀從行軍士久而未歸
觸猿聲天上哀門前送行跡一一生綠苔苔深不能掃
落葉秋風早八月蝴蝶黃雙飛西園草感此傷妾心坐
愁紅顏老早晚下三巴預將書報家相迎不道遠直至
長風沙

長干（圖經）長干里去上元縣五里（樂府遺聲）都邑三
十四曲中有長干行（吳都賦）長干延屬飛甍舛
互（注）建業南五里有山岡其閒平地吏民雜居東長
干中有大長干小長干皆相連大長干在越城東小
長干在越城西地有長短故號大小長干（庾）抱柱（莊子）
信怨歌行家在金陵縣前嫁得長干少年

尾生與女子期于梁下女子不來水至不去抱梁柱而死　瞿塘灩澦堆（樂府）灩澦大如馬瞿塘不可下灩澦大如牛瞿塘不可流（寰宇記）瞿塘在夔州東一里連崖千丈奔流電激舟人爲之恐懼方輿勝覽瞿塘峽乃三峽之門　三巴（譙周三巴記）閬白水東南流曲折三迴如巴字（華陽國志）獻帝建安六年改永寧爲巴郡以固陵爲巴東安漢爲巴西是爲三巴

列女操　孟郊

梧桐相待老○鴛鴦會雙死○貞婦貴殉夫○捨生亦如此○波瀾誓不起○妾心古井水○

遊子吟　孟郊

慈母手中線○遊子身上衣○臨行密密縫○意恐遲遲歸○誰言寸草心○報得三春暉○

五古終

七言古詩

登幽州臺歌

陳子昂

前不見古人後不見來者念天地之悠悠獨愴然而涕下

古意

李頎

男兒事長征少小幽燕客賭勝馬蹄下由來輕七尺殺人莫敢前鬚如蝟毛磔黃雲隴底白雲飛未得報恩不得歸遼東小婦年十五慣彈琵琶解歌舞今爲羌笛出塞聲使我三軍淚如雨

送陳章甫

李頎

四月南風大麥黃棗花未落桐葉長青山朝別暮還見（出門時候）
嘶馬出門思舊鄉陳侯立身何坦蕩虬鬚虎眉仍大顙（陳平日品槩）
腹中貯書一萬卷不肯低頭在草莽東門酤酒飲我曹（陳出門時意）
心輕萬事如鴻毛醉臥不知白日暮有時空望孤雲高（氣）
長河浪頭連天黑津吏停舟渡不得鄭國遊人未及家（陳中路風波）
洛陽行子空歎息聞道故林相識多罷官昨日今如何

琴歌　　李頎

主人有酒歡今夕請奏鳴琴廣陵客月照城頭烏半飛（月明）
霜淒萬木風入衣銅鑪華燭燭增輝初彈淥水後楚妃（風冷　火以照之　皆曲名）
一聲已動物皆靜四座無言星欲稀清淮奉使千餘里（一二句寫傍聽者）

敢告雲山從此始。

聽董大彈胡笳兼寄語弄房給事　李　頎

胡笳來歷。

蔡女昔造胡笳聲。一彈一十有八拍。胡人落淚沾邊草。
漢使斷腸對歸客。古戍蒼蒼烽火寒。大荒陰沈飛雪白。
先拂商絃後角羽。四郊秋葉驚摵摵。董夫子通神明。深
董。大。
松竊聽來妖精。言遲更速皆應手。將往復旋如有情。空
以下寫胡笳聲中情景。
山百鳥散還合。萬里浮雲陰且晴。嘶酸雛雁失羣夜。斷
絕胡兒戀母聲。川爲淨其波。鳥亦罷其鳴。烏珠部落家
鄉遠。邏娑沙塵哀怨生。幽音變調忽飄灑。長風吹林雨
墮瓦。迸泉颯颯飛木末。野鹿呦呦走堂下。長安城連東

掖垣鳳凰池對青瑣門高才脫略名與利日夕望君抱琴至房給事

胡笳（蔡琰傳）琰字文姬漢末爲胡騎所獲感笳之音作胡笳十八拍　董夫子（品彙注）案唐詩董庭蘭善鼓琴爲房琯門客天寶五載琯攝給事中此疑贈庭蘭而兼寄次律也　邏娑（唐書）薛仁貴爲邏娑道總管案邏娑吐蕃城名也

聽安萬善吹觱篥歌　李頎

南山截竹爲觱篥此樂本自龜茲出流傳漢地曲轉奇先敘觱篥原委安

涼州胡人爲我吹傍鄰聞者多歎息遠客思鄉皆淚垂以下寫觱篥中情景

世人解聽不解賞長飇風中自來往枯桑老柏寒颼飀

九雛鳴鳳亂啾啾龍吟虎嘯一時發萬籟百泉相與秋

忽然更作漁陽摻。黃雲蕭條白日暗。變調如聞楊柳春。上林繁花照眼新。歲夜高堂列明燭。美酒一杯聲一曲。

觱篥【通典】觱篥出於胡中其聲悲胡人吹角以驚馬後乃以笳爲首竹爲管　漁陽摻【後漢書禰衡傳】曹操聞衡善擊鼓乃以爲鼓吏因大會賓客閱試音節衡爲漁陽摻撾蹀躍而前聲節悲壯【注】摻撾擊鼓杖也摻撾擊鼓之法

夜歸鹿門歌　孟浩然

山寺鳴鐘晝已昏。漁梁渡頭爭渡喧。人隨沙岸向江村。余亦乘舟歸鹿門。鹿門月照開煙樹。忽到龐公棲隱處。巖扉松逕長寂寥。唯有幽人自來去。

鹿門【一統志】山在襄陽府城東南三十里【襄陽記】襄陽侯習郁立神祠於山刻二石鹿夾神道口因

謂之鹿門山 龐公（後漢逸民傳）龐公者襄陽人也荊州刺史劉表數延請不能屈後攜妻子登鹿門山采藥不返

廬山謠寄盧侍御虛舟　李白

我本楚狂人狂歌笑孔丘手持綠玉杖朝別黃鶴樓五岳尋山不辭遠一生好入名山遊廬山秀出南斗傍屏（此段自下望上）風九疊雲錦張影落明湖青黛光金闕前開二峰長銀河倒挂三石梁香爐瀑布遙相望迴厓沓嶂凌蒼蒼翠（四句自上臨下）影紅霞映朝日鳥飛不到吳天長登高壯觀天地間大江茫茫去不還黃雲萬里動風色白波九道流雪山好為廬山謠興因廬山發閒窺石鏡清我心謝公行處蒼（以下寄侍御）

苔沒早服還丹無世情。琴心三疊道初成。遙見仙人彩雲裏。手把芙蓉朝玉京。先期汗漫九垓上。願接盧敖遊太清。

黃鶴樓（一統志）樓在武昌府西南隅　廬山（一統志）廬山在南康府西北二十里周武王時匡俗兄弟七人結廬於此故名　屏風九疊（一統志）屏風疊在廬山自五老峰而下九疊如屏　金闕二峰（述異記）廬山西南有石門山狀若雙闕二峰即香爐雙劒也　三石梁（述異記）廬山有三石梁長數十丈廣不盈尺　香爐瀑布（廬山記）瀑布十餘處香爐峰與雙劒峰在瀑布之傍　石鏡（張僧鑒潯陽記）石鏡山東有一圓石懸厓明淨照人見形（謝靈運入彭蠡湖口詩）攀崖照石鏡　盧敖（莊子）若士謂盧敖曰吾與汗漫期於九垓之外

夢遊天姥吟留別

李白

海客談瀛洲煙濤微茫信難求越人語天姥雲霓明滅（先作陪襯）或可覩天姥連天向天橫勢拔五岳掩赤城天台四萬（敘天姥）八千丈對此欲倒東南傾我欲因之夢吳越一夜飛度（入夢遊）鏡湖月湖月照我影送我至剡溪謝公宿處今尚在淥水蕩漾清猿啼脚著謝公屐身登青雲梯半壁見海日空中聞天雞千巖萬壑路不定迷花倚石忽已暝熊咆（惝怳迷離純是夢境與實寫遊山景態）龍吟殷巖泉慄深林兮驚層巔雲青青兮欲雨水澹澹（者迴異）兮生煙列缺霹靂邱巒崩摧洞天石扉訇然中開青冥浩蕩不見底日月照耀金銀臺霓爲衣兮風爲馬雲之君兮紛紛而來下虎鼓瑟兮鸞迴車仙之人兮列如麻

忽魂悸以魄動怳驚起而長嗟惟覺時之枕席失向來之煙霞世間行樂亦如此古來萬事東流水（二句結穴點明作詩之本旨）別君去兮何時還且放白鹿青崖間欲行卽騎向名山（留別）安能摧眉折腰事權貴使我不得開心顏

天姥（一統志）天姥峰在天台縣西北下臨嵊縣仰望如在天表　天台（十道西蕃志）天台山高一萬八千丈周迴八百里　鏡湖（會稽記）漢順帝永和五年會稽太守馬臻創立鏡湖在會稽山陰兩縣界（輿地志）山陰南湖卽鏡湖也亦作鑑湖　剡溪（漢地理志）會稽郡有剡縣　謝公屐（宋書）謝靈運著木屐上山去前齒下山去後齒　列缺霹靂（楊雄羽獵賦）霹靂列缺吐火施鞭應劭曰霹靂雷也列缺閃隙也

金陵酒肆留別

李白

風吹柳花滿店香吳姬壓酒勸客嘗金陵子弟來相送
欲行不行各盡觴請君試問東流水別意與之誰短長

宣州謝脁樓餞別校書叔雲　李白

棄我去者昨日之日不可留亂我心者今日之日多煩
憂長風萬里送秋雁對此可以酣高樓蓬萊文章建安（校書）
骨中間小謝又清發俱懷逸興壯思飛欲上青天覽日（脁）
月抽刀斷水水更流舉杯消愁愁更愁人生在世不稱
意明朝散髮弄扁舟

謝脁樓〔一統志〕甯國府北樓謝脁建〔南史〕謝脁字元暉文章清麗

走馬川行奉送封大夫出師西征　岑參

西行形勢

君不見走馬川行雪海邊平沙莽莽黃入天輪臺九月風夜吼一川碎石大如斗隨風滿地石亂走匈奴草黃

出師西征　以下寫

馬正肥金山西見煙塵飛漢家大將西出師將軍金甲夜不脫半夜軍行戈相撥風頭如刀面如割馬毛帶雪

軍行之苦

汗氣蒸五花連錢旋作冰幕中草檄硯水凝虜騎聞之應膽懾料知短兵不敢接車師西門佇獻捷

雪海（唐書西域傳）葱嶺水南流者經中國入於海北流者經胡入于海北三日行度雪海海春夏常雨雪

輪臺（漢書西域傳）自伐大宛之後西域震懼多遣使來貢獻于是輪臺渠黎皆有田卒數百人置使者校尉領護以給外國使者（唐書地理志）北庭大都護府有輪臺縣大歷六年置有靜塞軍

金山（北邊備對）突厥阿史那氏得古匈奴北部之地居金山之陽（一統志）金山在陝西永昌衛城北二里

輪臺歌奉送封大夫出師西征　岑參

輪臺城頭夜吹角　輪臺城北旄頭落　羽書昨夜過渠黎　單于已在金山西　戍樓西望煙塵黑　漢兵屯在輪臺北　上將擁旄西出征　平明吹笛大軍行　四邊伐鼓雪海湧　三軍大呼陰山動　虜塞兵氣連雲屯　戰場白骨纏草根　劍河風急雲片闊　沙口石凍馬蹄脫　亞相勤王甘苦辛　誓將報主靜邊塵　古來青史誰不見　今見功名勝古人

渠黎　渠黎城至龜茲五百八十里　武帝初置校尉屯田渠黎　陰山　漢書匈奴傳　侯應曰臣聞北邊塞至遼東外有陰山東西千餘里草木茂盛多禽獸本冒頓單于依阻其中治作弓矢來出爲寇是其苑囿也至孝武時出師征伐斥奪其地攘之于幕北然後邊境得用少安邊長老言匈奴失陰山之後

過之未嘗不哭也　劒河〔唐書回鶻傳〕青山東有水曰劒河偶艇以度水悉東北河經其國合而北入海

白雪歌送武判官歸　岑參

北風捲地白草折胡天八月即飛雪（因風下雪）忽如一夜春風來千樹萬樹梨花開（四句詠雪）散入珠簾溼羅幕狐裘不煖錦衾薄將軍角弓不得控都護鐵衣冷猶著（四句雪後之寒）瀚海闌干百丈冰（因雪成冰）愁雲慘澹萬里凝中軍置酒飲歸客胡琴琵琶與羌笛（以下送武）紛紛暮雪下轅門風掣紅旗凍不翻輪臺東門送君去去時雪滿天山路山迴路轉不見君雪上空留馬行處（仍歸到雪作結）

瀚海〔史記匈奴傳〕驃騎將軍與左賢王接戰左賢王遁走驃騎遂封狼居胥山禪姑衍臨翰海而還

〔注〕翰與瀚同瀚海北海名羣鳥解羽於此

韋諷錄事宅觀曹將軍畫馬圖　杜甫

國初已來畫鞍馬。神妙獨數江都王。將軍得名三十載。人間又見眞乘黃。曾貌先帝照夜白。（先作陪襯）龍池十日飛霹靂。內府殷紅瑪瑙盤。婕妤傳詔才人索。盤賜將軍拜舞歸。輕紈細綺相追飛。貴戚權門得筆跡。始覺屏障生光輝。昔日太宗拳毛騧。近時郭家獅子花。（又二陪）今之新圖有二馬。（先二匹）復令識者久嘆嗟。此皆騎戰一敵萬。縞素漠漠開風沙。其餘七匹亦殊絕。（又七匹）迥若寒空動烟雪。霜蹄蹴踏長楸閒。馬官廝養森成列。（帶敘）可憐九馬爭神駿。（總一筆）顧視清高氣深穩。

借問苦心愛者誰後有韋諷前支遁憶昔巡幸新豐宮
翠華拂天來向東騰驤磊落三萬匹皆與此圖筋骨同
自從獻寶朝河宗無復射蛟江水中君不見金粟堆前
松柏裏龍媒去盡鳥呼風

點韋　以下就馬發　感慨

韋諷【本集注】韋諷居成都時爲閬中錄事曹將軍【名畫記】曹霸魏曹髦之後霸在開元中已得名天寶末每詔畫御馬及功臣官至左武衛將軍江都王【名畫記】江都王緒霍王元軌之子太宗猶子也善書畫鞍馬擅名垂拱中官至金州刺史眞乘黃【穆天子傳】伯天皆致河典乃乘渠黃之乘爲天子先以極西土董逌畫跋乘黃其狀如狐背上有角霸之馬未常如此特論其神駿不知其形狀異也照夜白【明皇雜錄】上所乘馬有玉花驄照夜白【開元記】照夜白封太山回令陳閎圖之【畫鑑】曹霸人馬圖紅衣美髯奚官牽玉面騂綠衣閹官牽照夜白龍池【唐六典注】曰興慶宮今上

潛龍舊宅也宅東有井忽湧爲小池常有雲氣或拳黃龍出其中景雲中其沼浸廣遂瀰洞爲龍池也拳毛騧〔長安志〕太宗所乘六駿石像在陵後五曰拳毛騧平劉黑闥所乘　獅子花〔雜編〕杜陽代宗自陝還命御馬九花虯并紫玉鞭轡賜郭子儀以身被九花文號九花虯〔天中記〕載杜詩注獅子花卽九花　支遁〔世說〕支道林常養數匹馬曰重其神駿　新豐宮〔唐地理志〕京兆府昭應縣本新豐有溫泉宮更曰華清宮　獻寶〔穆天子傳〕曰天子西征至陽紆之山河伯馮彝之所都居是惟河宗氏天子沈璧于河河伯乃與天子披圖視典用觀天子之寶器　射蛟〔前漢記〕元封五年武帝自潯陽浮江親射蛟江中獲之　金粟堆〔唐書〕明皇親拜五陵至睿宗橋陵見金粟山岡有龍盤虎踞之勢復近先塋謂侍臣曰吾千秋後宜葬此地〔長安志〕明皇泰陵在蒲城東北三十里金粟山龍媒〔漢書〕天馬徠龍之媒

丹青引　贈曹將軍霸　　杜甫

將軍魏武之子孫（四句敘曹家世）於今爲庶爲淸門英雄割據雖已矣
文彩風流今尙存學書初學衛夫人（四句以書陪畫）但恨無過王右軍
丹青不知老將至富貴於我如浮雲開元之中常引見
承恩數上南薰殿凌煙功臣少顏色（先寫畫人）將軍下筆開生面
良相頭上進賢冠猛將腰間大羽箭（次寫畫馬）褒公鄂公毛髮動
英姿颯爽來酣戰先帝天馬玉花驄畫工如山貌不同
（先寫眞馬只一句氣象萬千）
是日牽來赤墀下迥立閶闔生長風詔謂將軍拂絹素
意匠慘澹經營中斯須九重眞龍出一洗萬古凡馬空
（次寫畫馬只二句已盡其十分處）
玉花卻在御榻上榻上庭前屹相向至尊含笑催賜金
（眞馬畫馬夾寫更奇）（餘波帶敘）
圉人太僕皆惆悵弟子韓幹早入室亦能畫馬窮殊相

幹惟畫肉不畫骨忍使驊騮氣凋喪將軍畫善蓋有神

○○收○畫○馬○言○外○見○霸○之○工○在○畫○骨○○○○○○○

必逢佳士亦寫真即今飄泊干戈際屢貌尋常行路人

○○○○收○畫○人○○○○○○○○○○○○○

途窮反遭俗眼白世上未有如公貧但看古來盛名下

有欲節去此四○句者其說頗有見○

終日坎壈纏其身○

衛夫人〔法書要錄〕羊欣傳古來能書人名蔡邕授于神人而傳崔瑗及女文姬文姬傳之鍾繇鍾繇傳之衛夫人衛夫人傳之王羲之張懷瓘〔書斷〕衛夫人名鑠字茂漪廷尉展之女弟恆之從女汝陰太守李矩之妻也隸書尤善規矩鍾公右軍常師之永和五年卒子克爲中書郎亦工書〔書史會要〕王曠導從弟與衛世爲中表故得蔡邕書法於衛夫人以授子羲之

南薰殿興慶宮之北有龍池前有瀛洲門內有南薰殿

凌煙貞觀十七年詔閻立本畫凌煙閣功臣二十四圖上自爲贊鄂國公尉遲敬德第七褒國忠壯公段志玄第十

韓幹〔酉陽雜俎〕韓幹藍田人少時常爲貰酒家送酒王右丞兄

弟未遇每貰酒漫遊幹嘗徵債于王家戲畫地爲人馬右丞奇其意趣乃歲與錢二萬令幹畫十餘年名畫記韓幹大梁人王右丞見其畫遂推奬之官至太府寺丞善寫人物尤工鞍馬初師曹霸後獨自擅

寄韓諫議　杜甫

○此○詩○向○無○確○解○所○稱○美○人○或○以○爲○即○指○諫○議○則○諫○議○不○知○何○人○無○從○徵○信○錢○注○謂○指○李○泌○尤○牽○强○附○會○毫○無○証○據○但○其○詩○直○追○屈○宋○不○可○不○讀○學○者○當○如○讀○兼○葭○秋○水○之○篇○祇○不○知○其○何○指○而○往○復○低○徊○自○有○不○能已者必求其人以實之則鑿矣

今我不樂思岳陽身欲奮飛病在牀美人娟娟隔秋水
濯足洞庭望八荒鴻飛冥冥日月白青楓葉赤天雨霜
玉京羣帝集北斗或騎麒麟翳鳳凰芙蓉旌旗煙霧樂
影動倒景搖瀟湘星宮之君醉瓊漿羽人稀少不在旁
似聞昨者赤松子恐是漢代韓張良昔隨劉氏定長安
帷幄未改神慘傷國家成敗吾豈敢色難腥腐餐楓香
周南留滯古所惜南極老人應壽昌美人胡爲隔秋水

（結明詩旨）

焉得置之貢玉堂

古柏行

杜甫

孔明廟前有老柏，柯如青銅根如石。霜皮溜雨四十圍，黛色參天二千尺。君臣已與時際會，樹木猶為人愛惜。（二句揭明通首作意）雲來氣接巫峽長，月出寒通雪山白。憶昨路遶錦亭東，先主武侯同閟宮。崔嵬枝幹郊原古，窈窕丹青戶牖空。落落盤踞雖得地，冥冥孤高多烈風。扶持自是神明力，正直原因造化工。（是古柏是孔明廟前之柏正喻夾）大廈如傾要梁棟，萬牛迴首邱山重。不露文章世已驚，未辭翦伐誰能送。苦心豈免容螻蟻，香葉曾經宿鸞鳳。（發言近旨遠托興遙深）志士仁人莫怨嗟，古來材大難為用。

閟宮陸游集云子在成都屢至昭烈惠陵此柏在陵旁廟中忠武室之南所謂先主武侯同閟宮者與此略無小異案成都武侯祠堂附於先主廟夔州則先主廟武侯廟各別此詩專咏夔州廟柏所謂武侯祠堂不可忘中有松柏參天長是也 詩法妙 題已定詩旨

觀公孫大娘弟子舞劍器行　杜甫

大歷二年十月十九日夔府別駕元持宅見臨潁李十二娘舞劍器壯其蔚跂問其所師曰余公孫大娘弟子也開元三載余尚童穉記於郾城觀公孫氏舞劍器渾脫瀏灕頓挫獨出冠時自高頭宜春梨園二伎坊內人洎外供奉曉是舞者聖文神武皇帝初公孫一人而已玉貌錦

衣況余（愚案況余二字當是晚餘之訛）白首今茲弟子亦匪盛
顏既辨其由來知波瀾莫二撫事感慨聊爲劍
器行往者吳人張旭善草書書帖數常於鄴縣
見公孫大娘舞西河劍器自此草書長進豪蕩
感激卽公孫可知矣

昔有佳人公孫氏一舞劒器動四方觀者如山色沮喪
天地爲之久低昂㸌如羿射九日落矯如羣帝驂龍翔
來如雷霆收震怒罷如江海凝淸光絳脣珠袖兩寂寞
晚有弟子傳芬芳臨潁美人在白帝妙舞此曲神揚揚
與余問荅既有以感時撫事增惋傷先帝侍女八千人

公孫劒器初第一五十年間似反掌風塵澒洞昏王室
梨園子弟散如煙女樂餘姿映寒日金粟堆前木已拱
瞿塘石城草蕭瑟玳筵急管曲復終樂極哀來月東出
老夫不知其所往足繭荒山轉愁疾

渾脫〔居易錄〕案陳暘樂書云樂府諸曲自古不用犯聲唐自則天末年劒器入渾脫爲犯聲之始劒器宮調渾脫商調以臣犯君故爲犯聲又唐多解曲如柘枝用渾脫解之類觀此則劒器渾脫自各爲舞曲之名今人誤讀杜詩序以劒器爲句而以渾脫瀏灕頓挫六字爲句以爲極贊舞器之妙譌謬沿襲文字中往往以渾脫瀏灕四字連綴用之可笑也又閱李中麓開先太僕塞上曲一首云黃河萬里障邊隅點鹵年來謀計殊不用輕帆并短棹渾脫飛渡只須臾自注云脫音駝然後知渾脫舞渾脫帽皆當作平聲也〔皇華記聞〕樂府有渾脫舞明皇雜錄歷代名畫記皆云公孫大娘善舞西河劒器渾脫故杜詩云云

注家多不詳渾脫之義朱中丞浣水續談云唐長孫無忌以烏羊毛爲渾脫氈帽時人效之號趙公渾脫子于役三關爻太子灘隔岸羣彝來見亂流而渡見有騎一物浮水面者問之曰渾脫也葢取羊皮去其骨肉而製之故以爲名趙公之帽義亦應爾

宜春梨園（明皇雜錄）天寶中上命宮女數百人爲梨園弟子皆居宜春北苑安祿山從范陽入覲亦獻白玉簫管數百事皆陳於梨園

臨潁（唐地理志）許州潁川郡有臨潁縣

白帝（元和志）白帝即夔州城初公孫述殿前井有白龍出因號白帝

石魚湖上醉歌 并序

元結

漫叟以公田米釀酒因休暇則載酒於湖上時取一醉歡醉中據湖岸引臂向魚取酒使舫載之徧飲坐者意疑倚巴邱酌於君山之上諸子環洞庭而坐酒舫泛泛然觸波濤而往來者乃

作歌以長之

石魚湖似洞庭夏水欲滿君山青山爲樽水爲沼酒徒歷歷坐洲島長風連日作大浪不能廢人運酒舫我持長瓢坐巴邱酌飲四座以散愁

石魚湖〔元結石魚湖上作詩序〕漫泉南上有獨石在水中狀如遊魚魚凹處修之可以貯酒水涯四匝多攲石相連石上堪人坐水能浮小舫載酒又能繞石魚洞流乃命湖曰石魚湖鐫銘於湖上顯示來者又作詩以歌之　君山〔水經注〕洞庭湖中有君山編山君山有石穴潛通吳之包山郭景純所謂巴陵地道者也是山湖君之所游處故曰君山矣

山石　　韓愈

山石犖确行徑微黃昏到寺蝙蝠飛升堂坐階新雨足

芭蕉葉大支子肥。僧言古壁佛畫好。以火來照所見稀。鋪床拂席置羹飯。疏糲亦足飽我飢。夜深靜臥百蟲絕。清月出嶺光入扉。天明獨去無道路。出入高下窮煙霏。山紅澗碧紛爛熳。時見松櫪皆十圍。當流赤足踏澗石。水聲激激風生衣。人生如此自可樂。豈必局促爲人鞿。嗟哉吾黨二三子。安得至老不更歸。

八月十五夜贈張功曹　　韓　愈

纖雲四卷天無河。清風吹空月舒波。沙平水息聲影絕。一盃相屬君當歌。君歌聲酸辭正苦。不能聽終淚如雨。

此時公與張俱○徙掾江陵俟命於郴而作

洞庭連天九疑高。蛟龍出沒猩鼯號。十生九死到官所。

幽居默默如藏逃。下牀畏蛇食畏藥。海氣溼蟄薰腥臊。
昨者州前搥大鼓。嗣皇繼聖登夔皋。赦書一日行千里。
罪從大辟皆除死。遷者追迴流者還。滌瑕蕩垢朝清班。
州家申名使家抑。坎軻祇得移荆蠻。判司卑官不堪說。
未免捶楚塵埃閒。同時輩流多上道。天路幽險難追攀。
君歌且休聽我歌。我歌今與君殊科。一年明月今宵多。
人生由命非由他。有酒不飲奈明何。

張功曹 公撰張署墓志署河閒人舉進士拜監察御史為幸臣所讒與同輩韓愈李方叔三人俱為縣令南方二年逢恩俱從掾江陵半歲邕管奏為判官

赦書 舊唐書順宗紀貞元二十一年正月丙申順宗即位二月甲子大赦及八月憲宗即位改貞元二十一年為永貞元年自八月五日以前天下

死罪降從流流以下遞減一等判司永貞元年公爲江陵府法曹參軍署爲功曹參軍

謁衡嶽廟遂宿嶽寺題門樓　　韓　愈

五嶽祭秩皆三公。四方環鎮嵩當中。火維地荒足妖怪。天假神柄專其雄。敘衡嶽噴雲泄霧藏半腹。雖有絕頂誰能窮。我來正逢秋雨節。敘謁廟陰氣晦昧無淸風。潛心默禱若有應。豈非正直能感通。須臾靜掃衆峰出。仰見突兀撐靑空。紫蓋連延接天柱。石廩騰擲堆祝融。森然動魄下馬拜。松柏一徑趨靈宮。粉牆丹柱動光彩。鬼物圖畫塡靑紅。升階傴僂薦脯酒。欲以菲薄明其衷。廟令老人識神意。睢盱偵伺能鞠躬。手持杯珓導我擲。云此最吉餘難同。

竄逐蠻荒幸不死衣食纔足甘長終侯王將相望久絕神縱欲福難爲功夜投佛寺上高閣星月掩映雲朣朧猿鳴鐘動不知曙杲杲寒日生於東

紫蓋天柱石廩祝融（長沙記衡山七十二峰最大者五芙蓉紫蓋石廩天柱祝融爲最高）盃珓（廣韻珓盃珓也古者以玉爲之程大昌演繁露問卜於神有器名盃珓以兩蚌殼投空擲地觀其俯仰以斷休咎後人或用竹或用木斷如蛤形而中分爲二亦名盃珓其擲法則以半俯半仰者爲吉）

石鼓歌

韓愈

張生手持石鼓文勸我試作石鼓歌少陵無人謫仙死（先敘石鼓原委）才薄將奈石鼓何周綱陵遲四海沸宣王憤起揮天戈

大開明堂受朝賀。諸侯劍佩鳴相磨。蒐于岐陽騁雄俊。
萬里禽獸皆遮羅。鐫功勒成告萬世。鑿石作鼓隳嵯峨。
從臣才藝咸第一。揀選撰刻留山阿。雨淋日炙野火燎。
鬼物守護煩撝呵。公從何處得紙本。毫髮盡備無差訛。
（此段寫字體及文義之妙）
辭嚴義密讀難曉。字體不類隸與蝌。年深豈免有缺畫。
（四句申明字體句）
快劍斫斷生蛟鼉。鸞翔鳳翥眾仙下。珊瑚碧樹交枝柯。
（四句申明辭嚴）
金繩鐵索鎖鈕壯。古鼎躍水龍騰梭。陋儒編詩不收入。
（義密句）
二雅褊迫無委蛇。孔子西行不到秦。掎摭星宿遺羲娥。
（此段自進己見）
嗟余好古生苦晚。對此涕淚雙滂沱。憶昔初蒙博士徵。
其年始改稱元和。故人從軍在右輔。爲我度量掘臼科。

濯冠沐浴告祭酒。如此至寶存豈多。氈包席裹可立致。
十鼓祇載數駱駝。薦諸太廟比郜鼎。（襯筆）光價豈止百倍過。
聖恩若許留太學。諸生講解得切磋。觀經鴻都尚塡咽。（再襯）
坐見舉國來奔波。剜苔剔蘚露節角。安置妥帖平不頗。
大厦深簷與蓋覆。經歷久遠期無佗。中朝大官老於事。
詎肯感激徒媕婀。（此段歎其失所）牧童敲火牛礪角。誰復著手爲摩挲。
日銷月鑠就埋沒。六年西顧空吟哦。羲之俗書趁姿媚。（又作一襯）
數紙尚可博白鵞。繼周八代爭戰罷。無人收拾理則那。
方今太平日無事。柄任儒術崇丘軻。安能以此上論列。
願借辨口如懸河。石鼓之歌止於此。嗚呼吾意其蹉跎。

石鼓（歐陽修集古錄）石鼓文久在岐陽初不見稱於前世至唐人始盛稱之而韋應物以爲周文王之鼓至宣王刻詩爾韓退之直以爲宣王之鼓在今鳳翔孔子廟中鼓有十先時散棄於野鄭餘慶始置於廟而亡其二皇祐四年向傳師求於民間得之十鼓乃足退之好古不妄者予姑取以爲信耳　**張生**卽張籍　**觀經鴻都**（後漢書靈帝紀）光和元年二月始置鴻都門學士（水經注）蔡邕以嘉平四年與五官中郎將堂谿典等奏求正定六經文字帝許之邕乃自書丹於碑使工鐫刻立於太學門外碑始立其觀視及筆寫者車乘日千餘兩塡塞街陌矣　**白鵞**（晉書王羲之傳）性愛鵞山陰有道士養好鵞羲之往觀意甚悅固求市之道士云爲寫道德經當舉羣相贈耳羲之欣然寫畢籠鵞而歸

漁翁　柳宗元

漁翁夜傍西巖宿。曉汲清湘然楚竹。煙消日出不見人。欸乃一聲山水綠。迴看天際下中流。巖上無心雲相逐。

欸乃〔康熙字典〕欸乃棹船相應聲〔正字通〕今行船搖櫓戛軋聲似之柳宗元詩欸乃一聲山水綠元結湖南欸乃曲讀如矮靄是也後人因柳集注有云一本作襖靄遂直音欸爲襖乃爲靄不知彼注自謂別本作襖靄非欸乃當作襖靄也

長恨歌　白居易

七字一篇綱領思傾國果傾國矣欲而得之何恨之有

漢皇重色思傾國御宇多年求不得楊家有女初長成
養在深閨人未識天生麗質難自棄一朝選在君王側
回頭一笑百媚生六宮粉黛無顏色春寒賜浴華清池
温泉水滑洗凝脂侍兒扶起嬌無力始是新承恩澤時
雲鬢花顏金步搖芙蓉帳煖度春宵春宵苦短日高起
從此君王不早朝承歡侍宴無閒暇春從春遊夜專夜

後宮佳麗三千人　三千寵愛在一身　金屋妝成嬌侍夜
玉樓宴罷醉和春　姊妹弟兄皆列土　可憐光彩生門戶
遂令天下父母心　不重生男重生女　驪宮高處入青雲
仙樂風飄處處聞　緩歌謾舞凝絲竹　盡日君王看不足
漁陽鼙鼓動地來　驚破霓裳羽衣曲　九重城闕煙塵生
千乘萬騎西南行　翠華搖搖行復止　西出都門百餘里
六軍不發無奈何　宛轉蛾眉馬前死　花鈿委地無人收
翠翹金雀玉搔頭　君王掩面救不得　回看血淚相和流
黃埃散漫風蕭索　雲棧縈紆登劍閣　峨嵋山下少人行
旌旗無光日色薄　蜀江水碧蜀山青　聖主朝朝暮暮情

行宮見月傷心色夜雨聞鈴腸斷聲天旋地轉迴龍馭
到此躊躇不能去馬嵬坡下泥土中不見玉顏空死處
君臣相顧盡霑衣東望都門信馬歸歸來池苑皆依舊
太液芙蓉未央柳芙蓉如面柳如眉對此如何不淚垂（以○下○八○句○寫○日○中○情○景○花○草○人○物）
（都○到）春風桃李花開日秋雨梧桐葉落時西宮南內多秋草
落葉滿階紅不埽梨園子弟白髮新椒房阿監青娥老
（以○下○八○句○寫○夜○間○景○自○初○昏○以○至○將○曉○都○到）夕殿螢飛思悄然孤燈挑盡未成眠遲遲鐘鼓初長夜
耿耿星河欲曙天鴛鴦瓦冷霜華重翡翠衾寒誰與共
悠悠生死別經年魂魄不曾來入夢（一○筆○起○下）臨邛道士鴻都客
能以精誠致魂魄爲感君王輾轉思遂教方士殷勤覓

排空馭氣奔如電升天入地求之徧上窮碧落下黃泉
兩處茫茫皆不見忽聞海上有仙山山在虛無縹緲間
恢○諧○入○姚
樓閣玲瓏五雲起其中綽約多仙子中有一人字太眞
雪膚花貌參差是金闕西廂叩玉扃轉教小玉報雙成
聞道漢家天子使九華帳裏夢魂驚攬衣推枕起徘徊
珠箔銀屏迤邐開雲髻半偏新睡覺花冠不整下堂來
空○虛○處○偏○有○實○証
風吹仙袂飄飄舉猶似霓裳羽衣舞玉容寂寞淚闌干
梨花一枝春帶雨含情凝睇謝君王一別音容兩渺茫
昭陽殿裏恩愛絕蓬萊宮中日月長回頭下望人寰處
不見長安見塵霧惟將舊物表深情鈿合金釵寄將去

釵留一股合一扇　釵擘黃金合分鈿　但教心似金鈿堅
天上人間會相見　臨別殷勤重寄詞　詞中有誓兩心知
七月七日長生殿　夜半無人私語時　在天願作比翼鳥
在地願爲連理枝　天長地久有時盡　此恨緜緜無絕期　點○顋○結○穴

長恨歌前進士陳鴻撰長恨歌傳曰開元中泰階平四海無事明皇在位歲久倦於旰食宵衣政無小大始委於右丞相深居遊宴以聲色自娛先是元獻皇后武淑妃皆有寵相次即世宮中雖良家子千數無可悅目者上心忽忽不樂時每歲十月駕幸華淸宮內外命婦熠燿景從浴日餘波賜以湯沐春風靈液澹盪其閒上心油然若有顧遇左右前後粉色如土詔高力士潛搜外宮得宏農楊元琰女於壽邸既笄矣鬒髮膩理纖穠中度舉止閑冶如漢武帝李夫人別疏湯泉詔賜澡瑩既出水體弱力微若不任羅綺光彩煥發轉動照人上甚悅進見之日奏霓裳羽衣曲以導之定情之夕授金釵鈿合以固之又

命戴步搖垂金璫明年冊爲貴妃半后服用由是冶其容敏其詞婉孌萬態以中上意上益嬖焉時省風九州泥金五嶽驪山雪夜上陽春朝與上行同室宴專席寢專房雖有三夫人九嬪二十七世婦八十一御妻暨後宮才人樂府伎女使天子無顧盼意自是六宮無復進幸者非徒殊艷尤態致是蓋才智明慧善巧便佞先意希旨有不可形容者叔父昆弟皆列在淸貴爵爲通侯姊妹封國夫人富埒王室車服邸第與大長公主侔而恩澤勢力則又過之出入禁門不問京師長吏爲側目故當時謠詠有云生女勿悲酸生兒勿喜歡又曰男不封侯女作妃看女卻爲門上楣其人心羨慕如此天寶末兄國忠盜丞相位愚弄國柄及安祿山引兵向闕以討楊氏爲辭潼關不守翠華南幸出咸陽道次馬嵬亭六軍裴回持戟不進從官郎吏伏上馬前請誅錯以謝天下國忠奉氂纓盤水死於道周左右之意未快上問之當時敢言者請以貴妃塞天下怒上知不免而不忍見其死反袂掩面使牽之而去蒼皇展轉竟就絕于尺組之下既而明皇狩成都肅宗受禪靈武明年大凶歸元大駕還都尊明皇爲太上皇就養南宮遷於西內時移

事去樂盡悲來每至春之日冬之夜池蓮夏開宮槐
秋落梨園子弟玉琯發音聞霓裳羽衣一聲則天顏
不怡左右歔欷三載一意其念不衰求之魂夢杳不
能得適有道士自蜀來知上皇心念楊妃如是自言
有李少君之術明皇大喜命致其神方士乃竭其術
以索之不至又能遊神馭氣出天界沒地府以求之
不見又旁求四虛上下東極大海跨蓬壺見最高仙
山上多樓闕西廂下有洞戶東向闔其門署曰玉妃
太眞院方士抽簪扣扉有雙童女出應門方士造次
未及言而雙鬟復入俄有碧衣侍女又至詰其所從
方士因稱唐天子使者且致其命碧衣云玉妃方寢
請少待之於時雲海沈沈洞天日晚瓊戶重闔悄然
無聲方士屛息斂足拱手門下久之而碧衣延入且
曰玉妃出見一人冠金蓮披紫綃佩紅玉曳鳳舄左
右侍者七八人揖方士問皇帝安否次問天寶十四
年已還事言訖憫然指碧衣取金釵鈿合各析其半
授使者曰爲謝太上皇謹獻是物尋舊好也方士受
辭與信將行色有不足玉妃固徵其意復前跪致詞
請當時一事不爲他人聞者驗於太上皇不然恐鈿
合金釵負新垣平之詐也玉妃茫然退立若有所思

徐而言之曰昔天寶十載侍輦避暑驪山宮秋七月牽牛織女相見之夕秦人風俗是夜張錦繡陳飲食樹瓜果焚香於庭號爲乞巧宮掖間尤尚之夜殆半休侍衛于東西廂獨侍上上凭肩而立因仰天感牛女事密相誓心願世世爲夫婦言畢執手各嗚咽此獨君王知之耳因自悲曰由此一念又不得居此復墮下界且結後緣或爲天或爲人決再相見好合如舊因言太上皇亦不久人閒幸唯自安無自苦耳使者還奏太上皇皇心震悼日日不豫其年夏四月南宮宴駕元和元年冬十二月太原白樂天自校書郎尉於盩厔鴻與琅琊王質夫家於是邑暇日相攜遊仙遊寺話及此事相與感歎質夫舉酒於樂天前曰夫希代之事非遇出世之才潤色之則與時消沒不聞於世樂天深於詩多於情者也試爲歌之如何樂天因爲長恨歌意者不但感其事亦欲懲尤物窒亂階垂於將來也歌既成使鴻傳焉世所不聞者予非開元遺民不得知世所知者有明皇本紀在今但傳長恨歌云爾

琵琶行 有序

白居易

元和十年余左遷九江郡司馬明年秋送客湓
浦口聞舟中夜彈琵琶者聽其音錚錚然有京
都聲問其人本長安倡女嘗學琵琶於穆曹二
善才年長色衰委身爲賈人婦遂命酒使快彈
數曲曲罷憫然自敘少小時歡樂事今漂淪顦
顇轉徙於江湖間余出官二年恬然自安感斯
人言是夕覺有遷謫意因爲長歌以贈之凡六
百一十二言命曰琵琶行

潯陽江頭夜送客楓葉荻花秋瑟瑟主人下馬客在船
舉酒欲飲無管絃醉不成歡慘將別別時茫茫江浸月

忽聞水上琵琶聲主人忘歸客不發尋聲闇問彈者誰
琵琶聲停欲語遲移船相近邀相見添酒回鐙重開宴
千呼萬喚始出來猶抱琵琶半遮面轉軸撥絃三兩聲
未成曲調先有情絃絃掩抑聲聲思似訴生平不得志（四句爲後文張本）
低眉信手續續彈說盡心中無限事輕攏慢撚抹復挑（以下寫琵琶）
初爲霓裳後六么大絃嘈嘈如急雨小絃切切如私語
嘈嘈切切錯雜彈大珠小珠落玉盤閒關鶯語花底滑
幽咽流泉水下灘水泉冷澀絃凝絕凝絕不通聲漸歇
別有幽愁闇恨生此時無聲勝有聲銀瓶乍破水漿迸
鐵騎突出刀槍鳴曲終收撥當心畫四絃一聲如裂帛

東船西舫悄無言唯見江心秋月白沈吟放撥插絃中
應○前
整頓衣裳起斂容自言本是京城女家在蝦蟆陵下住
十三學得琵琶成名屬教坊第一部曲罷常教善才服
妝成每被秋娘妒五陵年少爭纏頭一曲紅綃不知數
鈿頭銀篦擊節碎血色羅裙翻酒污今年歡笑復明年
秋月春風等閒度弟走從軍阿姨死暮去朝來顏色故
門前冷落車馬稀老大嫁作商人婦商人重利輕別離
再○應○前
前月浮梁買茶去去來江口守空船繞船明月江水寒
一○句○作○詩○之○旨
夜深忽夢少年事夢啼妝淚紅闌干我聞琵琶已歎息
又聞此語重唧唧同是天涯淪落人相逢何必曾相識

我從去年辭帝京。謫居臥病潯陽城。潯陽地僻無音樂。
終歲不聞絲竹聲。住近湓城地低溼。黃蘆苦竹繞宅生。
其閒旦暮聞何物。杜鵑啼血猿哀鳴。春江花朝秋月夜。
往往取酒還獨傾。豈無山歌與邨笛。嘔啞嘲哳難爲聽。
今夜聞君琵琶語。如聽仙樂耳暫明。莫辭更坐彈一曲。
爲君翻作琵琶行。感我此言良久立。卻坐促絃絃轉急。
淒淒不是向前聲。滿座重聞皆掩泣。座中泣下誰最多。
江州司馬青衫溼。

湓浦〔一統志〕湓浦在九江府城西源出瑞昌青盆山潯陽城在府西一十五里 善才 曲師之稱
六么〔樂府雜錄〕康崑崙善琵琶登街東綵樓彈一曲新翻羽調六么自謂街西無敵 蝦蟆陵

〔雍錄〕蝦蟆陵在萬年縣南六里〔西京記〕本董仲舒墓　浮梁〔唐地理志〕饒州有浮梁縣

韓碑

李商隱

元和天子神武姿。彼何人哉軒與羲。誓將上雪列聖恥。
坐法宮中朝四夷。淮西有賊五十載。封狼生貙貙生羆。
不據山河據平地。長戈利矛日可麾。帝得聖相相曰度。
賊斫不死神扶持。腰懸相印作都統。陰風慘澹天王旗。
愬武古通作牙爪。儀曹外郎載筆隨。行軍司馬智且勇。
十四萬衆猶虎貔。入蔡縛賊獻太廟。功無與讓恩不訾。
帝曰汝度功第一。汝從事愈宜爲辭。愈拜稽首蹈且舞。
金石刻畫臣能爲。古者世稱大手筆。此事不係於職司。

當仁自古有不讓言訖屢頷天子頤公退齋戒坐小閣
濡染大筆何淋漓點竄堯典舜典字塗改清廟生民詩（詠韓碑即學韓體才大者無所不可也）
文成破體書在紙清晨再拜鋪丹墀表曰臣愈昧死上
咏神聖功書之碑碑高三丈字如斗負以靈鼇蟠以螭
句奇語重喻者少讒之天子言其私長繩百尺拽碑倒
麤砂大石相磨治公之斯文若元氣先時已入人肝脾
湯盤孔鼎有述作今無其器存其辭嗚呼聖王及聖相
相與烜赫流淳熙公之斯文不示後曷與三五相攀追
願書萬本誦萬遍口角流沫右手胝傳之七十有二代
以爲封禪玉檢明堂基

淮西賊史肅宗寶應初以李忠臣鎮蔡州大歷末為軍中所逐歷李希烈陳仙奇吳少誠吳少陽元濟據有淮西凡五十餘年**據平地**（舊唐書）吳少誠阻兵三十餘年王師未嘗及其城下嘗走韓全義敗于頓騎悍無所顧忌又恃陂浸阻迴故以天下兵環攻三年所得者一縣而已**聖相曰度**原注（晏子春秋）仲尼聖相也（唐書）元和十年六月上召裴度入對拜中書侍郎同平章事**賊斫不死**李師道遣客殺武元衡擊裴度傷首墮溝中度氈帽厚得不死**都統**元和十二年七月度請自往督戰上悅以度充淮西宣慰招討處置使**愬武古通**元和十一年十二月李愬為唐鄧隋節度使十年九月韓宏為淮西都統宏請使子公武以兵萬三千會蔡下十一年李道古為鄂岳觀察使十年二月李文通為壽州團練使碑文光顏重亂公武合攻其北道古攻其東南文通戰其東愬入其西**儀曹外郎**（舊唐書）以司勛員外郎李正封都官員外郎馮宿禮部員外郎李宗閔皆兼侍御從度出征**行軍司馬**度奏右庶子韓愈兼御史中丞充彰義軍行軍司馬**入蔡**十二

年十月己卯李愬執吳元濟送長安帝御興安門受俘以元濟獻廟社狗于市斬之 愈宜爲辭 舊書韓愈傳淮蔡平十二月隨度還朝以功授刑部侍郎仍詔撰平淮西碑 拽碑倒 舊書韓愈傳碑辭多敘裴度事時入蔡擒吳元濟李愬功第一愬不平之愬妻唐安公主女也出入禁中因訴碑辭不實詔令磨去愈文命翰林學士段文昌重撰文勒石

樂府

燕歌行　　高適

開元二十六年。客有從元戎出塞而還者。作燕歌行以示適。感征戍之事。因而和焉。

漢家煙塵在東北。漢將辭家破殘賊。男兒本是重橫行。天子非常賜顏色。摐金伐鼓下榆關。旌旗逶迤碣石閒。

校尉羽書飛瀚海。單于獵火照狼山。山川蕭條極邊土。（路遠）
胡騎憑陵雜風雨。戰士軍前半死生。美人帳下猶歌舞。（敵勁）（苦者自苦。樂者自樂。）
大漠窮秋塞草衰。孤城落日鬭兵稀。身當恩遇常輕敵。（邊寒）（兵少）（本以身許）
力盡關山未解圍。鐵衣遠戍辛勤久。玉筯應啼別離後。（不克成功）（以下寫家室之思）
少婦城南欲斷腸。征人薊北空回首。邊風飄飄那可度。
絕域蒼茫更何有。殺氣三時作陣雲。寒聲一夜傳刁斗。
相看白刃血紛紛。死節從來豈顧勳。君不見沙場爭戰
苦。至今猶憶李將軍。

燕歌行　樂府解題曰晉樂奏魏文帝秋風別日二曲
時序遷換行役不歸婦人怨曠無所訴也廣
題曰燕地名也言良人　榆關〔漢書〕北備榆中之關
從役于燕而為此曲　〔注〕即今所謂榆關也碣

石（唐地理志）平州石城縣有碣石山　**狼山**（魏志）太祖北征烏丸登白狼山（一統志）山在甯夏衛城東南二百九十里　**李將軍**李牧破匈奴十餘萬騎單于十餘歲不敢近趙

古從軍行　李頎

白日登山望烽火。黃昏飲馬傍交河。行人刁斗風砂暗。公主琵琶幽怨多。野營萬里（地廣）無城郭。雨雪紛紛（天寒）連大漠。胡雁哀鳴（所聞）夜夜飛。胡兒眼淚（所見）雙雙落。聞道玉門猶被遮。應將性命逐輕車。年年戰骨埋荒外。空見蒲萄入漢家。

從軍行樂府解題曰從軍行皆軍旅苦辛之辭廣題曰左延年辭云苦哉邊地人一歲三從軍三子到燉煌二子詣隴西五子遠鬬去五婦皆懷身陳伏知道又有從軍五更轉　**交河**（漢書）車師前國王治交河城河水分流繞城下故號交河去長安八千一百五十里　**蒲萄**（博物志）張騫使西域還得

胡
桃

洛陽女兒行　　　　王維

洛陽女兒對門居。纔可顏容十五餘。良人玉勒乘驄馬。侍女金盤膾鯉魚。畫閣朱樓盡相望。紅桃綠柳垂簷向。羅帷送上七香車。寶扇迎歸九華帳。狂夫富貴在青春。意氣驕奢劇季倫。自憐碧玉親教舞。不惜珊瑚持與人。春窗曙滅九微火。九微片片飛花璅。戲罷曾無理曲時。妝成祇是薰香坐。城中相識盡繁華。日夜經過趙李家。誰憐越女顏如玉。貧賤江頭自浣紗。

寓○意

與○西○施○詠○同

七香車　魏武與楊彪書曰今贈足下四望通幰七香車二乘青牸牛二頭

九微火　漢武

帝傳七月七日設座大殿上以紫羅薦地燔百木之香燃九光九微之燈以待王母 趙李

阮籍詠懷詩 西遊咸陽中 趙李相經過

老將行

王維

（從年少起）

少年十五二十時。步行奪得胡馬騎。射殺山中白額虎。肯數鄴下黃鬚兒。一身轉戰三千里。一劍曾當百萬師。漢兵奮迅如霹靂。虜騎崩騰畏蒺藜。衛青不敗由天幸。李廣無功緣數奇。（起下）自從棄置便衰朽。世事蹉跎成白首。（以下寫廢棄至老情景）昔時飛箭無全目。今日垂楊生左肘。路旁時賣故侯瓜。門前學種先生柳。蒼茫古木連窮巷。寥落寒山對虛牖。誓令疏勒出飛泉。不似潁川空使酒。（以下明老而）賀蘭山下陣如雲。

復起之故

羽檄交馳日夕聞。節使三河募年少。詔書五道出將軍。

試拂鐵衣如雪色。聊持寶劍動星文。願得燕弓射大將。

恥令越甲鳴吾君。莫嫌舊日雲中守。猶堪一戰立功勳。

奪胡馬（史記）李廣兵敗胡騎得廣廣佯死睨其旁有胡兒騎善馬廣暫騰而上因推墮兒取其弓南馳 白額虎（晉書）周處好田獵父老歎曰三害未除得脫 處曰何謂也曰南山白額虎長橋下蛟并子爲三矣處乃入山射虎投水殺蛟 黃鬚兒（魏志）任城王彰少善射太祖曰黃鬚兒竟大奇也 霹靂（隋書）長孫晨爲總管突厥聞其弓聲謂爲霹靂 蒺藜（爾雅翼）軍旅以鐵作茨布敵路謂之鐵蒺藜 衞青不敗（漢書）霍去病敢深入軍亦有天幸未嘗困絕今指衞青蓋借用也 李廣無功（漢書）李廣從大將軍擊匈奴諸將多以功爲侯廣軍無功大將軍青陰受上誡以爲李廣老數奇毋令當單于 箭無全目（帝王世紀）羿與吳賀北遊賀使羿射雀曰射其左目羿中

右目抑首而愧終身不忘 **楊生左肘** 莊子支離叔與滑介叔觀於冥伯之邱俄而柳生其左肘林希逸注柳瘍也右丞改作垂楊當另有解 **疏勒出泉** 後漢書耿恭以疏勒城旁有澗水引兵據之匈奴擁絕澗水恭穿井不得水向井再拜水泉奔出 **潁川使酒** 史記灌夫潁陰人爲人剛直使酒 **賀蘭山** 一統志在甯夏衛城西六十里 **五道出將軍** 漢書五將軍分道出注祁連將軍田廣明蒲類將軍趙充國武牙將軍田順度遼將軍范明友前將軍韓增 **越甲** 說苑越甲至齊雍門子狄請死之曰昔王田於囿左轂鳴王曰工師之罪也車右曰不見工師之乘而見其鳴吾君也刎頸而死今越甲至其鳴吾君豈左轂之下哉遂刎頸而死 **雲中守** 史記馮唐曰臣聞魏尚爲雲中守匈奴遠避不近雲中之塞上功首虜差六級陛下下之吏削其爵由此言之陛下雖得廉頗李牧弗能用也文帝令唐持節赦魏尚復爲雲中守括地志今大同府古雲中郡也

桃源行　王維

漁舟逐水愛山春兩岸桃花夾古津坐看紅樹不知遠
行盡青溪忽值人山口潛行始隈隩山開曠望旋平陸
遙看一處攢雲樹近入千家散花竹樵客初傳漢姓名
居人未改秦衣服居人共住武陵源還從物外起田園
月明松下房櫳靜日出雲中雞犬喧驚聞俗客爭來集
競引還家問都邑平明閭巷掃花開薄暮漁樵乘水入
初因避地去人間更問神仙遂不還峽裏誰知有人事
世中遙望空雲山不疑靈境難聞見塵心未盡思鄉縣
出洞無論隔山水辭家終擬長遊衍自謂經過舊不迷
安知峰壑今來變當時只記入山深青谿幾度到雲林

春來遍是桃花水不辨仙源何處尋

蜀道難

李白

噫吁嚱危乎高哉蜀道之難難於上青天蠶叢及魚鳧開國何茫然爾來四萬八千歲乃與秦塞通人煙西當太白有鳥道可以橫絕峨眉巔地崩山摧壯士死然後天梯石棧方鉤連上有六龍迴日之高標下有衝波逆折之迴川黃鶴之飛尚不得猿猱欲度愁攀緣青泥何盤盤百步九折縈巖巒捫參歷井仰脅息以手撫膺坐長歎問君西遊何時還畏途巉巖不可攀但見悲鳥號古木雄飛從雌繞林間又聞子規啼夜月愁空山蜀道

之難難於上青天使人聽此彫朱顏連峰去天不盈尺
枯松倒挂倚絶壁飛湍瀑流爭喧豗砯崖轉石萬壑雷
其險也若此嗟爾遠道之人胡爲乎來哉劍閣崢嶸而
崔嵬一夫當關萬夫莫開所守或匪親化爲狼與豺朝
避猛虎夕避長蛇磨牙吮血殺人如麻錦城雖云樂不（結○出○題○篇）
如早還家蜀道之難難於上青天側身西望長咨嗟（主○意）

蜀道難　古今樂錄曰王僧虔技錄有蜀道難行今不歌樂府解題曰蜀道難與蜀國絃頗同尚書談錄曰李白作蜀道難以罪嚴武後陸暢謁韋南康皋於蜀郡感韋之遇遂反其詞作蜀道易云蜀道易易於履平地

蠶叢魚鳧　楊雄蜀王本紀蜀王之先名蠶叢相灌魚鳧蒲澤開明積三萬四千歲成都記魚鳧獵湔山乘虎而去杜宇遂繼魚鳧秦惠王滅蜀封公子通爲蜀侯

太白鳥道

本集注太白山在洋州眞符縣山面隸鳳翔府山背屬眞符〔南中志〕鳥道四百里 **峨眉**〔圖經〕峨眉兩山相對如蛾眉 **地崩山摧壯士死**〔蜀王本紀〕蜀五丁力士能徙山秦獻美女與蜀蜀王遣五丁迎女見一大蛇入山穴中五丁共引蛇山崩壓殺五丁秦女皆化爲石 **六龍回日**〔春秋命歷序〕皇伯登出扶桑日之陽駕六龍以下上 **高標**〔圖經〕高標山一名高望 **青泥**〔允域志〕興州有青泥嶺乃入蜀之路〔輿地廣記〕青泥嶺在沔州長舉縣西北五十里上多雲雨行者多逢泥淖 **劒閣**〔水經注〕小劒戍北去大劒三十里連山絕險飛閣相通故謂之劒閣也 **錦城**〔圖經〕成都郡名錦城

長相思 二首　李白

長相思在長安。絡緯秋啼金井闌。微霜淒淒簟色寒。孤燈不明思欲絕。卷帷望月空長嘆。美人如花隔雲端。上

有青冥之長天下有綠水之波瀾天長地遠魂飛苦夢魂不到關山難長相思摧心肝

日色欲盡花含煙月明欲素愁不眠趙瑟初停鳳凰柱蜀琴欲奏鴛鴦絃此曲有意無人傳願隨春風寄燕然憶君迢迢隔青天昔時橫波目今作流淚泉不信妾腸斷歸來看取明鏡前

長相思（郭茂倩樂府）古詩曰上言長相思李陵詩曰各言長相思蘇武詩曰死當長相思長者久遠之辭言行人久戍寄書以遺所思也古詩又曰文綵雙鴛鴦裁爲合歡被著以長相思緣以結不解謂被中著綿以致相思緜緜之意故曰長相思也又有千里思與此相類　燕然（後漢書竇憲傳）溫犢須日逐等八十一部率眾降憲軍遂登燕然山刻石勒功紀漢威德令班固作銘

行路難　李白

金樽清酒斗十千。玉盤珍羞直萬錢。停杯投筯不能食。拔劍四顧心茫然。欲渡黃河冰塞川。將登太行雪暗天。閒來垂釣坐溪上。忽復乘舟夢日邊。（舉念不忘君側）行路難。行路難。多歧路。今安在。長風破浪會有時。直挂雲帆濟滄海。

行路難【郭茂倩樂府】樂府解題曰行路難備言世路艱難及離別悲傷之意多以君不見爲首案陳武別傳曰武常牧羊諸家牧豎有知歌謠者武遂學行路難則所起亦遠矣唐王昌齡又有變行路難

將進酒　李白

君不見黃河之水天上來。奔流到海不復回。（此句一篇之主）君不見高堂明鏡悲白髮。朝如青絲暮成雪。人生得意須盡歡。莫使金樽空對月天生我材必有用千金散盡還復來烹羊宰牛且爲樂會須一飲三百杯岑夫子丹邱生將進酒杯莫停與君歌一曲請君爲我傾耳聽鐘鼓饌玉不足貴但願長醉不願醒古來聖賢皆寂寞唯有飲者留其名陳王昔時宴平樂斗酒十千恣歡謔主人何爲言少錢逕須沽取對君酌五花馬千金裘呼兒將出換美酒與爾同銷萬古愁

兵車行

杜甫

此詩自首至末皆是言北戍之苦或以爲征南詔而發者非也

車轔轔馬蕭蕭行人弓箭各在腰耶娘妻子走相送塵埃不見咸陽橋牽衣頓足攔道哭哭聲直上干雲霄道

傍過者問行人。行人但云點行頻。或從十五北防河。便至四十西營田。去時里正與裹頭。歸來頭白還戍邊。邊亭流血成海水。武皇開邊意未已。君不聞漢家山東二百州。千村萬落生荆杞。縱有健婦把鋤犂。禾生隴畝無東西。況復秦兵耐苦戰。被驅不異犬與雞。長者雖有問。役夫敢申恨。且如今年冬。未休關西卒。縣官急索租。租稅從何出。信知生男惡。反是生女好。生女猶得嫁比鄰。生男埋沒隨百草。君不見青海頭。古來白骨無人收。新鬼煩寃舊鬼哭。天陰雨濕聲啾啾。

防河　開元十五年十二月制以吐蕃爲邊害令隴右道及諸軍團兵五萬六千人河西及諸軍團兵

四萬人又徵關中兵萬人集臨洮方朔兵萬人集會州防秋至冬初無寇而罷是時吐蕃侵擾河右故曰防河也

營田〔唐食貨志〕唐開軍府以提要衝因隙地以置營田有警則以軍若夫千人助役

武皇唐人詩稱明皇多云武皇王昌齡白馬金鞍從武皇韋應物少事武皇帝公亦云武帝旌旗在眼中也

山東趙傁曰山東者太行山之東古之晉地今之河北唐都長安故以河北為山東元好問曰古之山東今河朔燕趙魏是也

今年冬〔通鑑〕天寶九載十二月關西遊奕使王難得擊吐蕃克五橋拔樹敦城

青海唐自儀鳳中李敬玄與吐蕃戰敗於青海開元中王君㚟張景順張忠亮崔希逸皇甫惟明王忠嗣先後破吐蕃皆在青海西天寶中哥舒翰築神威軍於青海上又築城龍駒島吐蕃始不敢窺青海

麗人行

杜甫

三月三日天氣新。長安水邊多麗人。態濃意遠淑且眞。神韻

肌理細膩骨肉勻繡羅衣裳照暮春蹙金孔雀銀麒麟　粧飾
頭上何所有翠微㔩葉垂鬢脣背後何所見珠壓腰衱
穩稱身就中雲幕椒房親賜名大國虢與秦　四句已上泛咏麗人此纔入秦虢
紫駝之峰出翠釜水精之盤行素鱗犀筯厭飫久未下鸞刀縷切
空紛綸　寫其奢侈
黃門飛鞚不動塵御廚絡繹送八珍簫鼓哀吟
感鬼神賓從雜遝實要津　四句寫其寵眷
後來鞍馬何逡巡當軒下馬
入錦茵楊花雪落覆白蘋青鳥飛去銜紅巾炙手可熱
勢絕倫慎莫近前丞相嗔　已下纔入國忠

麗人行樂府廣題曰劉向別錄云昔有麗人善雅歌
後因以名曲崔國輔麗人曲云紅顏稱絕代
欲並眞無侶獨有鏡中人由來自相許（舊唐書）玄宗
每年十月幸華清宮國忠姊妹五家扈從每家爲一

隊著一色衣五家合隊照映如百花之煥發遺鈿墜舄瑟瑟珠翠燦爛芳馥于路而國忠私于虢國每入朝聯鑣方駕不施帷幔每三朝慶賀五鼓待漏靚粧盈巷蠟炬如晝度上巳修禊亦必爾也 大國【舊唐書】太眞有姊三人皆有才貌並封國夫人長曰大姨封韓國三姨封虢國八姨封秦國同日拜命

楊花【樂府】楊白花歌辭曰楊花飄蕩落南家又曰願銜楊花入窠裏此亦寓意于楊氏也【案】楊花入水化爲萍【爾雅翼】萍其大者蘋根生水底不若小浮萍無根漂浮國忠實張易之之子冒楊姓與虢國通是無根之楊花落而覆有根之白蘋也

哀江頭　杜甫

三字通○首眼目

少陵野老吞聲哭○○○○○春日潛行曲江曲○○○○○○江頭宮殿鎖千門○○○○○○○

細柳新蒲爲誰綠○○○○○憶昔霓旌下南苑○○苑中萬物生顏色○

昭陽殿裏第一人同輦隨君侍君側輦前才人帶弓箭

白馬嚼齧黃金勒。翻身向天仰射雲。一箭正墜雙飛翼。以下數語夫妻父子死生離別觸物引緒字字俱有哭聲明眸皓齒今何在。血污遊魂歸不得。清渭東流劍閣深。去住彼此無消息。人生有情淚霑臆。江水江花豈終極。黃昏胡騎塵滿城。欲往城南望城北。

少陵（雍錄）宣帝陵在杜陵縣許后葬杜陵南園謂之少陵杜甫家焉自稱杜陵老亦曰少陵也在長安縣南四十里　**南苑**（本集注）唐曲池坊南有南苑第一人謂楊貴妃　**才人**　唐制巡幸宮人扈從者騎而挾弓矢　見王才人傳　**望城北**　兩京新記云曲江地最高四望寬敞靈武行在在長安之北往城南潛行曲江者欲望城北冀王師之至耳望陳陶篇都人回首北面啼二語即此意若作忘字有何意義

哀王孫　　杜甫

長安城頭頭白烏，夜飛延秋門上呼。又向人家啄大屋，屋底達官走避胡。金鞭斷折九馬死，骨肉不待同馳驅。腰下寶玦青珊瑚，可憐王孫泣路隅。問之不肯道姓名，

先從寶玦看出次從龍準看定忠愛之心含卒之

但道困苦乞為奴。已經百日竄荊棘，身上無有完肌膚。

隱丁甯周至如聞其聲

高帝子孫盡隆準，龍種自與常人殊。豺狼在邑龍在野，王孫善保千金軀。不敢長語臨交衢，且為王孫立斯須。昨夜東風吹血腥，東來橐駝滿舊都。朔方健兒好身手，昔何勇銳今何愚。竊聞天子已傳位，聖德北服南單于。花門剺面請雪恥，慎勿出口他人狙。哀哉王孫慎勿疏，五陵佳氣無時無。

延秋門〔舊唐書〕六月九日潼關不守十二日凌晨自延秋門出微雨沾溼國忠與貴妃及親屬擁上出親王妃主皇孫以下多從之不及平明渡渭即令斷便橋辰時至咸陽望賢驛置頓〔通鑑〕上出延秋門妃主皇孫之在外者皆委之而去是日百官猶有入朝者至宮門猶聞漏聲三衛立仗儼然門既啟則宮人亂出中外擾攘不知上所之王公士民四出逃竄山谷〔雍錄〕玄宗幸蜀自苑西門出在唐爲苑之延秋門既出即由便橋渡渭自咸陽望馬嵬而西　橐駝〔史思明傳〕祿山陷兩京以橐駝運御府珍寶于范陽不知紀極　傳位　天寶十五載七月肅宗即位於靈武　朔方　哥舒翰將河隴朔方兵及蕃兵共二十萬拒戰敗績于潼關　南單于〔後漢書〕匈奴薁鞬日逐王比自立爲南單于肅宗即位遣使與回紇和親二載其首領入朝　花門〔唐志〕甘州有花門山堡東北千里至回鶻衙帳　剺面〔後漢耿秉傳〕匈奴或至黎面流血黎即剺字　狙〔史記索隱〕狙伏伺也謂狙之伺物必伏而候之

唐詩三百首上卷終

註釋唐詩三百首

蘅塘退士手編

五言律詩

經魯祭孔子而歎之　唐玄宗

夫子何爲者　栖栖一代中　地猶鄹氏邑　宅即魯王宮　歎鳳嗟身否　傷麟怨道窮　今看兩楹奠　當與夢時同

魯王宮〔尚書序〕魯恭王壞孔子舊宅以廣其居升堂聞金石絲竹之音乃不壞宅

望月懷遠　張九齡

海上生明月　天涯共此時　情人怨遙夜　竟夕起相思　滅燭憐光滿　披衣覺露滋　不堪盈手贈　還寢夢佳期

杜少府之任蜀川　　王勃

城闕輔三秦，風煙望五津。與君離別意，同是宦遊人。海內存知己，天涯若比鄰。無爲在歧路，兒女共沾巾。

贈別不作悲酸語，魄力自異。

三秦（史記）項籍滅秦後，分其地爲三，名曰雍王、塞王、翟王，號曰三秦。五津（華陽國志）蜀大江自湔堰下至犍爲有五津：始曰白華津，二曰萬里津，三曰江首津，四曰涉頭津，五曰江南津。

在獄詠蟬　　駱賓王

西陸蟬聲唱，南冠客思深。不堪玄鬢影，來對白頭吟。露重飛難進，風多響易沈。無人信高潔，誰爲表予心。

在獄。承首句。承次句。即蟬自喻。

在獄　賓王在獄事，史失傳無考。西陸（司馬彪續漢書）曰：行西陸謂之秋。

和晉陵陸丞早春遊望　　杜審言

獨有宦遊人偏驚物候新雲霞出海曙梅柳渡江春淑氣催黃鳥晴光轉綠蘋忽聞歌古調歸思欲沾襟

（近　遠　聞　見）

晉陵 今常州府唐天寶間爲晉陵郡

雜詩　沈佺期

聞道黃龍戍頻年不解兵可憐閨裏月長在漢家營少婦今春意良人昨夜情誰能將旗鼓一爲取龍城

能在漢營者惟閨月耳　承閨月　承漢營

黃龍戍 宋書馮跋治黃龍城故謂之黃龍戍 龍城 漢書匈奴傳五月大會龍城祭其先天地鬼神

題大庾嶺北驛　宋之問

四句一氣旋折其味無窮

陽月南飛雁傳聞至此迴我行殊未已何日復歸來江

靜潮初落林昏瘴不開明朝望鄉處應見隴頭梅

大庾嶺（舊唐書）東嶠縣即大庾嶺屬韶州一名梅嶺

次北固山下　王灣

客路青山下行舟綠水前潮平兩岸闊風正一帆懸海日生殘夜江春入舊年鄉書何處達歸雁洛陽邊

北固山（一統志）北固山在鎮江府治北下臨大江

破山寺後禪院　常建

清晨入古寺初日照高林曲徑通幽處禪房花木深山光悅鳥性潭影空人心萬籟此俱寂惟聞鐘磬音

（仰看　俯看　上二句見此二句聞）

破山寺（唐詩解）今常熟縣虞山興福寺

寄左省杜拾遺　岑參

聯步趨丹陛。分曹限紫微。曉隨天仗入。暮惹御香歸。白髮悲花落。青雲羨鳥飛。聖朝無闕事。自覺諫書稀。

左省（舊書職官志）門下省龍朔中改爲東臺故稱左省　杜拾遺（新唐書）杜甫奔行在拜左拾遺　分曹　參爲右補闕　紫微（初學記）唐改中書省曰紫微省（花木考）唐省中植此取其花久也

贈孟浩然　李白

吾愛孟夫子。風流天下聞。紅顏棄軒冕。白首臥松雲。醉月頻中聖。迷花不事君。高山安可仰。徒此挹清芬。

渡荊門送別　李白

渡遠荆門外來從楚客遊山隨平野盡江入大荒流月下飛天鏡雲生結海樓仍憐故鄉水萬里送行舟

送友人　李白

青山橫北郭白水遶東城此地一爲別孤蓬萬里征浮雲遊子意落日故人情揮手自茲去蕭蕭班馬鳴

聽蜀僧濬彈琴　李白

蜀僧抱綠綺西下峨眉峰爲我一揮手如聽萬壑松客心洗流水餘響入霜鐘不覺碧山暮秋雲暗幾重

綠綺（傳玄琴賦序）蔡邕有綠綺琴天下名器也

夜泊牛渚懷古　李白

此地即謝尚聞袁宏詠史處

以謫仙之筆作律如篆神龍於池沼中雖勺水無波而屈伸盤拏出沒變化自不可遏須從空靈一氣處求之

牛渚西江夜　青天無片雲　登舟望秋月　空憶謝將軍　余亦能高詠　斯人不可聞　明朝挂帆去　楓葉落紛紛

牛渚〔一統志〕牛渚山在太平府城北二十五里下有磯曰牛渚去采石磯僅一里　謝將軍〔晉書〕謝尚字仁祖官鎭西將軍袁宏傳宏曾爲詠史詩謝尚鎭牛渚秋夜乘月泛江會宏在舫中諷詠遺問焉答云是袁臨汝兒郎誦詩尚即迎升舟談論申旦自此名譽日茂

月夜　杜甫

今夜鄜州月　閨中只獨看　遙憐小兒女　未解憶長安　香霧雲鬟溼　清輝玉臂寒　何時倚虛幌　雙照淚痕乾

獨看月者憶長安也小兒女豈解此哉收月應獨看

鄜州〔唐書地理志〕鄜州洛交郡本上郡天寶元年更名〔杜甫傳〕安祿山亂甫走避三川肅宗立自鄜州羸服欲奔行在爲賊所得至德二年亡走鳳翔上謁拜左拾遺

春望　杜甫

國破山河在城春草木深感時花濺淚恨別鳥驚心烽火連三月家書抵萬金白頭搔更短渾欲不勝簪

（四句十八層　見　聞　承感時　承恨別）

春宿左省　杜甫

花隱掖垣暮啾啾棲鳥過星臨萬戶動月傍九霄多不寢聽金鑰因風想玉珂明朝有封事數問夜如何

（日暮起　星出　月上　中夜　將曉）

至德二載甫自京金光門出閒道歸鳳翔乾元初從左拾遺移華州掾與親故別因出此門有悲往事　杜甫

此道昔歸順西郊胡正繁至今殘破膽應有未招魂近

（今尚如此當日可知）

侍歸京邑移官豈至尊無才日衰老駐馬望千門（拾遺　華州掾　由上句移官之故）

金光門（長安志唐京師外郭城西面三門北曰明遠中曰金光南曰延平）　移官（公上疏救房琯詔三司推問以張鎬力救勅放就列至次年復與房琯嚴武俱貶坐琯黨也）

月夜憶舍弟　杜甫

錄少陵律詩止就其綱常倫紀間至性至情流露之語可以感發而興起者得其性情之正庶幾養正之義云

戍鼓斷人行秋邊一雁聲露從今夜白月是故鄉明有弟皆分散無家問死生寄書長不達況乃未休兵

天末懷李白　杜甫

雁飛不到魚書難達

涼風起天末君子意如何鴻雁幾時到江湖秋水多文章憎命達魑魅喜人過應共冤魂語投詩贈汨羅

魑魅（喜人之來而得食也）

奉濟驛重送嚴公四韻　　杜甫

遠送從此別青山空復情幾時盃重把昨夜月同行列郡謳歌惜三朝出入榮江村獨歸處寂寞養殘生

（後會無期　舊歡如昨　民情　主眷）

別房太尉墓　　杜甫

他鄉復行役駐馬別孤墳近淚無乾土低空有斷雲對碁陪謝傅把劍覓徐君唯見林花落鶯啼送客聞

（低頭　擡頭　生前友誼　死後交情　見聞）

房太尉【舊書】琯以乾元元年貶邠州刺史上元元年為晉州刺史寶應三年拜刑部尚書在路遇疾廣德元年八月卒於閬州　對碁【晉書謝安傳】安命駕出山墅與玄圍碁賭別墅卒贈太傅　把劍【史記】季札過徐徐君好季札劍弗敢言札心知之為使上國未獻還至徐徐君已死於是解劍繫徐君冢樹而去

旅夜書懷　杜甫

細草微風岸，危檣獨夜舟。星垂平野闊，月湧大江流。名豈文章著，官應老病休。飄飄何所似，天地一沙鷗。

登岳陽樓　杜甫

昔聞洞庭水，今上岳陽樓。吳楚東南坼，乾坤日夜浮。親朋無一字，老病有孤舟。戎馬關山北，憑軒涕泗流。

岳陽樓（岳陽風土記）岳陽樓城西門樓也（方輿勝覽）樓在郡治西南，西面洞庭，左顧君山，不知創始，開元四年張說出守是邦，與才士登臨賦詠，自爾名著。

輞川閒居贈裴秀才迪　王維

寒山轉蒼翠，秋水日潺湲。倚杖柴門外，臨風聽暮蟬。渡

頭餘落日墟里上孤煙復值接輿醉狂歌五柳前

一二句見又從上暮字生出　贈裴

輞川（唐書）王維傳維別墅在輞川地奇勝有華子岡欹湖竹里館柳浪茱萸洲辛夷塢與裴迪遊其中賦詩相酬爲樂

山居秋暝　王維

空山新雨後天氣晚來秋明月松間照清泉石上流竹喧歸浣女蓮動下漁舟隨意春芳歇王孫自可留

山居　秋暝　仰看　俯看

陸路　水路

歸嵩山作　王維

淸川帶長薄車馬去閒閒流水如有意暮禽相與還荒城臨古渡落日滿秋山迢遞嵩高下歸來且閉關

一去不返　倦飛知還

水路　陸路　點題

長薄（楚詞注）草木交錯曰薄

終南山　　王維

太乙近天都，連山到海隅。白雲迴望合，青靄入看無。分野中峰變，陰晴眾壑殊。欲投人處宿，隔水問樵夫。

（高　遠　纔開即合　若似有實無）

〔五經要義〕太乙一名終南山，在扶風武功縣。

酬張少府　　王維

晚年惟好靜，萬事不關心。自顧無長策，空知返舊林。松風吹解帶，山月照彈琴。君問窮通理，漁歌入浦深。

（上四句情　下四句景　即景寓情）

過香積寺　　王維

不知香積寺，數里入雲峯。古木無人逕，深山何處鐘。泉聲咽危石，日色冷青松。薄暮空潭曲，安禪制毒龍。

（語語是過　見　聞　低頭聽　抬頭見）

香積寺〔雍錄〕香積寺在子午谷正北近昆明池鎬水發源之處　毒龍〔法苑珠林〕西方山中有池毒龍居之昔五百商人止宿池側龍怒汎殺商人槃陀王學婆羅門咒就池咒龍龍悔過向王王乃捨之

送梓州李使君　　王維

萬壑樹參天千山響杜鵑山中一夜雨樹杪百重泉漢女輸橦布巴人訟芋田文翁翻教授不敢倚先賢

見○○○聞○○○承○千○山○句○承○萬○壑○句○

衣○食○○送李○

梓州〔唐書地理志〕梓州梓潼郡本新成郡天寶元年更名　橦布〔左思蜀都賦〕布有橦華〔注〕橦華者樹名其華柔毳可績爲布也　文翁〔漢書〕文翁少好學通春秋爲蜀郡守見蜀地僻陋欲誘進之選郡縣小吏開敏有材者遣詣京師受業博士又修起學宮招下縣子弟以爲弟子由是大化比齊魯焉

漢江臨眺　　王維

楚塞三湘接荆門九派通江流天地外（水勢浩瀚）山色有無中（山色微茫）郡
邑浮前浦（承江流句）波瀾動遠空（承山色句）襄陽好風日留醉與山翁

三湘　寰宇記湘潭湘鄉湘陰爲三湘　荆門　水經注江水東歷荆門虎牙之閒荆門山在南上合下開其狀似門虎牙山在北此二山楚之西塞也　九派　說苑禹鑿江以通於九派灑五湖而定東海郭璞江賦流九派乎潯陽　襄陽　漢書地理志南郡縣襄陽應劭注在襄水之陽

終南別業　王維

中歲頗好道晚家南山陲興來每獨往勝事空自知行
到水窮處（低處）坐看雲起時（高處）偶然值林叟談笑無還期

臨洞庭上張丞相　孟浩然

八月湖水平涵虛混太清（四句洞庭）氣蒸雲夢澤波撼岳陽城欲

濟無舟楫端居耻聖明坐觀垂釣者徒有羨魚情

○四○句○上○張○丞○相○　○○　○　○

洞庭（水經注）洞庭湖廣圓五百餘里日月若出沒於其中也　雲夢（一統志）雲夢澤在德安府安陸縣南五十里

與諸子登峴山　孟浩然

人事有代謝往來成古今江山留勝跡我輩復登臨水落魚梁淺天寒夢澤深羊公碑尚在讀罷淚沾襟

○憑○空○落○筆○若○不○著○題○而○自○有○神○會○　○○○○○○○○　應上半○首

羊公碑（晉書羊祜傳）祜樂山水每風景必造峴山置酒言詠終日不倦嘗慨然太息顧謂從事中郎鄒湛等曰自有宇宙便有此山由來賢達勝士登此遠望如我與卿者多矣皆湮滅無聞使人悲傷湛曰公令聞令望必與此山俱傳至若湛等乃當如公言耳祜卒襄陽百姓建碑於山見者墮淚

宴梅道士山房　孟浩然

林臥愁春盡，搴帷覽物華。忽逢青鳥使，邀入赤松家。金竈初開火，仙桃正發花。童顏若可駐，何惜醉流霞。

（山房內　山房外）

歲暮歸南山　孟浩然

北闕休上書，南山歸敝廬。不才明主棄，多病故人疏。白髮催年老，青陽逼歲除。永懷愁不寐，松月夜窗虛。

（年老　歲暮）

過故人莊　孟浩然

故人具雞黍，邀我至田家。綠樹村邊合，青山郭外斜。開軒面場圃，把酒話桑麻。待到重陽日，還來就菊花。

（先望見莊　莊前形勢　入室敘飲食　後約）

秦中寄遠上人　孟浩然

一丘常欲臥，三逕苦無資。北土非吾願，東林懷我師。黃

（秦中　上人）

○旅○况○○○客○懷○○○

金燃桂盡壯志逐年衰日夕涼風至聞蟬但益悲

東林（高僧傳）沙門慧永居在西林與慧遠同門舊好遂要同止永謂刺史桓伊曰遠公方當宏道今徒屬已廣而來者方多貧道所棲褊狹不足相處如何桓乃爲遠復於山東更立房殿郎東林是也

宿桐廬江寄廣陵舊遊　孟浩然

山暝聽猿愁滄江急夜流風鳴兩岸葉月照一孤舟建德非吾土維揚憶舊遊還將兩行淚遙寄海西頭

○二○十○字○可○作○十○五○六○層○而○一○氣○貫○注○無○斧○鑿○痕○

桐廬　廣陵

桐廬（唐書地理志）睦州建德（唐書地理志）睦州隋遂新定郡有桐廬縣建德安郡武德四年改睦州萬歲登封二年移治建德

留別王維　孟浩然

寂寂竟何待朝朝空自歸欲尋芳草去惜與故人違當

路誰相假知音世所稀祇應守寂寞還掩故園扉

早寒有懷　孟浩然

木落雁南渡北風江上寒我家襄水曲遥隔楚雲端鄉淚客中盡孤帆天際看迷津欲有問平海夕漫漫

秋日登吳公臺上寺遠眺　寺即陳將吳明徹戰場　劉長卿

古臺搖落後秋入望鄉心野寺來人少雲峯隔水深夕陽依舊壘寒磬滿空林惆悵南朝事長江獨至今

吳公臺　一統志　揚州府城北劉宋沈慶之所築弩臺也陳將吳明徹增築故名

送李中丞歸漢陽別業　劉長卿

流落征南將曾驅十萬師罷歸無舊業老去戀明時獨

（一二句承流落）

立三邊靜輕生一劒知茫茫江漢上日暮欲何之

（二句承曾驅句　歸到首二字結）

餞別王十一南遊　劉長卿

（五字通首作意　隨遊者去　伴送者留）

望君煙水闊揮手淚沾巾飛鳥沒何處青山空向人長

（去路　到日　總起二句）

江一帆遠落日五湖春誰見汀洲上相思愁白蘋

尋南溪常道士　劉長卿

（語語是尋　遠處　近處）

一路經行處莓苔見屐痕白雲依靜渚芳草閉閒門過

（高處　低處　南溪　道士）

雨看松色隨山到水源溪花與禪意相對亦忘言

新年作　劉長卿

（讀一二句須將上兩字作一頓）

鄉心新歲切天畔獨潸然老至居人下春歸在客先嶺

猿同旦暮江柳共風煙已似長沙傅從今又幾年

送僧歸日本　　錢起

上國隨緣住來途若夢行浮天滄海遠去世法舟輕水
月通禪寂魚龍聽梵聲惟憐一燈影萬里眼中明

日本（唐書日本國傳）日本古倭奴也去京師萬四千里在海中隋開皇末始與中國通

谷口書齋寄楊補闕　　錢起

泉壑帶茅茨雲霞生薜帷竹憐新雨後山愛夕陽時閒
鷺棲常早秋花落更遲家僮掃蘿徑昨與故人期

淮上喜會梁川故人　　韋應物

一氣旋折八句如一句

江漢曾爲客相逢每醉還浮雲一別後流水十年閒歡

笑情如舊蕭疏鬢已斑何因不歸去淮上對秋山

收淮上

賦得暮雨送李曹　韋應物

楚江微雨裏建業暮鐘時漠漠帆來重冥冥鳥去遲海

雨　暮　雨　暮

門深不見浦樹遠含滋相送情無限沾襟比散絲

暮　雨　送李

建業（吳志孫權傳）城石頭改秣陵爲建業

酬程近秋夜即事見贈　韓翃

長簟迎風早空城澹月華星河秋一雁砧杵夜千家節

四句當作十七八層看　見　聞

候看應晚心期臥已賒向來吟秀句不覺已鳴鴉

即事　順結

闕題　劉眘虛

道由白雲盡春與青溪長時有落花至遠隨流水香閒

此以深柳句爲主言山白雲盡處而來見溪水長流

落花浮至南門向山開堂極深幽雖白日惟清輝幽映耳

門向山路深柳讀書堂幽映每白日清輝照衣裳

江鄉故人偶集客舍　戴叔倫

天秋月又滿城闕夜千重還作江南會翻疑夢裏逢風枝驚暗鵲露草覆寒蟲羈旅長堪醉相留畏曉鐘

以此客況

送李端　盧綸

故關衰草徧離別正堪悲路出寒雲外人歸暮雪時少孤爲客早多難識君遲掩泣空相向風塵何所期

行者　送者

悲李　自悲

喜見外弟又言別　李益

十年離亂後長大一相逢問姓驚初見稱名憶舊容別來滄海事語罷暮天鐘明日巴陵道秋山又幾重

初見　接談

敘舊　談畢　又別

雲陽館與韓紳宿別　司空曙

故人江海別幾度隔山川乍見翻疑夢相悲各問年孤燈寒照雨深竹暗浮煙更有明朝恨離杯惜共傳

雲陽館（舊唐書地理志）京兆府領雲陽縣今陝西三原縣地

喜外弟盧綸見宿　司空曙

靜夜四無鄰荒居舊業貧雨中黃葉樹燈下白頭人以我獨沈久愧君相見頻平生自有分況是霍家親

賊平後送人北歸　司空曙

世亂同南去時清獨北還他鄉生白髮舊國見青山曉月過殘壘繁星宿故關寒禽與衰草處處伴愁顏

蜀先主廟　漢末謠黃牛白腹五銖當復　劉禹錫

天地英雄氣千秋尚凜然勢分三足鼎業復五銖錢得

○字○字○精○切○節○括○

相能開國生兒不象賢淒涼蜀故妓來舞魏宮前

沒蕃故人　張籍

前年戍月支城下沒全師蕃漢斷消息死生長別離無

人收廢帳歸馬識殘旗欲祭疑君在天涯哭此時

月支　支同氏西域國名

草　白居易

詩以喻小人也　○銷○除○不○盡○○○得○時○即○生○

離離原上草一歲一枯榮野火燒不盡春風吹又生遠

○犯○止○路○○文○雖○鄙○陋○○○卻○最○易○動○人○

芳侵古道晴翠接荒城又送王孫去萋萋滿別情

旅宿　杜牧

旅館無良伴，凝情自悄然。（去　來）寒燈思舊事，斷雁警愁眠。（見　聞）遠夢歸侵曉，家書到隔年。滄江好煙月，門繫釣魚船。（中二聯當作一十層看）

秋日赴闕題潼關驛樓　許渾

（秋日　驛樓　格意直追初盛）

紅葉晚蕭蕭，長亭酒一瓢。殘雲歸太華，疏雨過中條。樹色隨關迴，河聲入海遙。（見　聞）帝鄉明日到，猶自夢漁樵。（赴闕）

潼關（水經注）河在關內南流潼激關山，因謂之潼關，灌水注之。中條（括地志）蒲州河東縣雷首山，一名中條山，一名首陽。

早秋　許渾

（字字切早）

遙夜汎清瑟，西風生翠蘿。殘螢栖玉露，早雁拂金河。（低處　高處）高

樹曉還密遠山晴更多淮南一葉下自覺洞庭波（近○處○　遠○處○）

蟬　李商隱

本以高難飽徒勞恨費聲五更疏欲斷一樹碧無情薄（無○求○於○世○　不○平○則○鳴○　鳴○則○講○然○　此○則○寂○然○上○）宦梗猶汎故園蕪已平煩君最相警我亦舉家清（四○句○即○蟬○喻○已○以○下○直○抒○已○意○）

風雨　李商隱

淒涼寶劍篇羈泊欲窮年黃葉仍風雨青樓自管絃（仍○字○自○字○詩○眼○）新知遭薄俗舊好隔良緣心斷新豐酒銷愁又幾千

寶劍篇〔唐書〕武后索郭元振所爲文章上寶劍篇

落花　李商隱

高閣客竟去小園花亂飛（花○落○則○無○人○相○賞○故○竟○去）參差連曲陌迢遞送斜暉腸

斷未忍掃眼穿仍欲歸芳心向春盡所得是沾衣
（望○春○留○而○春○自○歸）

涼思　李商隱

客去波平檻蟬休露滿枝永懷當此節倚立自移時北
（足○思○字○意）
斗兼春遠南陵寓使遲天涯占夢數疑誤有新知

南陵　舊唐書梁置南陵縣武德七年屬池州後屬宣州

北青蘿　李商隱

殘陽西入崦茅屋訪孤僧落葉人何在寒雲路幾層獨
（初○不○見○故○訪○○路○遠○○○先）
敲初夜磬閒倚一枝藤世界微塵裏吾寍愛與憎
（聞○磬○後○見○杖○訪○着）

送人東遊　溫庭筠

荒戍落黃葉浩然離故關高風漢陽渡初日郢門山江
（直○適○初○盛）

上幾人在天涯孤棹還何當重相見樽酒慰離顏

灞上秋居　　馬戴

灞原風雨定晚見雁行頻落葉他鄉樹寒燈獨夜人空園白露滴孤壁野僧鄰寄臥郊扉久何年致此身

楚江懷古　　馬戴

露氣寒光集微陽下楚邱猿啼洞庭樹人在木蘭舟廣澤生明月蒼山夾亂流雲中君不見竟夕自悲秋

雲中君九歌雲中君靈皇皇兮既降猋遠舉兮雲中注言雲神往來急疾

書邊事　　張喬

調角斷清秋征人倚戍樓春風對青冢白日落梁州大

漢無兵阻窮邊有客遊蕃情似此水長願向南流

除夜有懷　崔塗

迢遞三巴路羈危萬里身亂山殘雪夜孤燭異鄉人漸與骨肉遠轉於僮僕親那堪正飄泊明日歲華新

（有懷）（十字十層）（除夜）

孤雁　崔塗

幾行歸塞盡念爾獨何之暮雨相呼失寒塘欲下遲渚雲低暗度關月冷相隨未必逢矰繳孤飛自可疑

（字字切孤）（四句二十層）（點明孤字）

春宮怨　杜荀鶴

早被嬋娟誤欲妝臨鏡慵承恩不在貌教妾若爲容風暖鳥聲碎日高花影重年年越溪女相憶采芙蓉

（傷心在此）（詩眼）（切春晃）

章臺夜思　　　　韋莊

清瑟怨遙夜（四句夜）繞絃風雨哀孤燈聞楚角殘月下章臺芳草已云暮（四句思）故人殊未來鄉書不可寄秋雁又南迴

章臺（漢書張敞傳）走馬章臺街自以便面拊馬

尋陸鴻漸不遇　　　　僧皎然

移家雖帶郭野逕入桑麻近種籬邊菊秋來未著花扣門無犬吠欲去問西家報道山中去歸來每日斜

（尋起逕中將到上四句尋到門不遇下四句不遇）

七言律詩

黃鶴樓　　　　崔顥

（嚴滄浪云唐人七律詩當以此為第一）

昔人已乘黃鶴去此地空餘黃鶴樓黃鶴一去不復返

白雲千載空悠悠。晴川歷歷漢陽樹。芳草萋萋鸚鵡洲。
日暮鄉關何處是。煙波江上使人愁。

黃鶴樓（齊諧志）黃鶴山者仙人子安乘黃鶴過此（廣輿記）樓在武昌府黃鵠磯上　鸚鵡洲（廣輿記）武昌府城南黃祖殺禰衡處

行經華陰　崔顥

岧嶤太華俯咸京。天外三峯削不成。武帝祠前雲欲散。
仙人掌上雨初晴。河山北枕秦關險。驛路西連漢畤平。
借問路傍名利客。何如此處學長生。

太華三峯（廣輿記）即西嶽也石壁直上如削成最著者曰蓮花明星玉女三峯而仙掌崖日月巖蒼頭嶺皆奇境也　武帝祠（華山志）巨靈九元祖也武帝觀仙掌特立巨靈祠　仙人掌

雲笈七籤華山名太極總仙之天巨靈手擘其上足汰其下以通河流仙掌之形燦然瑩目 秦關 雍錄華陰縣東二百里秦函谷關也 漢畤 括地志漢武帝時在岐州雍縣南孟康曰畤者神靈之所止也

望薊門　祖詠

○字○字○是○望○非○泛○咏○薊○門○也○○○○遠○望○○○○

燕臺一去客心驚笳鼓喧喧漢將營萬里寒光生積雪

○○高○望○○○○承○危○旌○句○○○○承○積○雪○句○

三邊曙色動危旌沙場烽火侵胡月海畔雲山擁薊城

○○○○○○○○○○○○○○

少小雖非投筆吏論功還欲請長纓

薊門 一統志薊門關在薊州

送魏萬之京　李頎

○○○聞

朝聞遊子唱離歌昨夜微霜初度河鴻雁不堪愁裏聽

雲山況是客中過關城曙色催寒近御苑砧聲向晚多
（見）（早）（晚）

莫是長安行樂處空令歲月易蹉跎
（良友規勉之言）

九日登望仙臺呈劉明府　崔曙

漢文皇帝有高臺此日登臨曙色開三晉雲山皆北向
（臺）（登）（一二句臺前形勢）

二陵風雨自東來關門令尹誰能識河上仙翁去不回
（言望之無益也）

且欲近尋彭澤宰陶然共醉菊花杯
（劉明府）

望仙臺〔神仙傳〕河上公授文帝老子而去失所在帝於西山築臺望之　關門令尹〔漢書藝文志〕關尹子九篇名喜為關吏老子過關喜去吏而從之　河上仙翁〔葛洪神仙傳〕河上翁漢文帝時結草菴河上帝讀老子有不解遣問之曰道尊德貴非可遙問帝幸其菴問曰普天之下莫非王臣不能自屈無乃高乎公卽冉冉在空曰余上不至天中不至人下不至地何臣之有帝乃下車稽首

公授素
書一卷

登金陵鳳凰臺　李白

鳳凰臺上鳳凰遊，鳳去臺空江自流。吳宮花草埋幽徑，晉代衣冠成古邱。三山半落青天外，二水中分白鷺洲。總爲浮雲能蔽日，長安不見使人愁。（傷時事。憂帝室。）

鳳凰臺【六朝事跡】宋元嘉中鳳凰集于是山乃築臺于山椒在府城西南二里今保甯寺也　三山【一統志】三山在應天府西南五十七里　二水【史正志碑】秦淮源出句容溧水兩山間至建康分爲二支一支入城一支繞城外共夾一洲曰白鷺

送李少府貶峽中王少府貶長沙　高適

嗟君此別意何如，駐馬銜盃問謫居。巫峽啼猿數行淚（峽中）

衡陽歸雁幾封書　青楓江上秋帆遠　白帝城邊古木疏
聖代即今多雨露　暫時分手莫躊躇

青楓江　長沙有青楓江

和賈至舍人早朝大明宮之作　岑參

雞鳴紫陌曙光寒　鶯囀皇州春色闌　金闕曉鐘開萬戶
玉階仙仗擁千官　花迎劍珮星初落　柳拂旌旗露未乾
獨有鳳凰池上客　陽春一曲和皆難

和賈至舍人早朝大明宮之作　王維

絳幘雞人報曉籌　尚衣方進翠雲裘　九天閶闔開宮殿
萬國衣冠拜冕旒　日色纔臨仙掌動　香煙欲傍袞龍浮

朝罷須裁五色詔珮聲歸到鳳池頭

絳幘雞人（漢官儀）夜漏未明三刻雞鳴衛士候於朱雀門外著絳幘雞唱周禮雞人夜嘑旦以嘂百官

奉和聖製從蓬萊向興慶閣道中留春雨中春望之作應制　王維

渭水自縈秦塞曲黃山舊繞漢宮斜鑾輿迥出千門柳閣道迴看上苑花雲裏帝城雙鳳闕雨中春樹萬人家為乘陽氣行時令不是宸遊玩物華

黃山（三輔黃圖）黃山宮在興平縣西三十里

積雨輞川莊作　王維

積雨空林煙火遲蒸藜炊黍餉東菑漠漠水田飛白鷺
陰陰夏木囀黃鸝山中習靜觀朝槿松下清齋折露葵
野老與人爭席罷海鷗何事更相疑

蒸藜（詩疏）藜莖葉皆似王芻蒸爲茹　爭席（莊子）陽子遇老子曰而睢睢而盱盱而誰與居陽子曰敬聞命矣其往也舍者避席其返也舍者與之爭席矣

酬郭給事　王維

洞門高閣靄餘暉桃李陰陰柳絮飛禁裏疏鐘官舍晚
省中啼鳥吏人稀晨搖玉珮趨金殿夕奉天書拜瑣闈
強欲從君無那老將因臥病解朝衣

蜀相　杜甫

丞相祠堂何處尋錦官城外柏森森映階碧草自春色
隔葉黃鸝空好音三顧頻煩天下計兩朝開濟老臣心（自始至終一生功業心事四語括盡）
出師未捷身先死長使英雄淚滿襟

客至　喜崔明府見過　杜甫

舍南舍北皆春水但見羣鷗日日來花徑不曾緣客掃
蓬門今始爲君開盤飧市遠無兼味樽酒家貧只舊醅
肯與鄰翁相對飲隔籬呼取盡餘盃

野望　杜甫

（高處望）（低處望）（二句八層）
西山白雪三城戍南浦清江萬里橋海內風塵諸弟隔
天涯涕淚一身遙惟將遲暮供多病未有涓埃答聖朝

跨馬出郊時極目不堪人事日蕭條

三城戍〔唐書高適傳〕上皇還京復分劍南爲兩節度百姓弊于奔命而西山三城列戍萬里

橋〔一統志〕橋在成都府城外

聞官軍收河南河北　杜甫

劍外忽傳收薊北初聞涕淚滿衣裳卻看妻子愁何在漫卷詩書喜欲狂白日放歌須縱酒青春作伴好還鄉卽從巴峽穿巫峽便下襄陽向洛陽

○一氣旋折八句如一句而開合動盪元氣渾然自是○神來之作

官軍　寶應元年十一月官軍破賊于洛陽進取東都河南平朝義走河北李懷仙斬其首以獻河北平此詩蓋公在劍外聞捷書而作也

登高　杜甫

風急天高猿嘯哀渚清沙白鳥飛迴無邊落木蕭蕭下
（○○○下○○○○二○句○又○十○四○層○一○横○說○一○竪○說○）
不盡長江滾滾來萬里悲秋常作客百年多病獨登臺
（○○○二○句○又○十○餘○層○○○○）
艱難苦恨繁霜鬢潦倒新停濁酒盃

登樓　杜甫

花近高樓傷客心萬方多難此登臨錦江春色來天地
（○如○春○去○復○來○　○如○雲○出○即○變○）
玉壘浮雲變古今北極朝廷終不改西山寇盜莫相侵
（○昏○庸○如○後○主○而○人○猶○祀○之○可○見○來 不 改 也 得 武 侯）
可憐後主還祠廟日暮聊爲梁甫吟
（則 爲 清 矣）

玉壘　錢注蜀都賦包玉壘而爲宇劉注玉壘山名湔水出焉在成都西北岷山界寰宇記在茂州汶川縣北三里　西山寇盜　廣德元年吐蕃陷松維保三城及雲山新築二城子是劍南西山諸州亦入吐蕃

宿府　　杜甫

清秋幕府井梧寒。獨宿江城蠟炬殘。永夜角聲悲自語。中天月色好誰看。風塵荏苒音書絕。關塞蕭條行路難。已忍伶俜十年事。強移棲息一枝安。

○讀○二○句○上○五○字○略○頓○神○味○倍○永○

閣夜　　杜甫

歲暮陰陽催短景。天涯霜雪霽寒宵。五更鼓角聲悲壯。三峽星河影動搖。野哭幾家聞戰伐。夷歌數處起漁樵。臥龍躍馬終黃土。人事音書漫寂寥。

○二○句○十○餘○層○賢○愚○同○歸○于○盡○則○寂○寥○何○足○計○哉○

躍馬〔蜀都賦〕公孫躍馬而稱帝〔注〕後漢書曰公孫述字子陽扶風人王莽時為導江卒正更始立述恃其地險眾附遂自立為天子

詠懷古迹五首之二　杜甫

羣山萬壑赴荆門生長明妃尚有村一去紫臺連朔漠
○○○○山○水○鍾○靈○生○此○尤○物○○○○生○歸○毀○域○○

獨留青塚向黃昏畫圖省識春風面環珮空歸月夜魂
○死○葬○胡○沙○○○省○與○否○未○可○知○歸○與○否○不○可○必

千載琵琶作胡語分明怨恨曲中論
○惟○琵○琶○一○曲○千○載○流○傳○得○悉○其○怨○恨○耳

明妃村（一統志）昭君村在荆州府歸州東北四十里

諸葛大名垂宇宙宗臣遺像肅清高三分割據紆籌策
○其○時○則○事○不○可○爲

萬古雲霄一羽毛伯仲之閒見伊呂指揮若定失蕭曹
○其○人○則○高○不○可○及○○當○於○伊○呂○閒○求○之○蕭○曹○不○足○道

運移漢祚終難復志決身殲軍務勞
○也○○巾○三○分○句○○巾○萬○古○句○○○

江州重別薛六柳八二員外　劉長卿

生涯豈料承優詔世事空知學醉歌江上月明胡雁過
○○○○閒○○○

淮南木落楚山多寄身且喜滄洲近顧影無如白髮何今日龍鍾人共老媿君猶遣慎風波

長沙過賈誼宅　　劉長卿

三年謫宦此栖遲萬古惟留楚客悲秋草獨尋人去後寒林空見日斜時漢文有道恩猶薄湘水無情弔豈知寂寂江山搖落處憐君何事到天涯

自夏口至鸚鵡洲夕望岳陽寄元中丞　　劉長卿

汀洲無浪復無煙楚客相思益渺然漢口夕陽斜渡鳥洞庭秋水遠連天孤城背嶺寒吹角獨戍臨江夜泊船

賈誼上書憂漢室長沙謫去古今憐

夏口　一統志夏口在武昌府荆江之中正對沔口唐稱鄂州爲夏口本在江北自孫權取對岸名夏口而江北之名始晦

贈闕下裴舍人　錢起

句句從闕下生情

二月黃鸝飛上林春城紫禁曉陰陰長樂鐘聲花外盡龍池柳色雨中深陽和不散窮途恨霄漢常懸捧日心獻賦十年猶未遇羞將白髮對華簪

寄李儋（音丹）元錫　韋應物

去年花裏逢君別今日花開又一年世事茫茫難自料春愁黯黯獨成眠身多疾病思田里邑有流亡愧俸錢

范文正歎爲仁人

聞道欲來相問訊，西樓望月幾回圓。

同題仙遊觀　韓翃

仙臺初見五城樓，風物淒淒宿雨收。山色遙連秦樹晚，砧聲近報漢宮秋。疏松影落空壇靜，細草春香小洞幽。何用別尋方外去，人間亦自有丹邱。

五城（史記）方士有言黃帝時爲五城十二樓以候神人

春思　皇甫冉

鶯啼燕語報新年，馬邑龍堆路幾千。家住層城鄰漢苑，心隨明月到胡天。機中錦字論長恨，樓上花枝笑獨眠。爲問元戎竇車騎，何時返旆勒燕然。

馬邑（搜神記）秦築長城于武川塞有馬馳走其地依以築城因名馬邑　龍堆（漢書西域傳）樓蘭國最在東陲近漢當白龍堆之水草嘗主發導負水儋糧送迎漢使

晚次鄂州　　盧綸

雲開遠見漢陽城。猶是孤帆一日程。估客晝眠知浪靜。舟人夜語覺潮生。三湘愁鬢逢秋色。萬里歸心對月明。舊業已隨征戰盡。更堪江上鼓鼙聲。

鄂州（一統志）湖廣武昌府楚熊渠封其子紅為鄂王置武昌郡隋置鄂州唐因之

登柳州城樓寄漳汀封連四州刺史　　柳宗元

城上高樓接大荒。海天愁思正茫茫。驚風亂颭芙蓉水。

密雨斜侵薜荔牆。嶺樹重遮千里目。江流曲似九迴腸。陸二句遠景水

共來百粤文身地。猶是音書滯一鄉。

寄四刺史

四州刺史 本集注公與韓泰韓曄劉禹錫陳諫凌準程异韋執誼皆貶號八司馬凌準執誼皆卒貶所异先用餘四人與公皆例召至京師又皆出爲刺史公爲柳州泰爲漳州曄爲汀州禹錫爲連州謙爲封州

西塞山懷古　劉禹錫

從懷古直起

王濬樓船下益州。金陵王氣黯然收。千尋鐵鎖沈江底。西塞山

一片降旛出石頭。人世幾回傷往事。山形依舊枕寒流。

從今四海爲家日。故壘蕭蕭蘆荻秋。

西塞山 廣輿記山在武昌府大冶縣孫策擊黃祖於此 王濬樓船 晉武帝咸甯五年帝

大舉伐吳遣龍驤將軍王濬等下巴蜀吳人于江磧要害之區竝以鐵鎖橫截之又作鐵錐長丈餘暗置江中以逆拒舟艦濬作大筏數十方百餘步縛草爲人被甲持仗令善水者以筏先行遇鐵錐錐著筏而去又作大炬長十餘丈大數十圍灌以麻油在船前遇鎖然炬燒之須臾融液斷絕船無所礙吳督孫歆懼曰北來諸軍乃飛渡江也王濬自武昌順流徑趨建業戎卒八萬方舟百里鼓譟入于石頭吳王皓面縛輿櫬詣軍門降

遣悲懷　三首　元稹

古今悼亡詩充棟終無能出此三首範圍者勿以淺近忽之

謝公最小偏憐女　自嫁黔婁百事乖
顧我無衣搜藎篋　泥他沽酒拔金釵
野蔬充膳甘長藿　落葉添薪仰古槐
今日俸錢過十萬　與君營奠復營齋

昔日戲言身後意　今朝都到眼前來
衣裳已施行看盡

鍼綫猶存未忍開。尚想舊情憐婢僕。也曾因夢送錢財。
誠知此恨人人有。貧賤夫妻百事哀。
閒坐悲君亦自悲。百年多是幾多時。鄧攸無子尋知命。
潘岳悼亡猶費詞。同穴窅冥何所望。他生緣會更難期。
唯將終夜常開眼。報答平生未展眉。

自河南經亂關內阻饑兄弟離散各在一處因望月有感聊書所懷寄上浮梁大兄於潛七兄烏江十五兄兼示符離及下邽弟妹

白居易

時難年荒世業空。弟兄羇旅各西東。田園寥落干戈後。

○一○氣○貫○注○八○何○如○一○句○與○少○陵○聞○官○軍○作○同○一○格○律○

骨肉流離道路中形影分爲千里雁辭根散作九秋蓬共看明月應垂淚一夜鄉心五處同

錦瑟　李商隱

錦瑟無端五十絃一絃一柱思華年莊生曉夢迷蝴蝶

義山詩亡之作集中屢見此亦是也

望帝春心託杜鵑滄海月明珠有淚藍田日暖玉生煙

生前相聚漫不經心日後追思覺當時已惘然耳

此情可待成追憶只是當時已惘然

錦瑟　周禮樂器圖雅瑟二十三絃頌瑟二十五絃飾以寶玉曰寶瑟繪文如錦曰錦瑟　珠淚　博物志南海外有鮫人水居如魚不廢績織其眼泣則能出珠

無題　李商隱

昨夜星辰昨夜風畫樓西畔桂堂東身無綵鳳雙飛翼

其時　其地　形相隔

心有靈犀一點通隔座送鉤春酒暖分曹射覆蠟燈紅

心相通　此樓西堂東相遇時之景

嗟余聽鼓應官去走馬蘭臺類轉蓬

靈犀［南州異物志］犀有神異表靈以角［抱朴子］通天犀角有白理如線置犀粟中鷄見輒驚　送鉤［道源注］漢武故事鉤弋夫人少時手拳帝披其手得一玉鉤手得展因爲藏鉤之戲後人效之別有酒鉤當飲者以鉤引盃　射覆［漢東方朔傳］上使諸數家射覆置守宮盂下射之　蘭臺［杜氏通典］御史大夫所居之署後漢以來謂之蘭臺寺［案］義山釋褐後王茂元辟爲掌書記得侍御史故用此

隋宮　李商隱

紫泉宮殿鎖煙霞欲取蕪城作帝家玉璽不緣歸日角

唐不受命遊

錦帆應是到天涯於今腐草無螢火終古垂楊有暮鴉

當無帆也　低處　高處

地下若逢陳後主豈宜重問後庭花

紫泉【上林賦】紫淵徑其北唐人避高祖諱改淵作泉　蕪城【鮑照蕪城賦注】宋孝武時照爲臨海王子頊參軍隨至廣陵子頊畔逆照見故城荒蕪乃漢吳王濞所都照以子頊事同於濞爲賦以諷之【隋書】大業元年發民十萬開邗溝入江自長安至江都置離宮四十餘所　日角　鄭元尚書注謂庭中骨起狀如日【舊唐書】太宗年四歲有書生相之曰龍鳳之姿天日之表　錦帆【開河記】煬帝御龍舟幸江都舳艫相繼錦帆過處香聞十里　螢火【隋書】大業末帝徵求螢火數斛夜出遊山放之光照山谷　垂楊【隋書】煬帝自板渚引河作街道植以楊柳名曰隋堤一千三百里　陳後主【隋遺錄】煬帝在江都嘗遊吳公宅雞臺恍惚與陳後主遇後主舞女中一人迴美帝屢目之後主曰卽麗華也因請麗華舞玉樹後庭花麗華徐起終一曲

無題　　李商隱

來是空言去絕蹤。月斜樓上五更鐘。夢爲遠別啼難喚。

書被催成墨未濃蠟照半籠金翡翠麝熏微度繡芙蓉（○○○○○○○——燈猶可見○香猶可聞○）

劉郎已恨蓬山遠更隔蓬山一萬重（而其人則已○遠矣○）

颯颯東風細雨來芙蓉塘外有輕雷金蟾齧鏁燒香入（○鏁○雖○固○香○猶○可○入○）

玉虎牽絲汲井迴賈氏窺簾韓掾少宓妃留枕魏王才（○井○雖○深○汲○猶○可○出○——幸而合○不幸終不合○）

春心莫共花爭發一寸相思一寸灰（○其○同○歸○於○盡○則○一○也○○○○○○）

金蟾 道源注蟾善閉氣古人用以飾鏁 玉虎 玉虎是井欄之飾或以玉虎施汲器者絲井索也 賈氏 世說韓壽美姿容賈充辟以爲掾賈女見壽悅之與之通充秘之以女妻壽 宓妃 洛神賦序黃初三年予朝京師還濟洛川古人有言斯水之神名曰宓妃注宓妃宓犧氏之女溺洛水爲神又曰魏東阿王求甄逸女不遂太祖因與五官中郎將植殊不平黃初中入朝帝示甄后玉鏤金帶枕植見之泣時已爲郭后讒死帝尋悟以枕賚植植還息洛水上忽見女子來自言此枕是我嫁時物前與五官

中郎將令與君王用薦枕席言訖不見王遂作感甄賦後明帝見之改爲洛神賦

籌筆驛　李商隱

猿鳥猶疑畏簡書風雲常爲護儲胥（能動物。能感神。）徒令上將揮神筆終見降王走傳車管樂有才元不忝關張無命欲何如（不能保暗主之失國。）他年錦里經祠廟梁父吟成恨有餘

神筆（方輿勝覽）綿州綿谷縣北有籌筆驛武侯出師駐軍籌畫于此　降王（蜀志）鄧艾破蜀後主銜璧輿櫬降遂送洛陽　儲胥（長楊賦）木擁槍纍以爲儲胥（注）木擁柵其外又以竹槍壘爲外儲

無題　李商隱

相見時難別亦難東風無力百花殘春蠶到死絲方盡（一息尚存志不少懈。可以言情，可以喻道。）蠟炬成灰淚始乾曉鏡但愁雲鬢改夜吟應覺月光寒（見聞）

蓬萊此去無多路青鳥殷勤爲探看

春雨　李商隱

悵臥新春白袷衣白門寥落意多違紅樓隔雨相望冷（二句十層）

珠箔飄燈獨自歸遠路應悲春晼晚殘宵猶得夢依稀

玉璫緘札何由達萬里雲羅一雁飛

玉璫緘札（風俗通）耳珠曰璫玉璫緘札猶今所云侑緘

無題　李商隱

鳳尾香羅薄幾重碧文圓頂夜深縫扇裁月魄羞難掩（分明可見）

車走雷聲語未通曾是寂寥金燼暗斷無消息石榴紅（仰不可拔　豈其事終不諧耶）

斑騅只繫垂楊岸何處西南任好風

重帷深下莫愁堂臥後清宵細細長神女生涯原是夢
（大○徹○大○悟）
小姑居處本無郎風波不信菱枝弱月露誰教桂葉香
（風○波○只○是○相○侵○眞○香○固○是○難）
直道相思了無益未妨惆悵是清狂
（掩○明○知○無○益○而○惆○悵○不○已○只○清○狂本態耳）

小姑　古樂府青溪小姑曲開門白水側近橋梁小姑所居獨處無郎

利州南渡　溫庭筠

澹然空水對斜暉曲島蒼茫接翠微波上馬嘶看棹去
（水中　岸上　水○中）
柳邊人歇待船歸數叢沙草羣鷗散萬頃江田一鷺飛
（岸○上）
誰解乘舟尋范蠡五湖煙水獨忘機

蘇武廟　溫庭筠

蘇武魂銷漢使前古祠高樹兩茫然雲邊雁斷胡天月
（擡○頭○看）

隴上羊歸塞草烟迴日樓臺非甲帳去時冠劒是丁年
（低頭看）（歸日）（去日）

茂陵不見封侯印空向秋波哭逝川

甲帳〔漢書西域傳贊〕孝武之世興造甲乙之帳〔注〕其數非一以甲乙次第名之也

丁年〔李陵答蘇武書〕丁年奉使皓首而歸

宮詞　薛逢

十二樓中盡曉妝望仙樓上望君王鎖銜金獸連環冷
（日長）（容顏之美）（妝飾之華）

水滴銅龍晝漏長雲髻罷梳還對鏡羅衣欲換更添香

遙窺正殿簾開處袍袴宮人掃御牀
（反不及宮人之得近君王也）

貧女　秦韜玉

蓬門未識綺羅香擬託良媒亦自傷誰愛風流高格調

共憐時世儉梳妝敢將十指誇鍼巧不把雙眉鬬畫長
苦恨年年壓金綫爲他人作嫁衣裳

樂府

獨不見　沈佺期

盧家小婦鬱金堂海燕雙栖玳瑁梁（承十年句）九月寒砧催下葉（承九月句）
十年征戍憶遼陽白狼河北音書斷丹鳳城南秋夜長
誰知含愁獨不見使妾明月照流黃

獨不見　樂府解題曰獨不見傷思而不得見也案此題諸本多作古意今從郭茂倩樂府本改正又少婦作小婦鬱金香作鬱金堂木葉作下葉誰爲作誰知更教作使妾俱從茂倩本凡樂府字句有與別本異者皆從茂倩本故也

白狼河　水經注遼水又會白狼水水出右北平白狼縣

五言絕句

鹿柴 柴上邁切本作砦籬落也　王維

空山不見人但聞人語響返景入深林復照青苔上

竹里館　王維

獨坐幽篁裏彈琴復長嘯深林人不知明月來相照

送別　王維

山中相送罷日暮掩柴扉春草明年綠王孫歸不歸

相思　王維

紅豆生南國春來發幾枝願君多采擷此物最相思

雜詩　王維

君自故鄉來應知故鄉事來日綺窗前寒梅著花未

送崔九　裴迪

歸山深淺去須盡邱壑美莫學武陵人暫遊桃源裏

終南望餘雪　祖詠

終南陰嶺秀積雪浮雲端林表明霽色城中增暮寒

宿建德江　孟浩然

移舟泊煙渚日暮客愁新野曠天低樹江清月近人

十字十層咀味無盡

建德江〔一統志〕嚴州府建德縣有新安江又有東陽江

春曉　孟浩然

春眠不覺曉處處聞啼鳥夜來風雨聲花落知多少

夜思　李白

牀前明月光疑是地上霜舉頭望明月低頭思故鄉

怨情　李白

美人捲珠簾深坐顰蛾眉但見淚痕溼不知心恨誰

八陣圖　杜甫

功蓋三分國名成八陣圖江流石不轉遺恨失吞吳

八陣圖（東坡志林）諸葛亮於魚腹平沙之上壘石爲八行相去二丈自山上俯視八行爲六十四蕝蕝正圜不見凹凸處及就視皆卵石漫漫不可辨（劉禹錫嘉話錄）三蜀雪消之際澒湧滉瀁大木十圍隨波而下水落川平萬物皆失故態諸葛亮小石之推行列依然迨今不動（本集注）陣勢八天地風雲龍虎鳥蛇也　失吞吳（東坡志林）僕嘗夢見人云是杜子美世人悞會予八陣圖詩謂恨不能滅吳非

也我謂吳蜀脣齒不當相圖晉之取蜀以蜀有吞吳之意此爲恨耳此理甚長

登鸛雀樓　王之渙

白日依山盡。黃河入海流。欲窮千里目。更上一層樓。

二十字氣象萬千

鸛雀樓　一統志鸛雀樓在平陽府蒲州城上鸛雀聲相近

送靈澈　劉長卿

蒼蒼竹林寺。杳杳鐘聲晚。荷笠帶斜陽。青山獨歸遠。

彈琴　劉長卿

泠泠七絃上。靜聽松風寒。古調雖自愛。今人多不彈。

送上人　劉長卿

孤雲將野鶴。豈向人間住。莫買沃洲山。時人已知處。

仰終南捷徑之意

沃洲（雲笈七籤）七十二福地　沃洲在越州剡縣南

秋夜寄邱員外　韋應物

懷君屬秋夜。散步詠涼天。空山松子落。幽人應未眠。

聽箏　李端

鳴箏金粟柱。素手玉房前。欲得周郎顧。時時誤拂絃。○故○以○誤○爲○邀○恩○之○地○

新嫁娘　王建

三日入厨下。洗手作羹湯。未諳姑食性。先遣小姑嘗。

玉臺體　權德輿

昨夜裙帶解。今朝蟢子飛。鉛華不可棄。莫是藁砧歸。

藁砧（古樂府）藁砧今何在山上更有山（案）藁砧𥮉衣石也古者婦人目其夫每用之

江雪　柳宗元

千山鳥飛絶萬徑人蹤滅孤舟蓑笠翁獨釣寒江雪

二十字可作二十層卻白一片故奇

行宮　元稹

寥落古行宮宮花寂寞紅白頭宮女在閑坐說玄宗

問劉十九　白居易

綠螘新醅酒紅泥小火爐晚來天欲雪能飲一杯無

信口拈來都成妙諦詩家三昧如是如是

何滿子　張祜

故國三千里深宮二十年一聲何滿子雙淚落君前

何滿子　郭茂倩樂府唐白居易曰何滿子開元中滄洲歌者臨刑進此曲以贖死竟不得免杜陽雜編曰文宗時宮人沈阿翹爲帝舞何滿子調詞風態率皆婉暢然則亦舞曲也案茂倩樂府止載白居

易及辟逢二首而此首不收故錄于此

登樂遊原　李商隱

向晚意不適驅車登古原夕陽無限好只是近黃昏 好景雖長久皆當作此觀

樂遊原【關中記】宣帝少依許氏長於杜縣樂之後葬於南原立廟於曲池之北亭曰樂遊原【名勝志】樂遊原在灞南五里本杜縣之東南

尋隱者不遇　賈島

松下問童子言師採藥去只在此山中雲深不知處

渡漢江　李頻

嶺外音書絕經冬復立春近鄉情更怯不敢問來人

春怨　金昌緒

打起黄鶯兒莫教枝上啼啼時驚妾夢不得到遼西

哥舒歌　　西鄙人

北斗七星高哥舒夜帶刀至今窺牧馬不敢過臨洮
先看此五字此興極奇

哥舒　唐書哥舒翰事王忠嗣為牙將吐蕃盜邊翰持半段槍迎擊所向輒披靡後築龍駒島戍之吐蕃遂不敢近青海

樂府

長干行二首　　崔顥

君家何處住妾住在横塘停船暫借問或恐是同鄉

横塘　一統志吳自江口沿淮築隄謂之横塘在今應天府
前首問此首答

家臨九江水來去九江側同是長干人生小不相識

玉階怨　　李白

玉階生白露夜久侵羅襪卻下水晶簾玲瓏望秋月

塞下曲　四首　　盧綸

鷲翎金僕姑燕尾繡蝥弧獨立揚新令千營共一呼（發令之初）

金僕姑（左傳）乘邱之役公以金僕姑射南宮長萬（注）金僕姑矢名　蝥弧（左傳）潁考叔取鄭伯之旗蝥弧以先登（注）蝥弧旗名

林暗草驚風將軍夜引弓平明尋白羽沒在石稜中（立功之日）

月黑雁飛高單于夜遁逃欲將輕騎逐大雪滿弓刀（卻敵）

野幕敞瓊筵羌戎賀勞旋醉和金甲舞雷鼓動山川（凱旋）

江南曲　　李益

嫁得瞿塘賈朝朝誤妾期早知潮有信嫁與弄潮兒

七言絕句

回鄉偶書　賀知章

少小離家老大回鄉音無改鬢毛衰兒童相見不相識
笑問客從何處來

桃花谿　張旭

四句祇得一篇桃花源記

隱隱飛橋隔野煙石磯西畔問漁船桃花盡日隨流水
洞在青溪何處邊

九月九日憶山東兄弟　王維

孝友之思藹然言外

獨在異鄉爲異客每逢佳節倍思親遙知兄弟登高處

偏插茱萸少一人

芙蓉樓送辛漸　　　　　　　　　　王昌齡

寒雨連江夜入吳平明送客楚山孤洛陽親友如相問一片氷心在玉壺

芙蓉樓（一統志）芙蓉樓在鎮江府城上西北隅

閨怨　　　　　　　　　　王昌齡

閨中少婦不知愁春日凝妝上翠樓（偏着此三字返起下文）忽見陌頭楊柳色悔教夫壻覓封侯

春宮曲　　　　　　　　　　王昌齡

昨夜風開露井桃未央前殿月輪高平陽歌舞新承寵

簾外春寒賜錦袍

涼州詞　王翰

蒲萄美酒夜光杯　欲飲琵琶馬上催　醉臥沙場君莫笑（作達語倍覺）　古來征戰幾人回（悲痛）

蒲萄酒（史記大宛傳）宛左右以蒲萄爲酒　夜光杯（東方朔十洲記）周穆王時西胡獻夜光常滿杯杯是白玉之精光明夜照夕出盃于庭比明常滿

送孟浩然之廣陵　李白

故人西辭黃鶴樓　煙花三月下揚州　孤帆遠影碧空盡（千古麗句）　惟見長江天際流

下江陵　李白

朝辭白帝彩雲間千里江陵一日還兩岸猿聲啼不住輕舟已過萬重山

白帝（寰宇記）公孫述更魚復曰白帝城江陵（盛弘之荆州記）朝發白帝暮宿江陵凡一千二百餘里雖飛雲迅鳥不能過也

逢入京使　　岑參

故園東望路漫漫雙袖龍鍾淚不乾馬上相逢無紙筆憑君傳語報平安

江南逢李龜年　　杜甫

岐王宅裏尋常見崔九堂前幾度聞正是江南好風景落花時節又逢君

世○運○之○治○亂○年○華○之○盛○衰○彼○此○之○淒○涼○流○落○俱○在○其○中○少○陵○七○絕○此○爲○壓○卷

李龜年〔明皇雜錄〕樂工李龜年特承恩遇於東都通里大起第宅後流落江南每遇良辰勝景常爲人歌數闋座客聞之莫不掩泣　岐王〔舊書〕岐王範好學工書雅愛文章之士爲時所稱開元十四年薨　崔九〔舊書〕崔湜弟滌素與玄宗欵密用爲秘書監出入禁中後賜名澄開元十四年卒

滁州西澗　韋應物

獨憐幽草澗邊生。上有黃鸝深樹鳴。春潮帶雨晚來急。野渡無人舟自橫。

二句約十數層

西澗〔一統志〕隋初改南譙州爲滁州　西澗在州城西俗名上馬河

楓橋夜泊　張繼

月落烏啼霜滿天。江楓漁火對愁眠。姑蘇城外寒山寺。夜半鐘聲到客船。

楓橋一統志橋在蘇州府城西七里寒山寺在楓橋東

寒食　韓翃

春城無處不飛花寒食東風御柳斜日暮漢宮傳蠟燭輕煙散入五侯家

唐代宦官之盛不減於桓靈詩托諷深遠

輕煙唐輦下歲時記清明日取榆柳之火以賜近臣五侯後漢宦者傳桓帝封單超新豐侯徐璜武原侯具瑗東武侯左悺上蔡侯唐衡汝陽侯世謂五侯

月夜　劉方平

更深月色半人家北斗闌干南斗斜今夜偏知春氣暖蟲聲新透綠窗紗

春意盎然

春怨　劉方平

紗窗日落漸黃昏金屋無人見淚痕寂寞空庭春欲晚
梨花滿地不開門

征人怨　柳中庸

歲歲金河復玉關朝朝馬策與刀環三春白雪歸青冢
萬里黃河繞黑山

金河唐書地理志單于大都護府龍朔二年置縣于金河 黑山蘇晉丞相賜宴序寢黑山之柝包青海之戈山在榆林衛

宮詞　顧況

玉樓天半起笙歌風送宮嬪笑語和月殿影開聞夜漏
水精簾捲近秋河

夜上受降城聞笛　李益

回樂峰前沙似雪受降城外月如霜不知何處吹蘆管

低頭見　抬頭見

一夜征人盡望鄉

總上三句

受降城唐書張仁愿傳仁愿請乘虛取漠北地於河北築三受降城當虜南寇路

烏衣巷　劉禹錫

朱雀橋邊野草花烏衣巷口夕陽斜舊時王謝堂前燕飛入尋常百姓家

烏衣巷一統志烏衣巷在應天府南晉王導謝安居此其子弟皆烏衣故名朱雀橋六朝事迹晉咸康二年作朱雀門新立朱雀浮航在縣城東南四里對朱雀門南渡淮水亦名朱雀橋

春詞　劉禹錫

新妝宜面下朱樓深鎖春光一院愁行到中庭數花朵
蜻蜓飛上玉搔頭
（無情處都有情）

宮詞　白居易

淚盡羅巾夢不成夜深前殿按歌聲紅顏未老恩先斷
斜倚熏籠坐到明

贈內人　張祜

禁門宮樹月痕過媚眼惟看宿鷺窠斜拔玉釵燈影畔
剔開紅燄救飛蛾
（慧心仁術）

集靈臺二首　張祜

日光斜照集靈臺紅樹花迎曉露開昨夜上皇新授籙

太眞含笑入簾來

集靈臺〔一統志〕臺在華淸宮長生殿側

虢國夫人承主恩平明騎馬入宮門
卻嫌脂粉汚顏色淡掃蛾眉朝至尊

題金陵渡　張祜

金陵津渡小山樓一宿行人自可愁
潮落夜江斜月裏兩三星火是瓜州

宮中詞　朱慶餘

寂寂花時閉院門美人相並立瓊軒
含情欲說宮中事鸚鵡前頭不敢言
深得愼言之旨

近試上張水部　朱慶餘

洞房昨夜停紅燭待曉堂前拜舅姑妝罷低聲問夫壻
畫眉深淺入時無

張水部　全唐詩話慶餘遇水部郎中張籍因索慶餘新舊篇什置之懷袖而推贊之遂登科慶餘作是詩以獻由此朱之名流於海內矣

將赴吳興登樂遊原　杜牧

清時有味是無能閒愛孤雲靜愛僧欲把一麾江海去　惓惓不忍去忠愛
樂遊原上望昭陵　之思溢於言表

吳興　牧爲司勳員外郎乞爲湖州刺史　昭陵　唐太宗因九嵕山爲陵在醴泉北五十里

赤壁　杜牧

折戟沈沙鐵未消自將磨洗認前朝東風不與周郎便銅雀春深鎖二喬

○詩○謂○無○此○東○風○則○二○喬○當○爲○銅○雀○中○人○矣○或○以○喬○作○橋○便○與○東○風○句○不貫

泊秦淮　　杜　牧

煙籠寒水月籠沙夜泊秦淮近酒家商女不知亡國恨隔江猶唱後庭花

秦淮　六朝事跡　秦始皇築鍾山斷金陵長壠以疏淮水後人因名秦淮　後庭花　南史　陳後主以宮人袁大捨等爲女學士與狎客共賦新詩采其尤豔者有玉樹後庭花臨春樂等曲

寄揚州韓綽判官　　杜　牧

青山隱隱水迢迢秋盡江南草未凋二十四橋明月夜玉人何處教吹簫

○二○語○與○謫○仙○煙○花○三○月○下○揚○州○字○皆○千○古○麗句

二十四橋（一統志）揚州二十四橋在府城隋置並以城門坊市爲名後韓令坤築州城別立橋梁所謂二十四橋者不可考矣

遣懷　　杜牧

落魄江湖載酒行楚腰纖細掌中輕十年一覺揚州夢贏得青樓薄倖名

揚州夢（別傳）牧在揚州每夕爲狹斜游所至成歡無不會意如是者數年

秋夕　　杜牧

銀燭秋光冷畫屏輕羅小扇撲流螢天階夜色涼如水臥看牽牛織女星

畫屏布景是一幅著色人物畫只臥看二字逗出情思便通身靈動

贈別　二首　　杜牧

娉娉嫋嫋十三餘豆蔻梢頭二月初春風十里揚州路
卷上珠簾總不如

豆蔻（宋史地理志）慶遠府貢生豆蔻草豆蔻（梁簡文帝詩）江南豆蔻生連枝

多情卻似總無情唯覺尊前笑不成蠟燭有心還惜別
替人垂淚到天明

金谷園　杜牧

繁華事散逐香塵流水無情草自春日暮東風怨啼鳥　二句十三眉
落花猶似墜樓人

金谷（石崇金谷詩序）有別廬在河南縣界金谷澗

夜雨寄北　李商隱

君問歸期未有期巴山夜雨漲秋池何當共翦西窗燭
卻話巴山夜雨時

寄令狐郎中　李商隱

嵩雲秦樹久離居雙鯉迢迢一紙書休問梁園舊賓客
茂陵秋雨病相如

令狐郎中【令狐綯傳】大中二年召拜考功郎中【史記】司馬相如客梁園遊梁梁孝王令與諸生同舍後爲孝文園令病免家居茂陵

爲有　李商隱

爲有雲屏無限嬌鳳城寒盡怕春宵無端嫁得金龜壻
辜負香衾事早朝

金龜〔唐書〕天授二年改佩魚皆爲龜三品以上龜袋飾以金

隋宮　　李商隱

乘興南遊不戒嚴九重誰省諫書函春風舉國裁宮錦半作障泥半作帆

南遊〔隋書〕大業十二年幸江都奉信郎崔民象表諫上大怒先解其頤乃斬之

瑤池　　李商隱

瑤池阿母綺窗開黃竹歌聲動地哀八駿日行三萬里穆王何事不重來

黃竹〔穆天子傳〕天子乃休日中大寒北風雨雪有凍人天子作詩三章以哀之曰我徂黃竹負閟寒

嫦娥　　李商隱

雲母屏風燭影深長河漸落曉星沈嫦娥應悔偷靈藥
碧海青天夜夜心

賈生　　李商隱

宣室求賢訪逐臣賈生才調更無倫可憐夜半虛前席
不問蒼生問鬼神

問鬼神（史記）賈生徵見孝文帝方受釐坐宣室上因感鬼神事而問鬼神之本賈生因具道所以然之故至夜半文帝前席既罷曰吾久不見賈生自以爲過之今不及也

瑤瑟怨　　溫庭筠

冰簟銀牀夢不成碧天如水夜雲輕雁聲遠過瀟湘去
十二樓中月自明

通首布景只夢不成三字露怨意

馬嵬坡　鄭畋

元宗回馬楊妃死，雲雨難忘日月新。終是聖明天子事，景陽宮井又何人。

○唐人馬嵬詩極多，唯此首得溫柔敦厚之意，故錄之。

已涼　韓偓

碧闌干外繡簾垂，猩色屏風畫折枝。八尺龍鬚方錦褥，已涼天氣未寒時。

○此詩通首布景，并不露情思，而情愈深遠。

金陵圖　韋莊

江雨霏霏江草齊，六朝如夢鳥空啼。無情最是臺城柳，依舊煙籠十里隄。

臺城〔一統志〕城在上元縣治東北五里。

隴西行　陳陶

誓掃匈奴不顧身。五千貂錦喪胡塵。可憐無定河邊骨。猶是春閨夢裏人。

較之一將功成萬骨枯句更為深痛

隴西行【通典】秦置隴西郡以居隴坻之西為名也　案此係樂府舊題而奉倩不收故錄于此　無定河【地輿志】唐立銀州東北有無定河即圁水也【一統志】無定河在陝西延安府青澗縣東六十里

寄人　張泌

別夢依依到謝家。小廊回合曲闌斜。多情只有春庭月。猶為離人照落花。

雜詩　無名氏

近寒食雨草萋萋。著麥苗風柳映隄。等是有家歸未得

杜鵑休向耳邊啼

樂府

渭城曲　王維

渭城朝雨浥輕塵客舍青青柳色新勸君更盡一杯酒西出陽關無故人

渭城曲渭城一曰陽關王維所作本送人使安西詩後遂被于歌劉禹錫與歌者詩云舊人唯有何戡在更與殷勤唱渭城白居易對酒詩云相逢且莫推辭醉聽唱陽關第四聲即勸君更盡一杯酒西出陽關無故人也渭城陽關之名葢因辭云

秋夜曲　他本俱作王涯今照郭茂倩本　王維

貌　爲　闊　熱　心　寘

桂魄初生秋露微輕羅已薄未更衣銀箏夜久殷勤弄

淒涼非深於涉世者不知

心怯空房不忍歸

長信怨　王昌齡

奉帚平明金殿開暫將團扇共徘徊玉顏不及寒鴉色
猶帶昭陽日影來

出塞　王昌齡

秦時明月漢時關萬里長征人未還但使龍城飛將在
不教胡馬度陰山

出塞郭茂倩樂府晉書樂志曰出塞入塞曲李延年造曹嘉之晉書曰劉疇嘗避亂塢壁賈胡百數欲害之疇無懼色援笳而吹之爲出塞入塞之聲以動其游客之思羣胡皆垂泣涕而去案西京雜記曰戚夫人善歌出塞入塞望歸之曲則高帝時已有之疑不起李延年也唐又有塞上塞下曲蓋由於此

清平調　李白

雲想衣裳花想容。春風拂檻露華濃。若非羣玉山頭見。會向瑤臺月下逢。此言妃之美花似之

一枝紅豔露凝香。雲雨巫山枉斷腸。借問漢宮誰得似。可憐飛燕倚新妝。此言花之豔妃似之

名花傾國兩相歡。常得君王帶笑看。解識春風無限恨。沈香亭北倚闌干。此花與妃合歸於君王

清平調　郭茂倩樂府松窗錄曰開元中禁中木芍藥會花方繁開帝乘照夜白太真妃以步輦從李龜年以歌擅一時之名帝曰賞名花對妃子焉用舊樂詞爲遂命李白作清平調詞三章令梨園弟子略撫絲竹以促歌帝自調玉笛以倚曲（穆天

（唐書禮樂志）平調清調周房中樂遺聲　羣玉山（子傳）

天子北征至瑤臺（楚詞）望瑤臺之偃蹇
於羣玉之山瑤臺兮見有娀之佚女

出塞　一作涼州詞　王之渙

黃河遠上白雲間一片孤城萬仞山羌笛何須怨楊柳
春光不度玉門關

金縷衣　杜秋娘

勸君莫惜金縷衣勸君惜取少年時花開堪折直須折
莫待無花空折枝

唐詩三百首下卷終

傳古樓景印

圖書在版編目（CIP）數據

唐詩三百首 / 王星主編. -- 杭州 : 浙江大學出版社, 2022.5
（狀元閣蒙學叢書. 第二輯）
ISBN 978-7-308-22411-6

Ⅰ. ①唐… Ⅱ. ①王… Ⅲ. ①唐詩－詩集 Ⅳ. ① I222.742

中國版本圖書館 CIP 數據核字 (2022) 第 040406 號

蒙學叢刊
狀元閣蒙學叢書第二輯

宋元明詩 詩品注釋

王 星 主編

浙江大學出版社

傳古樓據啟軒書室藏

清代狀元閣刻本影印

宋元明詩・詩品注釋目録

宋元明詩

宋五言古詩

元五言古詩

明五言古詩

宋七言古詩

元七言古詩

明七言古詩

宋五言律詩

元五言律詩

明五言律詩

宋五律補

元五律補

明五律補

宋七言律詩

元七言律詩

明七言律詩

宋五言絶句

元五言絶句

明五言絶句

宋七言絶句

元七言絶句

明七言絶句

附録

詩品注釋

蒙學叢刊

狀元閣蒙學叢書第二輯

宋元明詩

王　星　主編

浙江大學出版社

傳古樓據啟軒書室藏清代狀元閣刻本影印原書板框高一八五毫米寬一四〇毫米

狀元閣印

宋元明詩

江南城聚寶門三山街大
功坊電報局西秦狀元巷
中李光明家自梓童蒙各
種讀本揀選重料紙張裝
訂又分鋪狀元境狀元境
口狀元閣發售實價有單

序

詩至有唐稱極盛。唐詩傳稿。殆億萬首。唐詩選本。殆千百種。而童子時讀唐人詩者。類多由蘅塘退士所編三百首入門。取其約也。鵬少從　朱梅谿師游。課餘日授一詩於三百首外。又增鈔唐詩一冊授讀之。唐以後。若宋。若元。若明。又各鈔一冊授讀之。鵬於此事。雖茫無一得。然披讀之下。心竊好焉。弗敢忘。越庚子秋。得于復齋先生。續選唐詩三百首刻本。與昔日鈔讀之冊。十符其八。欣然展誦。實獲我心。因復請於　朱梅谿師。家諫庵。叔檢宋元明詩刪輯校訂。仍仿三百首之例。彙作一編成。家兄竹亭慫恿付雕。爲弟姪輩讀本。訂名曰約鈔。蓋以刻當鈔。並不敢借之問世云。

道光歲次辛丑上元節。書於華峯書屋。

笑渠冷鵬謹識

寄朱梅谿校刊宋元明詩約鈔書札

春事忽三月。風光又一年。碧草綠波。江分南北。悵懷知已雲樹蒼茫。聞君棹赴廣陵。設帳於眞一堂內。松下調琴。閒招鶴語。竹間刻句。戲敎鸚歌。領花月之精神。鍊成道骨。分烟霞之供養。別具仙心。翹首文旌。情殊戀戀。日前札召梅花之約。風雨阻滯。倍覺惱人。霏霏雪裏。淡淡雲中。君當擕古錦囊。從小奚奴。邦溝古嶺。飽償游興。林和靖之暗香疎影。趙文敏之歌扇舞衣。高侍郎之美人高士。箇中風味。殆已深嘗。對花高歌。樂之何如。邇來遲日晴薰。惠風濃醉。鶯占歌院。蝶尋睡鄉。君又將流連螢苑。放浪虹橋。打槳。於楊柳樓臺之下。訪桃花隖。平山堂。諸勝境。閱歷幾徧。宋人句云。花暖能醺眼。山濃欲染衣。元人句云。錦棠紅濯雨。絲柳綠繰烟。明人句云。楊柳風千樹。笙歌月一船。詩家淸景。想無弗推敲而領略之。或亦回念舊交。如黃星甫。所謂寄驛通鄉信。題詩記旅愁者。俾我輩得共知客子光陰。杏花消息否。去冬同輯約鈔三百首。竹亭笑渠昆仲。屢請刊作讀本。免童輩鈔寫之苦。茲將原稿寄呈。願君亟謀諸剞劂氏。且請于課讀之暇。重加校訂。親董其事。勿以瑣屑憚煩。幸甚幸甚。仍邀君同輯唐以前歷朝詩。謹擇百餘首。併諸蘅塘復齋

二編合成一册可稱漢魏六朝唐宋元明詩一千首以便童子時排日授讀亦啟蒙者一快事也商之於君可乎否乎臨穎神馳伏乞丙鑒不宣

辛丑三月三日　諫庵泠昌言謹啟

庚子冬杪過泠氏華峯書屋泠生笑渠舊從予游者有年適歲隨其叔諫庵先生讀書家塾予每便道經華畿笑渠恒爲投轄計是夕酒酣耳熱把袂談詩笑渠輒出其舊鈔宋元明詩稿請合編三百首爲一册附唐詩三百首原續二集後俾初學詩者由唐及宋及元及明循序讀之易爲力也予與諫庵嘉其意從事於斯笑渠乃

參校而手錄之歲辛丑予寄硯邗江春暮得諫庵手書
知笑渠之兄冷君竹亭鶴顧解槖金付鋟棗木刻既竣
爰將諫庵原函附載簡端並述編輯之由如左亦聊足
報命於諫庵竹亭笑渠否助予校刊者則及門趙生悟
琴桐與有力焉集中所鈔大都皆膾炙人口之作其間
有遺漏未備詮註未當及箋釋傳誌之事自維譾陋敬
俟博雅君子詳解續補匡所不逮若以蠡測管窺妄稱
選本也夫何敢
道光辛丑秋日書於邗江客寓
聘棠山館梅谿朱梓謹識

宋元明詩約鈔三百首目錄

宋十首　元六首　明十一首

七言絕句

宋二十六首　元十二首　明二十首

共三百十一首

附錄摘句

五言

宋三十七聯　元十四聯　明二十七聯

七言

宋四十四聯　元十七聯　明三十二聯

宋元明詩約鈔三百首

丹徒 朱梓梅谿 編輯
冷昌言諫庵 冷鵬笑渠 參校

宋五言古詩

送運判朱朝奉入蜀 蘇軾 字子瞻東坡 謚文忠

蘇公是蜀人送友入蜀故借此發揮局法絕甚

藹藹青城雲娟娟峨眉月隨我西北來照我光不滅我
在塵土中白雲呼我歸我游江湖上明月逕我衣峨眉
天一方雲月在我側謂是山中人相望了不隔夢尋西
南路默數短長亭似聞嘉陵江跳波吹枕屏送君無一
物清江飲君馬路穿慈竹林父老拜馬下不用驚走藏

使者我友生聽訟如家人細說爲汝評若逢山中友問我歸何日爲話腰脚輕猶堪踏泉石

書鄂陵王主簿所畫折枝

瘦竹如幽人幽花如處女低昂枝上雀搖蕩花間雨雙翎決將起衆葉紛自舉可憐採花蜂清蜜寄兩股若人富天巧春色入毫楮懸知君能詩寄聲求妙語

金山妙高臺

我欲乘飛車（飄然而起）東訪赤松子蓬萊不可到弱水三萬里不如金山去清風半帆耳中有妙高臺雲峰自孤起仰觀初無路誰信平如砥臺中老比邱（了元長老）碧眼照窗几巉

巉玉爲骨凜凜霜入齒機鋒不可觸千偈如翻水何須
尋德雲卽此比邱是長生未暇學請學長不死

梵天寺僧守詮小詩清遠可愛次韻

但聞烟外鐘不見烟中寺幽人行未已草露溼芒屨惟
應山頭月夜夜照來去
（起絕峭絕）

書晁補之所藏與可畫竹

與可畫竹時見竹不見人豈獨不見人嗒然遺其身其
身與竹化無窮出清新莊周世無有誰知此凝神
（兒起鵠落一片化境）

聞辯才法師復歸上天竺以詩戲問

道人出山去山色如死灰白雲不解笑青松有餘哀復
（奇峭）

聞道人歸鳥語山容開神光出寶髻法雨洗塵埃想見
南北山花發前後臺寄聲問道人借禪以爲詠何所聞
而去何所見而回道人笑不答此意安在哉昔者本不（參上乘）
住今者亦無來此語竟非是且食楊白梅（譏）

過平望　范成大石湖

寸碧闖高浪孤墟明夕陽水柳搖病葉霜蒲蘸新黃孤（錬字法）
嶼乍舉網蒼烟忽鳴榔波明荇葉顫風熟蘋花香雞犬
各村落蓴鱸近江鄉野寺對客起樓陰濯滄浪古來離
別地淸詩斷人腸亭前舊時水還照兩鴛鴦

晨起　陸游放翁

齒豁不可補，髮脫無由栽。淸晨明鏡中，老色蒼然來。（跟前語說來奇突）餘年亦自惜，未忍付酒杯。抽架取我書，危坐圖復開。萬世見唐虞，夔龍獲親陪。寥寥三千年，氣象挽可回。豈以七尺軀，顧受世俗衰。道在無不可，廊廟均蒿萊。

明發陳公徑過摩舍那灘石峯下　楊萬里　誠齋

澄潭湧晴暈，不風自成花。回流如倦客，出門復還家。江晴已數日，新漲沒舊沙。知是前溪雨，溼雲尚橫斜。山轉江亦轉，江行山亦行。（繪影繪聲之筆）風鬟照玉鏡，素練縈青屏。我本山水客，澹無軒冕情。塵中悔一來，事外懷孤征。忽乘滄浪舟，仰高俯深清。餐翠腹可飽，飲綠身須輕。鷓鴣不相識

還作故園聲

陶公醉石歸去來館　　封徽國公朱　子文公

予生千載後尚友千載前每尋高士傳獨歎淵明賢及此逢醉石謂言公所眠況復巖壑古縹緲藏風烟仰看喬木陰俯聽橫飛泉景物自清絕優游可忘年結廬倚蒼峭舉觴酹潺湲臨風一長嘯亂以歸來篇

效孟郊體　　一號晞髮謝　翱皐羽

閒庭生柏影荇藻交行路忽忽如有人起視不見處（實有此景）牽牛秋正中海白夜疑曙野風吹空巢波濤在孤樹

元五言古詩

濦亭 世稱遺山先生 元好問 裕之
春色已清美客懷自幽獨危亭一徘徊翛然若新沐宿
雲淡野川元氣浮草木微茫盡楚尾平遠疑杜曲生平
遠游賦吟諷心自足朅來著世網抑抑就邊幅人生要
適情無榮復何辱乾坤入望眼容我謝覊束一笑白鷗
前春波動新綠
題耕織圖二十四首奉懿旨撰 諡文敏 趙孟頫 子昂
孟夏土加潤苗生無近遠漫漫冒淺陂芃芃被長阪嘉
穀雖已殖惡草亦滋蔓君子與小人竝處必爲患朝朝
荷鋤往薅耨忘疲倦旦隨烏雀起歸與牛羊晚有婦念

將飢過午可無飯一飽不易得念此獨長嘆四月當晝耘水田農夫亦良苦赤日背欲裂白汗灑如雨親切如見匍匐行水中泥淖及腰膂新苗抽利劍割膚何痛楚夫耘婦當饁犇走及亭午無時暫休息不得避炎暑誰憐萬民食粒粒非易取願陳知稼穡無遐傳自古六月一日不力作一日食不足慘淡歲云暮風雪入破屋老農氣力衰傴僂腰背曲索綯民事急晝夜互相續飯牛欲牛肥菱藁亦預蓄蹇驢雖劣弱挽車致百斛農家極勞苦歲豈恆稔孰能知稼穡艱天下自蒙福寓諷諫意十二月

右耕

合四首讀之自蠶生至繰繭一一描繪可備養蠶之法

三月蠶始生纖細如牛毛婉孌閨中女素手握金刀切葉以飼之擁紙散周遭庭樹鳴黃鳥發聲和且嬌蠶飢當採桑何暇事遊遨田時人力少丈夫方種苗相將挽長條盈筐不終朝數口望無寒敢辭終歲勞三月

四月夏氣清蠶大已屬眠高首何昂昂蛾眉復娟娟不憂桑葉少徧野如綠烟相呼攜筐去迢遞立遠阡梯空伐條枚葉上露未乾蠶飢當早歸秉心靜以專飭躬修婦事黽勉當盛年救忙多女伴笑語方喧然四月

五月夏以半谷鶯先弄晨老蠶成雪繭吐絲亂紛紜伐葦作薄曲束縛齊榛榛黃者黃如金白者白如銀爛然

宋元明詩　上本　元　王　李光明莊

滿筐筥愛此顏色新欣欣舉家喜稍慰經時勤有客過相問笑聲聞四隣論功何所歸再拜謝蠶神不自居功五月釜下燒桑柴取繭投釜中纖纖女兒手抽絲疾如風田家五六月綠樹陰相蒙但聞繰車響遠接郵西東旬日可經絹弗憂杼軸空婦人能蠶桑家道當不窮更望時雨足二麥亦稍豐酤酒田家飲醉倒嫗與翁六月

右織

秋日池上　薩都剌 天錫

顧茲林塘幽消此閒日永飄風亂萍蹤落葉散魚影天秋意如許清曉露涼秋深藕花冷有懷無與言獨立心自省

己卯正月十八日與申屠彥德遊虎邱 得客字

倪瓚 元鎮 世稱雲林先生

余適偶入城本是山中客舟經二王宅弔古覽陳迹松陰始亭午嵐氣忽歛夕欲去仍徘徊題詩滿苔石

寄李隱者

南汀新月色照見水中蘋便欲乘清影緣源訪隱倫君住鈿山湖綠酒松花春夢披寒雪去疑是剡溪濱

煙寺晚鐘

陳孚 剛中

山深不見寺藤陰鎖修竹忽聞疎鐘聲白雲滿空谷老僧汲水歸松露墮衣綠鐘殘寺門掩山鳥自爭宿

江天暮雪

長空卷玉花汀洲白浩浩雁影不復見千崖暮如曉漁（恰是暮雪情景）
翁寒欲歸不記巴陵道坐睡船自流雲深一簑小

訪子威都事不遇　黃清老

清曉抱綠綺來就夫君彈夫君久已出野水流花間石
澗度微雨秋生湖上山松陰坐永日心與雲俱閑人事
有離合白鷗聊共還

送友還鄉　鄭祏

墮地作兒女有用及須早（不堪回首）當年懸弧意焉得鄉曲老青
雲一蹉跎鬢髮日已皓常恐歸去遲心爲愁如擣我家

東吳城翠竹森若葆力耕輸王稅妻子亦溫飽詩成每
獨咏觴至或共倒富貴將焉如歲宴聊自保蕭蕭風前
柳貿貿霜下草有官固當歸無官歸亦好

遊虎邱

郭麟孫

海峰何從來平地湧高嶺去城不七里幻此幽絕境芳
遊坐遲暮無物惜餘景樹暗雲巖深花落春寺靜野草
時有香風絮淡無影山行紛遊人金翠競馳騁朝來有
爽氣此意獨誰領我來極登覽妙靈應自省遥看青數
尖俯視綠萬頃逃禪問頑石試茗汲憨井竟行忘步滑
野坐怯衣冷聊爲無事飲頗覺清晝永藉草方醉眠松

風忽吹醒（超○絕○）

明五言古詩

感懷　劉基（字伯溫　諡文成　青田）

結髮事遠遊，逍遙觀四方。天地一何闊，山川杳茫茫。衆鳥各自飛，喬木空蒼涼。（見○鳥○之○擇○木○感○士○之○擇○主）登高見萬里，懷古使心傷。佇立望浮雲，安得凌風翔。

峨眉亭　張志道

碧酒雙玉瓶，獨酌峨眉亭。不見李太白，惟見三山青。秋色淮上來，（太○白○筆○意○）蒼然滿雲汀。安得十五絃，彈與蛟龍聽。

飲酒　林鴻（子羽）

儒生好奇古出口談唐虞倘生羲皇前所談竟何如古（立意亦奇）人既已死古道存遺書一語不能踐萬卷徒空虛我願（俗學並病）但飲酒不復知其餘君看醉鄉人乃在天地初

暮歸　藍仁靜之

暮歸山已昏濯足月在澗衡門棲鵲定暗樹流螢亂妻孥候我至明燈共蔬飯佇立松桂涼疏星隔河漢（悠然不盡）

度楓木嶺　顧璘華玉

初指山拂天飛鳥不可度艱苦躡危磴即是我行路百（寫出）折頻攀援十步九回顧峻嶒忽在下衣襟帶雲霧倒景（崎嶇坎坷之狀）猶照人平地黯將暮東北望故鄉江流莽傾注長風萬

里來獨立難久竚

種麻篇　何景明 仲默

陳臥子云陳思君子之遺

種麻冀滿邛種葵冀滿園孤生易憔悴獨立多憂患當行思故旅當食思故歡先機失所豫臨事徒嗟歎升蕭艾乃至鉏桂致傷蘭物理有相附疇能識其端斷金俟同志抱玉難自宣交結良非易君當圖未然

結醒作意

夜步　高攀龍 雲從 諡忠憲

幽人夜未眠月出每孤往繁林亂螢照郵屋人語響宿鳥時一鳴草徑露微上欣然意有會誰與共心賞

對客　歸子慕 季思

默然對客坐竟坐無一語亦欲通殷勤尋思了無取好
言不關情諒非君所與坦懷兩相忘何言我與汝

歲暮別諸生

惻惻不可道臨岐但依依常恐語言多貌勝中情微感
茲寒色厲北風吹爾衣歲暮家室情各各念爾歸羣居
雖云樂人情諒難違所患不同心不患相見稀尼父重
久要如醴久已非昜哉儀先民雅道庶可幾

善道俗情　善談名理

效淵明飲酒　錢秉鐙　幼光

寄生大塊中何者爲我故譬如逆旅物暫有安足據在
世雖百年畢竟舍之去臨行豈不戀戀戀亦不得住所以

冲口而出痛快淋漓

達觀人澹然隨所遇委順生死間不厭亦不慕日飲一杯酒可以全此題

田園雜詩六首之五

春田不入晴衣垢及時澣身上何所著敝襦及骭短家人念我寒一杯爲斟滿酒滿不可多農事不可緩奮身田野間襟帶忽以散乃知四體勤無衣亦自暖君看狐貉溫轉使腰肢懶

格物之言砭俗之論

宋元明詩約鈔三百首

丹徒　冷昌言諫庵　編輯　冷　鵬笑渠參校

朱　梓梅谿

宋七言古詩

春日西湖寄謝法曹歌　諡文忠　歐陽修　永叔

西湖春色歸，春水綠於染。羣芳爛不收，東風落如糝。參軍春思亂如雲，白髮題詩愁送春。遙知湖上一樽酒，能憶天涯萬里人。萬里思春尚有情，忽逢春至客心驚。雪消門外千山綠，花發江邊二月晴。少年把酒逢春色，今日逢春頭已白。異鄉物態與人殊，惟有東風舊相識。

（押韻峭絕）

石鼓歌　蘇軾

冬十二月歲辛丑。我初從政見曾叟。舊聞石鼓今見之。四句起

文字鬱律蛟蛇走。細觀初以指畫肚。欲讀嗟如箝在口。此段敘石鼓之文詞字蹟

韓公好古生已遲。我今況又百年後。強尋偏旁推點畫。

時得一二遺八九。我車既攻馬亦同。其魚維鱮貫之柳。

自注其詞云我車既攻我馬亦同又云其魚維何維鱮維鯉何以貫之維楊與柳惟此六句可讀餘多不可通

古器縱橫猶識鼎。眾星錯落僅名斗。糢糊半已似瘢胝。極寫石鼓之奇古

詰曲猶能辨跟肘。娟娟缺月隱雲霧。濯濯嘉禾秀莨莠。

漂流百戰偶然存。獨立千載誰與友。上追軒頡相唯諾。此段推原究委

下揖冰斯同鷇㲉。憶昔周宣歌鴻雁。當時籀史變蝌蚪。

厭亂人方思聖賢，中興天爲生耆耉。東征徐鹵闞虓虎，
北伏犬戎隨指嗾。象胥雜沓貢狼鹿，方召聯翩賜圭卣。
遂因鼓鼙思將帥，豈爲考擊煩矇瞍。何人作頌比嵩高，
萬古斯文齊岣嶁。勳勞至大不矜伐，文武未遠猶忠厚。
欲尋年歲無甲乙，豈有名字記誰某。（此段遷形古今）自從周衰更七國，
竟使秦人有九有。掃除詩書誦法律，投棄俎豆陳鞭杻。
當年何人佐祖龍，上蔡公子牽黃狗。登山刻石頌功烈，
後者無繼前無偶。皆云皇帝巡四國，烹滅彊暴救黔首。（陪筆）
六經既已委灰塵，此鼓亦當遭擊掊。傳聞九鼎淪泗上，
欲使萬夫沉水取。暴君縱欲窮人力，神物義不汙秦垢。

是時石鼓何處避無乃天工令鬼守興亡百變物自閑（四句結）
富貴一朝名不朽細思物理坐嘆息人生安得如汝壽

詩話評云雄文健筆句奇語重
與韓退之作相埒而研練過之

游金山寺

萬里程半生事一筆道盡

我家江水初發源宦遊直送江入海聞道潮頭一丈高
天寒尚有沙痕在中泠南畔石盤陀古來出沒隨濤波
試登絕頂望鄉國江南江北青山多羈愁畏晚尋歸楫
山僧苦留看落日微風萬頃鞾紋細斷霞半空魚尾赤
是時江月初生魄二更月落天深黑江心似有炬火明
飛焰照山棲鳥驚悵然歸臥心莫識非鬼非人竟何物

江山如此不歸山江神見怪驚我頑我謝江神豈得已
有田不歸如江水是夜所見如此

臘日遊孤山訪惠勤惠思二僧

天欲雪雲滿湖樓臺明滅山有無水清石出魚可數林二句近按之景
深無人鳥相呼臘日不歸對妻孥名尋道人實自娛道
人之居在何許寶雲山前路盤紆孤山孤絕誰肯廬道
人有道山不孤紙窗竹屋深自暖擁褐坐睡依圜蒲天
寒路遠愁僕夫整駕催歸及未晡出山迴望雲木合但三句遠望之景
見野鶻盤浮圖兹遊淡薄歡有餘到家怳如夢蘧蘧作
詩火急追亡逋清景一失後難摹

書王定國所藏烟江疊嶂圖 自注王晉卿畫

江上愁心千疊山浮空積翠如雲烟山耶雲耶遠莫知
烟空雲散山依然但見兩崖蒼蒼暗絕谷中有百道飛
（摹寫曲盡神妙欲到秋毫巔）
來泉縈林絡石隱復見下赴谷口爲奔川川平山開林
麓斷小橋野店依山前行人稍度喬木外漁舟一葉江
吞天使君何從得此本點綴毫末分清妍不知人間何
處有此境徑欲往置二頃田君不見武昌樊口幽絕處
（烟雲卷舒與前相稱）
東坡先生留五年春風搖江天漠漠暮雲捲雨山娟娟
丹楓翻鴉伴水宿長松落雪驚醉眠桃花流水在人世
武陵豈必皆神仙江山清空我塵土雖有去路尋無緣

還君此畫三歎息山中故人應有招我歸來篇

試院煎茶

四語已括煎茶之妙

蟹眼已過魚眼生颼颼欲作松風鳴蒙茸出磨細珠落眩轉繞甌飛雪輕銀瓶瀉湯誇第二未識古人煎水意自注古語云煎水不煎茶君不見昔時李生好客手自煎貴從活火發新泉又不見今時潞公煎茶學西蜀定州花瓷琢紅玉我今負病常苦飢分無玉盌捧蛾眉且學公家作茗飲塼爐石銚行相隨不用撐腸拄腹文字五千卷但願一甌常及睡足日高時

和李邦直沂山祈雨有應

高田生黃埃下田生蒼耳蒼耳亦已無更問麥有幾蛟龍睡足亦解慙二麥枯時雨如洗（接筆奇矯）不知雨從何處來但聞呂梁百步聲如雷試上城南望城北際天菽粟青成堆（接筆更奇）飢火燒腸作牛吼不知待得秋成否半年不雨坐龍慵共怨天公不怨龍今朝一雨聊自贖龍神社鬼各言功（接筆尤奇）無功日盜太倉穀嗟我與龍同此責勸農使者不汝容因君作詩先自劾（詩言龍神懶不行雨卻使人怨天公此執政不任職卻使人怨天子）

寓居定惠院之東雜花滿山有海棠一株土人不知貴也

江南地瘴蕃草木只有名花苦幽獨嫣然一笑竹籬間

桃李漫山總粗俗也知造物有深意故遣佳人在空谷
自然富貴出天姿不待金盤薦華屋朱脣得酒暈生臉（繪其態）
翠袖卷紗紅映肉林深霧暗曉光遲日暖風輕春睡足（傳其神）
雨中有淚亦悽愴（寫其韻）月下無人更清淑先生食飽無一事
散步逍遙自捫腹不問人家與僧舍拄杖敲門看脩竹
忽逢絕豔照衰朽（拍合）歎息無言揩病目陋邦何處得此花
無乃好事移西蜀（結出作意）寸根千里不易到銜子飛來定鴻鵠
天涯流落俱可念為飲一樽歌此曲明朝酒醒還獨來
雪落紛紛那忍觸

郭祥正家醉畫竹石壁上郭作詩為謝且遺二古

銅劍

奇○鑿○絕○倫○

空腸得酒芒角出，肝肺槎牙生竹石。森然欲作不可回，吐向君家雪色壁。平生好詩仍好畫，書牆涴壁長遭罵。不嗔不罵喜有餘，世間誰復如君者。一雙銅劍秋水光，兩首新詩爭劍芒。劍在牀頭詩在手，不知誰作蛟龍吼。

長歌行　陸游

人生不作安期生，醉入東海騎長鯨。猶當出作李西平，手梟逆賊清舊京。金印煌煌未入手，白髮種種來無情。成都古寺臥秋晚，落日偏傍僧窗明。豈其馬上破賊手，哦詩長作寒螿鳴。興來買盡市橋酒，大車磊落堆長缾。

哀絲豪竹助劇飲如鉅野受黃河傾平時一滴不入口
意氣頓使千人驚國讐未報壯士老匣中寶劍夜有聲
何當凱還宴將士三更雪壓飛狐城

夜聞湖中漁歌

夢回一燈翳復明臥聞湖上漁歌聲嗚嗚乍低忽更起
嫋嫋欲斷還微縈初隨缺月墮烟浦已知殘角吹江城一氣排宕有風雨驟至之勢
悲傷似擊漸離筑忠憤如撫桓伊箏放臣萬里憂國淚
戍客白首懷鄉情峽猿失侶方獨宿沙雁垂翅猶遐征
巴巫竹枝短亭晚瀟湘欸乃孤舟橫世間此恨故相似一語收結老氣無敵
使我百感何由平

舟中對月

百壺載酒遊夔雲醉中揮袖別故人依依向我不忍別
誰似峨嵋半輪月月窺船牕挂淒冷欲到渝州酒初醒
江空裊裊釣絲風人靜翩翩葛巾影哦詩不睡月滿船
清寒入骨我欲仙人間更漏不到處時有沙禽背船去

醉後草書歌詩戲作

淋漓酣暢醉墨滿紙
朱樓矯首隘八荒綠酒一舉累百觴洗我堆阜峥嵘之
胸次寫爲淋漓放縱之詞章墨翻初若鬼神怒字瘦忽
作蛟螭僵寶刀出匣揮雪刃大舸破浪馳風檣紙窮擲
筆霹靂響婦女驚走兒童藏往時草檄諭西域颯颯聲

動中書堂（原注：余嘗草丞相魯公以下與夏國主書於政事堂）一收朝迹忽十載西掠三巴窮夜郎山川荒絕風俗異賴有美酒猶能狂醉中自脫頭上幘綠髮未許侵微霜人生得喪良細事孰謂老大多悲傷

對酒

閑愁如飛雪入酒即消融好花如故人一笑盃自空流鶯有情亦念我柳邊盡日啼春風長安不到四十載酒徒往往成衰翁九環寶帶光照地不如留君雙頰紅

樓上醉書

丈夫不虛生世間本意滅虜收河山豈知蹭蹬不稱意

八年梁益凋朱顏三更撫枕忽大叫夢中奪得松亭關
（題托之醉詩托之夢實係一片忠愛之心頓挫出之者也）
中原機會嗟屢失明日茵席留餘潛益州官樓酒如海
我來解旗論日買酒歡博簺爲歡娛信手梟盧喝成朵
牛背爛爛電目光狂殺自謂元非狂故郡九廟臣敢忘
祖宗神靈在帝傍

龍挂

成都六月天大風發屋動地聲勢雄黑雲崔嵬行風中
凜如鬼神塞虛空霹靂迸火射地紅上帝有命起伏龍
龍旗不捲曳天東壯哉雨點車軸同山摧江溢路不通
連根拔出千尺松未言爲人作年豐偉觀一洗芥蒂胸

采蓮曲　　鄧登龍

平湖淼淼蓮風清。花開映日紅妝明。一雙鸂鶒忽飛去。爲鷺花底蘭橈鳴。蘭橈蕩漾誰家女。雲妥髻鬟黛眉嫵。采采荷花滿袖香。花深忘卻來時路。

過平原作　　文天祥　字履善封信國公　文山

平原太守顏眞卿。長安天子不知名。一朝漁陽動鼙鼓。大河以北無堅城。公家兄弟奮戈起。一十七郡連夏盟。賊聞失色分兵還。不敢長驅入咸京。明皇父子將西狩。由是靈武起義兵。唐家再造李郭力。若論（論史臣眼）牽制公威靈。哀哉常山懆鉤舌。心歸朝廷氣不懾。崎嶇坎坷不得志。

出入四朝老忠節當年幸脫安祿山白首竟陷李希烈
希烈安能遽殺公宰相盧杞（斷獄）欺日月亂臣賊子歸何處
茫茫烟草中原土公死於今六百年忠精赫赫雷當天

元七言古詩

遊黃華山　元好問

黃華水簾天下絕我初聞之雪溪翁丹霞翠壁高歡宮
銀河下濯青芙蓉昨朝一遊亦偶爾更覺摹寫難爲功
是時氣節已三月山木赤立無春容湍聲洶洶轉絕壑
雪氣凜凜隨陰風懸流千丈忽當眼芥蔕一洗平生胸（極寫懸流之神）
雷公怒激散飛雹日腳倒射垂長虹驪珠百斛供一瀉

海藏翻倒愁龍公輕明圓轉不相礙變見融結誰爲雄歸來心魄爲動蕩曉夢月落春山空手中仙人九節杖每恨勝景不得窮攜壺重來巖下宿道人已約山櫻紅

湧金亭示同遊諸君

奇氣洋溢青蓮復生

太行元氣老不死上與左界分山河有如巨鼇昂頭西入海突兀已過餘坡陀我從汾晉來山之目面腹背皆經過濟源盤谷非不佳烟景獨覺蘇門多湧金亭下百泉水海眼萬古留山阿觱沸濼水源瀰淪晉溪波雲雷涵鬼物窟宅深蛟鼉水妃簸弄明月璣地藏發泄天不訶平湖油油碧如酒雲錦十里翻風荷我來適與風雨

會世界三百漫兜羅山行不得山北望空長哦今朝一洗眾峰出千鬟萬髻高峨峨空青斷石壁微茫散煙蘿山陽十月未搖落翠甃雲旓相盪摩雲煙故爲出濃淡魚鳥似欲留婆娑石間仙人跡石爛跡不磨仙人去不返六龍忽蹉跎江山如此不一醉拊掌笑殺孫公和長安城頭烏尾訛并州少年夜枕戈舉杯爲問謝安石蒼生今亦如卿何元子樂矣君其歌

虞集　伯生　諡文靖

家兄孟脩父輸賦南還

大兄五月來作客八年不見頭總白五人兄弟四人在（明白如話詩中真境）每憶中郎淚沾臆我家蜀西忠孝門無田無宅惟書存

兄雖筦庫竇父蔭弟竊微祿承君恩文章不如仲氏好
叔氏最好今亦老五郎十歲未知學嗟我何爲長遠道
諸兒讀書俱不多又不力耕知奈何憂來每得二三友
看花把酒臨風哦蜀山嵯峨歸未得盤盤先壠臨川側
碧梧翠竹手所移應與青松各千尺南風吹雪河始氷
兄歸烏幘何翼翼明年乞身向天子共讀父書歌太平

王氏能遠樓　范梈 德機

游莫羨天池鵬歸莫問遼東鶴人生萬事須自爲跬步
江山卽寥廓請君得酒勿少留爲我痛酌王家能遠之
高樓醉捧勾吳匣中劍斫斷千秋萬古愁滄溟朝旭射

燕甸桑枝正搭盧窗面崑崙池上碧桃花舞盡東風千萬片千萬片落誰家願傾海水溢流霞寄謝尊前望鄉客底須惆悵惜天涯

相逢行贈別舊炙治將軍　并序　薩都刺

子遷官出閩舟行抵興田驛二十里許俄聞擊鳴金鼓應響山谷間隨見旌旗導前兵卒衛後中有乘馬者氄袍帕首徐行按轡屢目吾舟吾病久氣餒不能無懼心也頃之興田驛吏以行輿見迓遂舍舟乘輿鑾之旌旗兵卒移導輿前馬從輿後輿行馬鳴途中未敢交一語迫暮至郵舍燭光之下氄袍者進曰某

乃建之五夫巡檢官聞使君至候此將一月矣某嘗三識使君面白都門一別今已五載使君豈遺忘之耶僕驚謝曰將軍何人也答曰某即使君舊友雲中也熟視久之恍如夢寐雲中復能紀予闕下丰采時否邪歷歷闕河舊遊如隔世乃對燭光夜道故舊明日復同遊武夷九曲煮茶酌酒臨流賦詩出入丹崖碧嶂間心與境會天趣妙發長歌劇飲相與爲樂酒闌興盡秋風凄凄落木雨下閩關在望復作遠行予始見君而懼次得君而喜終會君而樂又得名山水以發揮久別抑鬱之懷樂甚而復別別而復悲悲復

一氣讀來

繼之以思也嗟夫人生聚散信如浮雲地北天南會
有相見因賦詩爲相逢行以送之
一、年相逢在京口笑解吳鉤換新酒城南桃杏花正開、
白面青衫鞭馬走一年相逢白下門短衣窄袖呼郎君
朝馳燕趙暮吳楚逸氣自覺凌青雲一年相逢在闕下
東家蹇驢日相假有如臣甫去朝天泥滑沙隄不敢打
都門一別今五年今年相逢滄海邊千山木葉下如雨
雁聲墮地秋連天將軍毳袍腰羽箭擁馬旌旗照溪面
小官不識將軍誰臥病孤舟強相見豈知此地逢故人
摩挲老眼開層雲舊遊歷歷似隔世夜雨豈不思同羣

郎君別後瘦如許，無乃從前作詩苦。（語妙解頤）溪頭月落山館深，翦燭猶疑夢中語。人生聚散亦有時，且與將軍遊武夷。弓刀挂在洞前樹，洞裏仙童來覓詩。稽首武夷君，借我幔峰頂，分我紫霞漿，與子連夜飲。（飄飄欲仙）左手招子喬，右手招飛瓊，舉觴星月下，聽吹雙鳳笙。我酌一杯酒，持勸天上月，勸爾長照人相逢，莫向關山照離別。鳳笙換曲曲未終，天風木杪吹晨鐘。拂衣罷宴下山去，又隔雲山千萬重。

江南曲

吳姬當壚新酒香，翠綃短袂紅羅裳。上盆十千買一斗。

三杯五杯來勸郎。落花不解留春住。似欲隨郎渡江去。酒醒一夜怨嗁鵑。明日蘭舟泊何處。

明七言古詩

長平戈頭歌　陶凱中立

長安野人鑿地得古戈。上有疑字歲久俱滅磨。惜不能如豐城古劍射牛斗。吁嗟戈乎奈爾何。但見青銅凝寒暮烟紫。月黑山深夜飛雨。恨血千年猶未銷。荒郊夜夜啼寃苦。當年趙括輕秦人。降卒秦坑化爲土。嗟哉趙亡秦亦亡。落日長城自今古。摩挲爾戈一問之。令人爲爾生愁思。何不以爾爲鐘鐻。何不以爾爲鼎彝。吁嗟戈乎

徒爾悲爾今還當太平世人間銷兵鑄農器願壽吾皇（頌揚得體）千萬年終古不用戈與鋋

悲歌　　高啟季廸

征途嶮巇人乏馬飢富老不如貧少美游不如惡歸浮雲隨風零落四野仰天悲歌泣數行下（千古不易之論）

明皇秉燭夜遊圖

花萼樓頭日初墮紫衣催上宮門鎖大家今夕宴西園高爇銀盤百枝火海棠欲睡不得成紅妝照見殊分明滿庭紫焰作春霧不知有月空中行新譜霓裳試初按內使頻呼燒燭換知更宮女報銅籤歌舞休催夜方半

共言醉飲終此宵明日且免羣臣朝只愁風露漸欲冷
妃子衣薄愁成嬌琵琶羯鼓相追逐白日君心歡不足
此時何暇化光明去照逃亡小家屋姑蘇臺上長夜歌（濡染大筆　開宕）
江都宮裏飛螢多一般行樂未知極烽火忽至將如何（燗戒）
可憐蜀道歸來客南內凄凉頭盡白孤燈不照返魂人（仍挽合秉燭）
梧桐夜雨秋蕭瑟

登金陵雨花臺望大江

大江來從萬山中山勢盡與江流東鍾山如龍獨西上
欲破巨浪乘長風江山相雄不相讓形勝爭誇天下壯
秦皇空此瘞黃金佳氣葱葱至今王我懷鬱塞何由開

酒酣走上城南臺，坐覺蒼茫萬古意。遠自荒烟落日之中來，石頭城下濤聲怒。武騎千羣誰敢渡，黃旗入洛竟何祥，鐵鎖橫江未爲固。前三國（一筆收束），後六朝，草生宮闕何蕭蕭。英雄來時務割據，幾度戰血流寒潮。我今幸逢聖人起南國，禍亂初平事休息。從今四海永爲家，不用長江限南北。

醉樵歌　饒介之分守吳中自號醉樵居士延諸文人作歌仲簡詩居首坐

張簡　仲簡

東吳市中逢醉樵，鐵冠欹側髮飄蕭。兩肩矻矻何所負，青松一枝懸酒瓢。自言華蓋峰頭住，足跡踏徧人間路。

學劍學書總不成。惟有飲酒得眞趣。管樂本是王霸才。松喬自有烟霞具。手持崑岡白玉斧。曾向月裏斫桂樹。月裏仙人不我嗔。特令下飲洞庭春。興來一吸海水盡。卻把珊瑚樵作薪。醒時邂逅逢王質。石上看棋黃鵠立。斧柯爛盡不成仙。不如一醉三千日。於今老去名空在。處處題詩償酒債。淋漓醉墨落人間。夜夜風雷起光怪。（從擬宇開出異境）（奇峭）

楊白花　袁凱　景文

楊白花。飛入深宮裏。宛轉房櫳間。誰能復禁爾。胡爲高飛渡江水。江水在天涯。楊花去不歸。安得楊花作楊樹。種向深宮飛不去。

下瞿塘　孫蕡仲衍

我從前月來西州。錦官城下十日留。回船正值重九節。巫山巫峽風颼颼。八言灩澦大於馬。瞿塘此時不可下。公家王事有程期。敢憚微軀作人鮓。人鮓甕頭翻白波。怒流觸石爲旋渦。長年敲板助船客。破浪一擲如飛梭。灘聲櫓聲歷亂聒。緊搖手滑櫓易脫。沿洄劃轉如旋風。半側船頭水花沒。船頭半沒船尾高。水花作雨飛鬢毛。爭牽百丈上崖谷。兩旁捷走如猿猱。停船把酒酹蒼旻。因笑吾身眞草草。吟詩未解追謫仙。萬里經行蜀中道。巴東東下想安流。便指歸舟向峽州。船到岳陽應漸穩。

洞庭霜降水如油

送岳季方還京　諡忠武　郭登　元登

登高樓。望明月。明月秋來幾圓缺。多情只照綺羅筵。莫照天涯遠行客。天涯行客離鄉久。見月思鄉搔白首。年年長自送行人。折盡城邊路傍柳。東望秦川一雁飛。可憐同住不同歸。身留塞北空彈鋏。夢遶江南未拂衣。君歸復喜登臺閣。風裁稜稜尚如昨。但令四海歌昇平。（得規池意）我在甘州貧亦樂。甘州城西黑水流。甘州城北黃雲愁。玉關人老貂裘敝。苦憶平生馬少游。

風雨歎　諡文正　李東陽　賓之

壬辰七月壬子日大風東來吹海溢崢嶸巨浪高比山
水底長鯨作人立愁雲壓地溼不翻六合慘淡迷乾坤
陰陽九道錯黑白烏兎不敢東西奔里人倉皇神屢變
三十年前未曾見東鄰西舍喧呼徧牒書走報州與縣
山陬谷洞豺虎嗥萬木盡拔乘波濤州洗島沒無所逃
頃刻性命輕鴻毛我方停舟在江臯披衣踞牀夜復坐
忽掩青袍涕霑袖舉頭觀天恐天漏此時憂國況憂家
不覺紅顏坐凋瘦潼關以西兵氣多蘆笳吹塵塵滿河
安得一洗空干戈不然獨破杜陵屋猶能不廢嘯與歌
世間萬事不得意天寒歲暮空蹉跎嗚呼奈爾蒼生何

靈壽杖歌

神似太白。縱橫跌宕。能盤硬語。

吾聞武當之山四萬二千丈。半在雲根半天上。不知三十六宮何處稱絕奇。產出靈株非一狀。蛟螭盤拏露頭角。熊經樹巔虎山脚。根蟠節錯相糾纏。含風絕雪經炎塞。九年洪水之水浸不殺。十日之日暴烈何時乾。梯懸磴接跬步不可上。誰采青壁紅琅玕。見之羨者不容口。錫以嘉名曰靈壽。爪之不入行有聲。金可同堅石同久。吾家此物舊所有。神與相扶鬼爲守。自從病足跛曳不得前。已覺山林落吾手。一病經旬不出門。手中此杖嗟猶存。下牀欹足立不定。此時托子以爲命。不顧四體無微痾、但願謝病歸山阿（詩大慈悲）。左扶右策夾以二童子。下可涉園徑上可凌陂陀。願栽萬本截萬杖。窮崖陰谷生森羅。靈兮壽兮此物倘可致。直遺四海赤子頭俱皤。

履霜操　　周　玞　梁石

父兮兒愶母兮兒怒。跼天蹐地愶不知其故。父在高堂兒在郊。坼晨興履霜踵血淋漓。荷衣不暖。椁食不飽。不卽捐溝壑。念我父母。父本兒愛。母本兒憐。一朝放逐實兒之愆。維鳥有鷇。維蟲有羸。父兮母兮其或歸我。昌黎作過於怨矣。此方是怨而不怒。與昌黎拘幽操一忠一孝。并有千古

林艮畫兩角鷹歌　　李夢陽　字天賜　獻吉

百餘年來畫禽鳥後有呂紀前邊昭二子工似不工意
吮筆決眥分毫毛林良寫鳥祗用墨開縑半掃風雲黑
水禽陸禽各臻妙挂出滿堂皆動色空山古林江怒濤
兩鷹突出霜崖高整骨刷羽意勢動四壁六月生秋颼
一鷹下視睛不轉已知兩眼無秋毫一鷹掉頭復欲下
漸覺振翮風蕭蕭匹綃雖慘淡殺氣不可滅戴角森森（從畫說到鷹）
爪拳鐵迴如愁胡眥欲裂朔風吹沙秋草黃安得臂爾
騎駟鐵草間妖鳥盡擊死萬里晴空灑毛血我聞宋徽
宗亦善貌此鷹後來失天子餓死五國城乃知圖畫小（此復從鷹說到畫筆力）
人藝工意工似皆徽細傳神妙筆亦末事外作禽荒古

有經今王恭默罷游晏講經日御文華殿南海西湖馳（亦如神龍蜿蜒捕捉不住）道荒獵師虞長者貧賤呂紀白首金爐邊日暮還家無酒錢從來上智不貴物淫巧豈敢陳王前良乎良乎甯使爾畫不直錢無令後世好畫兼好畋（畫獵雙收）

易水行　何景明

寒風夕吹易水波漸離擊筑荆卿歌白衣灑淚當祖路日落登車去不顧秦王殿上開地圖舞陽色沮那敢呼手持匕首摘銅柱事已不成空罵倨吁嗟乎燕丹寡謀當滅身田光自刎何足云惜哉枉殺樊將軍（三語干古斷案）

題清秋出塞圖　申時行（汝默）

宋元明詩　卷上　　明　　詩　李光明莊

生不識醫無閭夢不到狼居胥瞥然示我出塞圖令我
目眩心神徂憶昔籌邊贊廟謨桓桓司馬傑丈夫帝授
節鉞臨元菟高憑熊軾佩虎符榆關九月沙草枯霜鷹
下擊秋原蕪烟荒雲慘天糢糊惟茲遼左僻海隅頻年
侵擾無甯都射雕躍馬彎强弧司馬申令陳師徒指揮
鐵如意玩弄金僕姑揚旌督戰親援枹萬卒超距爭先
驅奔狼突豕皆就俘凱歌入奏天顏愉司馬讓功欲若
無但云將士多勤劬何以勞行役請蠲幕府租何以恤
飢疲請發司農儲人人挾纊齊歡呼自從司馬歸江湖
邊人茹苦若堇荼荷戈不解甲挽粟仍飛芻羽檄徵材

官絡繹在道塗震鄰之恐非剝膚騷動根本何爲乎安
得再起司馬登戎樞坐紓長策銷隱虞國威震疊邊人
蘇

過長平作長平行　王世貞元美

世間怪事那有此四十萬人同日死白骨高於太行雪
（奇闢）
血飛迸作汾流紫銳頭豎子何足云汝曹自死平原君
烏鴉飽宿鬼車哭至今此地多愁雲耕農往往誇遺跡
戰鏃千年土花碧卽令方朔澆豈敢總有巫咸招不得
（說出天道好還使窮兵者知）
君不見新安一夜秦人愁二十萬鬼聲啾啾郭開賣趙
趙高出秦璽忽送東諸侯

書項王廟壁　王象春 季木

三章既沛秦川雨入關又縱阿房炬漢王眞龍項王虎玉玦三提王不語鼎上杯羹棄翁媪項王眞龍漢王鼠垓下美人泣楚歌定陶美人泣楚舞眞龍亦鼠虎亦鼠

創格奇突

小車行　陳子龍 臥子

小車斑斑黃塵晚夫爲推婦爲挽出門何所之青青者榆療吾飢願得樂土共哺糜風吹黃蒿望見牆宇中有主人當飼汝叩門無人室無釜躑躅空巷淚如雨

流民之苦鄭監門亦不能繪

苦旱行　張綱孫 祖望

田中無水騎馬過苗葉半黃蟲嚙破五月不雨至六月

與李文正風雨歎合觀之可知農家水旱之苦

農夫仰天涙交噴去年臘月頻下雪父老俱言水應大
如何三伏無片雲米價騰貴人飢餓大河之壖風揚沙
桔槔無用袖手坐林木焦殺鳥開口魴魚枯乾溝底臥
人人氣喘面皮黑十箇熱病死九箇安得昊天降靈雨
童兒歡笑父老賀高田低田薄有收比里稍可完國課
不然官吏猛如虎終朝鞭扑疇能那

頻司牧者讀之

明

李光明莊

宋元明詩約鈔三百首

丹徒　朱　梓梅谿
冷昌言諫庵　編輯　冷　鵬笑渠參校

宋五言律詩

卽事　王安石介甫

徑暖草如積山晴花更繁縱横一川水（自然流出）高下數家村靜憩鷄鳴午荒尋犬吠昏歸來向人說（總束）疑是武陵源

太白山下早行至横渠鎮書崇壽院壁　蘇軾

馬上續殘夢不知朝日昇（從首句殘夢二字生出）亂山横翠嶂落月澹孤燈奔

走煩郵吏安閒愧老僧再游應眷眷聊亦記吾曾

遊鶴林招隱

郊原雨初霽春物有餘妍古寺滿修竹深林聞杜鵑睡（生氣遠出）
餘柳花墮目眩山樱然西牕有病客危坐看香烟

秦淮夜泊　賀鑄方回

官柳動春條秦淮生暮潮樓臺見新月燈火上雙橋隔
岸開朱箔臨風弄紫簫誰憐遠遊子心旆正搖搖

春事　孫覿仲益

茆棟依林出松扉傍水斜涇蒼圍百疊亂綠翳三义屋
破蝸書壁庭燕鶴印沙小桃供一笑已放兩三花

元日懷陳道人並憶焦山舊游　周孚

故人應白髮，今我尚華顛。舊約鷗能記，新詩雁不傳。功名畫地餅（比喻新題），歲月下江船。回首留題處，凄涼已去年。

道中寒食　陳與義

斗粟淹吾駕，浮雲笑此生。有詩酬歲月，無夢到功名。客裏逢歸雁，愁邊有亂鶯。楊花不解事，更作倚風輕。

出郊　劉子翬 彥沖（世稱屏山先生）

路轉嚢山北，扶輿憶舊過。乾坤征戰久，游宦別離多。瘴樹餘紅葉，春江又綠波。平生豪橫氣，未老半消磨。

春晚即事留游子明王仲明　范大成 石湖

宋元明詩 上本 三 李大明莊

繡地紅千點平橋綠一篙棟花來石首穀雨熟櫻桃笑我生塵甑慚君有敝袍故人能少駐門徑入蓬蒿

鄰水延福寺早行 陸游放翁

化蝶方酣枕聞雞又着鞭亂山徐吐日積水遠生烟淹泊眞衰矣登臨獨惘然桃花應笑客無酒到愁邊

小舟游西涇度西岡歸

小雨重三後餘寒百五前聊乘瓜蔓水閒泛木蘭船雪暗梨千樹烟迷柳一川西岡夕陽路不到又經年

泛湖至東涇

（純乎天籟不假雕飾）

春水六七里夕陽三四家兒童收鵝鴨婦女治桑麻地

僻衣巾古年豐笑語譁老夫維小艇半醉摘籐花

和周仲覺　楊萬里

月淡猶明樹霜嚴不剩雲天寒一雁叫半夜幾人聞詩只令吾瘦淸聊與子分頻來仍恨少此去更離羣

和仲良春晚卽事

欲與東風說（匪表所思）休吹墮絮飛吾行正無定魂夢豈忘歸花暖能醺眼山濃欲染衣只嫌春已老此景也應稀

明發新塗晴快風順約泊樟鎮

雨到中宵歇心知逗曉晴排雲數峰出漏日半江明風借輕帆便天催嬾客行不應樟鎮酒無意待人傾

泊歙浦　方岳巨山

此路難爲別，丹楓似去年。人行秋色裏，雁落客愁邊。霜月欹寒渚，江聲驚夜船。孤城吹角處，獨立渺風烟。

宿台州城外　林景熙霽山

荒驛丹邱路，秋高酒易醒。霜增孤月白，江截亂峰青。旅雁如曾識，哀猿不可聽。到家追此夕，三十五郵亭。

元五言律詩

春日卽事　黃庚星甫

扶杖行幽徑，園林欲暮天。錦棠紅濯雨，絲柳綠繅煙。錦囊麗句春事忽三月，風光又一年。客懷正愁絕，那復聽啼鵑。

書山陰驛

迢遞三山道重來感舊遊潮聲寒帶雨山色淡生秋寄驛通鄉信題詩記旅愁江湖十年客兩度到西州

送人之浙東　薩都剌

我還京口去君入浙東游風雨孤舟夜關河兩鬢秋出江吳水盡接岸楚山稠明日相思處惟登北固樓

閩中苦雨

病客如僧懶多寒擁毳裘三山一夜雨四月滿城秋海瘴連雲起江湖入市流釣竿如在手便可上漁舟

銅陵五松山中　宋元子虛

樵聲聞遠林流水隔雲深茅屋在何處桃花無路尋身
黃松上鼠頭白竹間禽應有仙家住避秦來至今

南居寺　何中

閉戶未從容出門誰適從聊隨碧溪轉忽與白鷗逢小（有丞風韻）
雨數十點淡烟三四峰峰峰看不足山寺已鳴鐘

拒馬河　傅若金汝礪

落日蒼茫裏秋風慷慨多燕雲餘古色易水尙寒波岸
絕船通馬沙交路入河行人悲舊事含憤說荆軻

過臨平　吳景奎文可

舟過臨平後靑山一點無大江吞兩浙（雄壯）平野入三吳逆

旅愁聞雁行危只鱠鱸風帆如借便明日到姑蘇

雲門道中　金涓 道原

三月山南路村村叫杜鵑白雲千嶂曉斜月一溪烟水冷長松井春香小薺田何時移別業來往繡湖邊

早行　方夔 時佐 世號富山先生

早起理歸裝殘燈耿曙光開門半山月立馬一庭霜鐘響知雲寺波聲認石梁修途留不住去去出山莊

野趣　周權 衡之 自號此山

地偏居自穩石路接平田雲合茅簷樹雨添花澗泉空山晴滴翠遠水綠生烟喚酒青林渡斜陽繫客船

明五言律詩

岳陽樓　　楊基　孟載

春色醉巴陵。闌干落洞庭。水吞三楚白。山接九疑青。空濶魚龍氣。嬋娟帝子靈。何人夜吹笛。風急雨冥冥。

（魄力沉雄何減唐人筆意）

客中夕除　　袁凱

今夕爲何夕。他鄉說故鄉。看人兒女大。爲客歲年長。戎馬無休歇。關山正渺茫。一杯柏葉酒。未敵淚千行。

題李典儀雲東卷　　程本立　原道

母老今猶健。兒行久不歸。一官淹白首。萬里夢斑衣。越郡東溟濶。秦關西日微。只將雙淚眼。日日看雲飛。

（從睇眄中流出）

九日　文森 宗嚴

三載重陽菊，開時不在家。何期今日酒，忽對故園花。野曠雲連樹，天寒雁聚沙。登臨無限意，何處望京華。

烟　孟洋 望之

湘流落日外，沙迴暮生烟。杳杳千峯失，霏霏萬壑連。鵲翻知浦樹，人語辨江船。暗裏猿聲起，愁深夜不眠。體物瀏亮

仲春虎邱　章美中 道華

孤閣生殘照，平臺下夕陰。疎鐘不知處，人影在花林。古剎雲光杳，空山劍氣深。依依池上月，猶復照登臨。

送顧舍人使金陵還松江　王世貞

汝豈因鱸膾吾曾識鳳毛青雲歸暫得白雪和誰高海
色鍾山雨秋聲笠澤濤南征有諸將爲語聖躬勞

亂後初入吳舍弟小酌

與爾同茲難重逢恐未眞一身初屬我萬事欲輸人天
意窮羣盜時艱更老親不堪追往昔醉語亦傷神

（杜陵筆意　慷當以慨　二句是悲往昔）

夜坐寄朱仲開張甌江　陳鶴　鳴野

坐久北風起江聲帶遠沙客愁初到鬢鄉夢不離家林
靜無殘葉燈寒有落花懷君滯羈旅雲海各天涯

（襄陽風格）

晚坐　居節　士貞

鴉背夕陽盡柴門暮色初山寒暫風露人語半樵漁落

葉聞砧急蘆花映月疎年年楚江上不見雁將書

塘棲道中　王穉登 百穀

水濶雨冥冥帆飛去不停人聲兩涯斷魚市一江腥雲已辭吳白山初到越青傒芭數行淚千里弔元經

冬夜閑居　王八鑑 德操

忽忽寒光早閑居水上郵病疎當世事貧負故人恩黃葉深樵徑荒烟淡華門溼誰論出處短褐信乾坤

夜起　沈木 子喬

暑夜不成寐起步中庭中（是夜起光景）殘月忽墮水明河猶在空籬根滴清露樹杪生微風坐愛新涼好先秋有候蟲

采石　鄺露 湛若

牛渚青天月長懸供奉祠如何今夕酒不共昔人持高
詠誰能似扁舟從所之溯洄殊未已言折楚江蘺

酬王處士九日見懷之作　顧絳 甯人

是日驚秋老相望各一涯離懷銷濁酒愁眼見黃花天
地存肝膽江山閲鬢華多蒙千里訊逐客已無家

鐵馬　韓洽 下

急響中宵發凌空鐵騎行不知風信至頓使旅魂驚當
世正多事吾儕方苦兵那堪檐宇下又作戰場聲

半忽推開感慨時事咏物詩中別有天地

自磁州趣邯鄲途中卽事　潘問奇 雪帆

中宵聞颷發日出走黃沙風力能飛石河冰不陷車郊寒騰俊鶻樹老立飢鴉旁午停征轡炊烟得幾家

（北山虛風滿石九險每下二字俱有鋒稜）

魯連臺　　僧今種一靈

一笑無秦帝飄然向海東誰能排大難不屑計奇功古戍三秋雁高臺萬木風從來天下士只在布衣中

宋五律補　錄稿既成五律較少故復補鈔於左

月夜　　劉敞

月出浮雲盡風生中夜清星辰競搖動河漢湛虛明老樹稀疎影驚禽斷續聲秋懷先已亂蟋蟀更宵征

（奇警）

半山春晚　　王安石

春風取花去酬我以清陰翳翳陂路靜交交園屋深林泉每小息杖屨或幽尋惟有北山鳥經過遺好音

晩步　陳與義

眣歛意不適出門聊散憂雨餘山欲近春半水爭流衆籟夕還作孤懷行轉幽溪西篁竹亂微徑雜歸牛

初入巫峽　范成大

鑽火巴東岸樅金峽口船束江崖欲合漱石水多旋卓（巫峽形勢恍在目中）午三竿日中間一罅天偉哉神禹跡疏鑿此山川

枕上作　陸游放翁

山雨蕭蕭過沙泉咽咽流夢中無遠道（未經人道）醉裏失孤愁貧

賁相如騎寒思季子裘兒童報新霽裹飯出閑遊

悶極有作

貴已不如賤（見到語亦解嘲語）狂應又勝癡新寒壓酒夜微雨種花時堂下籐成架門邊枳作籬老人無日課有興即題詩

宿蘭溪水驛前　楊萬里

合眼波吹枕開蓬月入船奇哉一江水寫此二更天剩欲酣清賞翻愁敗醉眠今宵懷昨夕雨臥萬峯前

咏梅　張道洽

村墅苦爲徑茅簷竹作籬神清和月寫香遠隔烟知老樹有餘韵別花無此姿詩人風味似夢寐也應思

元五律補

荻渚早行　　許有壬

水國宜秋晚羈愁感歲華清霜醉（鍊字）楓葉淡月隱蘆花漲落高低路川平遠近沙炊烟青不斷山崦有人家

遊梅仙山和唐人韻　　薩都剌

仙人不可見借鶴過仙家夜臥千峯月朝餐五色霞祠空風掃葉人去鹿銜花歸隱知何日分身且鍊砂

郭外　　周權

郭外人家少魚鄉颭酒旗江雲低壓樹沙竹細穿籬地暖梅花早天寒潮信遲夕陽烟景外倚杖立移時

暮春　　陳德永

山館青春老溪扉白露斜微風起新絮小雨落餘花蜜滿蜂登課泥香燕作家物情猶好在人事益紛拏

明五律補

登太白樓　　王世貞

昔聞李供奉長嘯獨登樓此地一垂顧高名百代留白雲海色曙明月天門秋欲覓重來者潺潺濟水流

（海濶天空筆與題稱）

九江官舍除夕　　歐大任

餞歲潯陽館羈懷强笑歡燭銷深夜酒菜簇異鄉盤淚每思親墮書頻寄弟看家人計程遠應已夢長安

（情真語摯普學少陵）

別吳中諸子　僧讀徹

相晤了無意臨歧還黯然回看吳苑樹獨上秣陵船春老還山路江昏欲雨天白鷗略似我聚散綠波前

人○人○意○中○語

出塞　閨秀方維儀

辭家萬里戍關路隔風烟賦重無餘餉邊荒不種田小兵知有死貪吏尚求錢倚賴君王福何時唱凱還

宋元明詩約鈔三百首

丹徒冷昌言諫庵
朱梓梅谿編輯　冷鵬笑渠參校

宋七言律詩

禁林春直　李昉

疎簾搖曳日輝輝，直閣深嚴半掩扉。一院有花春晝永，八方無事詔書稀。樹頭百囀鶯鶯語，梁上新來燕燕飛。豈合此身居此地，妨賢尸祿自知非。

詩人敦厚之旨

西朝春日　林逋（謚和靖先生）逋仙

爭得才如杜牧之，試來湖上輒題詩。春烟寺院敲茶鼓夕照樓臺卓酒旗。濃吐雜芳薰巘崿。濕飛雙翠破漣漪。人間幸有簑兼笠。且上漁舟作釣師。

（字字鍛錬）

山園小梅

（疏影暗香正爲後人襲用竟成俗套在作者正是摹神之筆）

眾芳搖落獨暄妍。占盡風情向小園。疏影橫斜水清淺。暗香浮動月黃昏。霜禽欲下先偷眼。粉蝶如知合斷魂。幸有微吟可相狎。不須檀板共金尊。

梅花

吟懷長恨負芳時。爲見梅花輒入詩。雪後園林纔半樹。水邊籬落忽橫枝。人憐紅豔多應俗。天與清香似有私。堪笑胡雛亦風味。解將聲調角中吹。

甘露寺多景樓　曾鞏子固

欲收佳景此樓中，徙倚闌干四望通。雲亂水光浮紫翠，天含山氣入青紅。一川鐘唄淮南月，萬里帆檣海外風。老去衣衿塵土在，祇將心目羨冥鴻。

落花　宋祁

摹寫落花之態

墜素翻紅各自傷，青樓烟雨忍相忘。將飛更作迴風舞，已落猶成半面妝。

感慨落花之神

滄海客歸珠迸淚，章臺人去骨遺香。可能無意傳雙蝶，盡付芳心與蜜房。

新城道中　蘇軾東坡

一氣旋折

東風知我欲山行，吹斷簷間積雨聲。嶺上晴雲披絮帽樹頭初日挂銅鉦。野桃含笑竹籬短。溪柳自搖沙水清。
西崦人家應最樂。煮芹燒筍餉春耕。

雪後書北臺壁二首

黃昏猶作雨纖纖。夜靜無風勢轉嚴。但覺衾裯如潑水。
不知庭院已堆鹽。五更曉色來書幌。半夜寒聲落畫簷。
試掃北臺看馬耳。未隨埋沒有雙尖。
城頭初日始翻鴉。陌上晴泥已沒車。凍合玉樓寒起粟。
光搖銀海眩生花。遺蝗入地應千尺。宿麥連雲有幾家。
老病自嗟詩力退。空吟冰柱憶劉乂。

寄題刁景純藏春塢

白首歸來種萬松待看千尺舞霜風年抛造物陶甄外（創調）
春在先生杖履中楊柳長齊低戶暗櫻桃爛熟滴階紅（秀句）
何時卻與徐元直共訪襄陽龐德公

初到黃州

自笑平生為口忙（語妙解頤）老來事業轉荒唐長江繞郭知魚美（恰是初到景）
好竹連山覺筍香（象）逐客不妨員外置詩人例作水曹郎
只慚無補絲毫事尚費官家壓酒囊自注檢校官例支多得退酒袋

贈王子直秀才

萬里雲山一破裘杖頭閒挂百錢遊五車書已留兒讀
二頃田應為鶴謀自注子直住鶴田山水底笙歌蛙兩部山中奴

婢。橋。千。頭。幅。中。我欲相隨去。海上何人識故侯。

與毛令方尉遊西菩提寺

推。擠。不。去。已。三。年。魚鳥依然笑我頑。（用毛玢方切貼二人姓）人。未。放。歸。江。北。路。天。教。看。盡。浙。西。山。尚書清節衣冠後。處士風流水石間。一笑相逢那易得。數詩狂語不須刪。

路。轉。山。腰。足。未。移。水清石瘦便能奇。（承水清）白。雲。自。占。東。西。嶺。（承石瘦）明。月。誰。分。上。下。池。黑黍黃粱初熟後。（池旁所見）朱柑綠橘半甜時。（嶺上所植）人生此樂須天賦。莫遣兒郎取次知。

紅梅三首錄一

怕。愁。貪。睡。獨。開。遲。（著意紅字說入）自。恐。冰。容。不。入。時。故。作。小。紅。桃。杏。色。

尚餘孤瘦雪霜姿寒心未肯隨春態酒暈無端上玉肌詩老不知梅格在更看綠葉與青枝自注石曼卿紅梅詩云認桃無綠葉辨杏有青枝

初入贛過惶恐灘

七千里外二毛人（發端警妙）十八灘頭一葉身山憶喜歡勞遠夢自注蜀道有錯喜歡鋪地名惶恐泣孤臣長風送客添帆腹積雨浮舟減石鱗便合與官充水手此生何止畧知津

汲江煎茶

活水還須活火烹自臨釣石取深清大瓢貯月歸春甕小杓分江入夜瓶茶雨已翻煎處脚（此倒裝句意）松風忽作瀉時聲

枯腸未易禁三椀，坐聽荒村長短更。

夏日　張耒

長夏村墟風日清，簷牙燕雀已生成。蝶衣曬粉花枝午，蛛網添絲屋角晴。落落疎簾邀月影，嘈嘈虛枕納溪聲。（靜極之境）久拌兩鬢如霜雪，直欲漁樵過此生。

春日山行　王庭珪

（工於寫景）

緑鞚青絲馬不嘶，春山草長靜柴扉。迸林新筍斑斑出，隔水幽禽欵欵飛。雨過泉聲鳴嶺背，日長花氣撲人衣。雲藏遠岫茶烟起，知有僧居在翠微。

四月五日集陳園照山堂　范成大

尋壑經邱到此堂官閑聊作送春忙短籬水面殘紅滿
團扇風前衆綠香盡捲簾旌延竹色深斟杯酒納山光
洞門無鎖城門近轉午雞啼日正長

鄂州南樓

誰將玉笛弄中秋黃鶴飛來識舊遊漢樹有情横北渚
蜀江（唐人名句）無語抱南樓燭天燈火三更市搖月旌旗萬里舟
卻笑鱸鄉垂釣手武昌魚好便淹留

新夏感事　陸游放翁

百花過盡綠陰成漠漠爐香睡晚晴病起兼旬疎把酒
山深四月始聞鶯近傳下詔通言路已卜餘年見太平

聖主不忘初政美小儒惟有涕縱橫

臨安春雨初霽

世味年來薄似紗誰令騎馬客京華小樓一有唐人風韻夜聽春雨
深巷明朝賣杏花矮紙斜行閒作草晴牕細乳戲分茶
素衣莫起風塵嘆猶及清明可到家

東湖新竹

插棘編籬謹護持養成寒碧映淪漪清風掠地秋先到
赤日行天午不知解籜時聞聲簌簌放梢初見葉離離
官閒我欲頻來此枕簟仍教到處隨

閑意

柴門雖設不會開爲怕人行損綠苔妍日漸催春意動
好風時捲市聲來學經妻問生疎字嘗酒兒斟瀲灩盃（未經人道）（閒居樂境）
安得小園寬半畝黃梅綠李一時栽

小園

窄窄柴門短短籬山家隨分有園池客因問字來攜酒
僧趁分題就賦詩晨露每看花蘂坼夕陽頻見樹陰移（非閒寂人不知）
拂衣司諫猶忙在此趣淵明卻少知

村居初夏

天遣爲農老故鄉山園三畝鏡湖傍嫩莎經雨如秧綠（此景真不可多得）
小蝶穿花似繭黃斗酒隻雞人笑樂十風五雨歲豐穰

相逢但喜桑麻長欲話窮通已兩忘

六月二十四日夜分夢范致能李知幾尤延之同集江亭諸公請予賦詩記江湖之樂詩成而覺忘數字而已

露箬霜筠織短蓬飄然來往淡烟中偶經菱市尋谿友卻揀蘋汀下釣筒白菡萏香初過雨紅蜻蜓弱不禁風（句法新峭）吳中近事君知否團扇家家畫放翁

九日登天湖分賦　朱子

去歲瀟湘重九時滿城寒雨客思歸故山此日還佳節黃菊清罇更晚暉短髮無多休落帽長風不斷且吹衣

相看下視人寰小，祇合從今老翠微。

題湖邊莊

十里青山蔭碧湖，湖邊風物畫難如。夕陽茅舍客沽酒，
明月小橋人釣魚。擬卜草莊臨水竹，求尋野叟問耕鋤。
他年待挂衣冠後，乘興扁舟取次居。

夢尋梅　　方　岳

野逕深藏隱者家，岸沙分路帶溪斜。馬蹄殘雪六七里，
山脊有梅三四花。黃葉擁籬埋藥草，青燈煨芋話桑麻。
一生烟雨蓬茅底，不夢金貂侍玉華。

詠梅　　張道洽

纔有梅花便不同一年清致雪霜中疏疏籬落娟娟月寂寂軒窗澹澹風生長元從瓊玉圃安排合在水晶宮何須更探春消息自在幽香夢裏通

多景樓　柴望仲山

早被垂楊繫去舟五更潮落大江頭關河北望幾千里淮海南來第一樓昔日最多風景處今人偏動黍離愁烟沙灝洞翻蘋末欲倚西風問仲謀無限感慨

元七言律詩

橫波亭為青口帥賦　元好問

孤亭突兀插飛流氣壓元龍百尺樓萬里風濤接瀛海

千年豪傑壯山邱。疎星淡月魚龍夜。老木清霜鴻雁秋。倚劍長歌一杯酒。浮雲西北是神州。

落花　　郝經 伯常 號陵川 謚文忠

彩雲紅雨暗長門。翡翠枝餘萼綠痕。桃李東風蝴蝶夢。關山明月杜鵑魂。玉闌烟冷空千樹。金谷香銷謾一尊。狼籍滿庭君莫掃。且留春色到黃昏。

秀○絕○賓○匯

和姚子敬秋懷　　趙孟頫

搔首風塵雙短鬢。側身天地一儒冠。中原人物思王猛。江左功名愧謝安。苜蓿秋高戎馬健。江湖日短白鷗寒。金尊綠酒無錢共。安得愁中卻暫歡。

岳鄂王墓

鄂王墓上草離離（從墓上起）秋日荒涼石獸危南渡君臣輕社稷
中原父老望旌旗英雄已死嗟何及（從墓上結）天下中分遂不支
莫向西湖歌此曲水光山色不勝悲

紀舊遊

二月江南鶯亂飛百花滿樹柳依依落紅無數迷歌扇
嫩綠多情妬舞衣金鴨焚香川上暝畫船撾鼓月中歸
如今寂寞東風裏把酒無言對夕暉

見得一詩因次其韻

水色清漣日色黃梨花淡白柳花香即看時節催人事

更覺春愁惱客腸無酒難供陶令飲從人皆笑酈生狂
城南風暖遊人少自在晴絲百尺長

挽文山丞相　虞集

徒把金戈挽落暉南冠無奈北風吹子房本爲韓讐出（寫出信國始終大節）
諸葛寍知漢祚移雲暗鼎湖龍去遠月明華表鶴歸遲
不須更上新亭望大不如前灑淚時

送韓伯高僉憲淛西

正月樓船過大江海風吹雨灑船窗雲消虹霓横山閣
湖落黿鼉避石矼闕下諫書誰第一濟南名士舊無雙
湖陰暑退多魚鳥應勝愁吟對怒瀧

夏日渡書　黃溍 晉卿 諡文獻

枕上初殘柏子香。鳥聲簾外已斜陽。碧山過雨晴逾好。綠樹無聲晚自涼。芳歲背人成荏苒。好詩和夢落蒼茫。羊求何不來三徑。門掩殘書滿石牀。

次韻曾參政觀潮　柳貫

怒潮卷雪過樟亭。人立西風酒旆青。日轂行天淪左界。地機激水出東溟。倒排山嶽窮千變。鬬闢雲雷竦百靈。（極寫潮勢之旆）望海樓頭追勝賞。坐中賓客弁如星。

睡燕　謝宗可

（即探睡字之原）補巢銜罷落花泥。困頓東風倦翼低。金屋晝長隨蝶化。

離梁春盡怕鶯啼魂飛漢殿人應老夢入烏衣路轉迷
卻怪卷簾人喚醒小橋深巷夕陽西

西山亭留題　　張昱

馬頭曾爲使君回北望新亭道路開於越地形緣海盡
句吳山色過江來英雄有恨餘湖水天地忘懷入酒杯
珍重謝家林下客玉山何待倩人推

三月一日自松陵過華亭　　倪瓚

竹西鶯語太丁寧斜日山光淡翠屏春與繁花俱欲謝
愁如中酒不能醒鷗明野水孤帆影鶴沒長天遠樹青
舟楫何堪久留滯更窮幽賞過華亭

與伯雨登溪山勝槪樓

樓下清溪夏亦寒溪頭箇箇白鷗閒風回綠卷平堤水（畫意）林缺青分隔岸山若士振衣千仞表何人泛宅五湖間絕憐與子同清賞擬向雲霄共往還

懷歸

久客懷歸思惘然松間茅屋女蘿牽三杯桃李春風酒一榻菰蒲夜雨船鴻迹偶會留雪渚鶴情原只在芝田他鄉未若還家樂綠樹年年叫杜鵑

題幽居　葉景南 樵雲

隔溪春色兩三花近水樓臺四五家濁酒不妨留客醉

好山長是被雲遮松根淨掃彈琴石柳下常維釣月槎
路狹不容車馬到只騎黃犢訪烟霞

開平郎事　陳孚

天開地闢帝王州河朔風雲拱上游鵰影遠盤靑海月（詩筆亦具開闢之象）
雁聲斜送黑山秋龍岡勢遶三千陌月殿香飄十二樓
莫笑靑衫窮太史御爐曾見袞龍浮

半山亭　于石介翁

萬疊嵐光冷滴衣淸泉白石鎖烟扉半山落日樵相語（一幄雲林眞稿）
一徑寒松僧獨歸葉墮誤驚幽鳥去林空不礙斷雲飛
層崕峭壁疑無路忽有鐘聲出翠微

赤壁圖　吳師道

沈沙折戟怒濤秋。殘壘蒼蒼戰鬬休。風火千年消伯氣。江山一幅挂清愁。丈夫不學曹孟德。生子當如孫仲謀。機會難逢形勝在。狂歌弔古漫悠悠。

登金山　馮子振

雙塔嵯峨聳碧空。爛銀堆裏紫金峰。江流吳楚三千里。山壓蓬萊第一宮。雲外樓臺迷雀鳥。水邊鐘鼓振蛟龍。問僧何處風濤險。郭璞墳前浪打蓬。

八月十六日送張仲舉至泰郵驛。是夕邵文卿置酒雲峰臺望月。　李孝光季和

雲峰臺上今宵月奇絕平身此一行天水光搖秋萬頃
星河涼轉夜三更謫仙被酒騎鯨去游女吹簫學鳳鳴（望月懷古）
明發星查上河漢定傳詩話到蓬瀛

明七言律詩

送沈左司從汪參政分省陝西　高啟

重臣分陝去臺端賓從威儀盡漢官四塞河山歸版籍（音節氣味格律詞）
百年父老見衣冠函關月落聽雞度華岳雲開立馬看（華無不入妙）
知爾西行定回首如今江左是長安

清明呈館中諸公

新烟著柳禁垣斜杏酪公香俗共誇白下有山皆繞郭

清明無客不思家卞侯墓上迷荒草盧女門前映落花
喜得故人同待詔擬沽春酒醉京華

梅花九首

瓊枝只合在瑤臺誰向江南處處栽雪滿山中高士臥
月明林下美人來寒依疎影蕭蕭竹春掩殘香漠漠苔
自去何郎無好詠東風愁寂幾回開

縞袂相逢半是仙平生水竹有深緣將疎倘密微經雨
似暗還明遠在烟薄暝山家松樹下嫩寒江店杏花前
秦人若解當時種不引漁郎入洞天

翠羽驚飛別樹頭冷香狠藉倩誰收騎驢客醉風吹帽

放鶴人歸雪滿舟淡月微雲皆似夢空山流水獨成愁
幾看孤影低徊處只道花神夜出遊

淡淡霜華溼粉痕誰施綃帳護香温詩隨十里尋春路
愁在三更挂月邨飛去只憂雲作伴銷來肯信玉爲魂
一尊欲訪羅浮客落葉空山正掩門

雲霧爲屏雪作宮塵埃無路可能通春風未動枝先覺
夜月初來樹欲空翠袖佳人依竹下白衣宰相住山中
寂寥此地君休怨回首名園盡棘叢

夢斷揚州閣掩塵幽期猶自屬詩人立殘孤影長過夜
看到餘芳不是春雲暖空山裁玉徧月寒深浦泣珠頻

掀蓬圖裏當時見錯愛橫斜卻未眞
獨開無那只依依肯爲愁多減玉輝簾外鐘來初月上
燈前角斷忽霜飛行人水驛春全早啼鳥山塘晚半稀
愧我素衣今已化相逢遠自洛陽歸
最愛寒多最得陽仙遊長在白雲鄉春愁寂寞天應老
夜色朦朧月亦香楚客不吟江路寂吳王已醉苑臺荒
枝頭誰見花驚處嫋嫋微風簌簌霜
斷魂只有月明知無限春愁在一枝不共人言唯獨笑
忽疑君到正相思歌殘別院燒燈夜妝罷深宮覽鏡時
舊夢已隨流水遠山窗聊復伴題詩

秦皇廟　林弼 元凱

蠶食雄風逐逝波荒祠寂寞寄巖阿三神山下仙舟遠
萬里城邊戰骨多東魯尚存周禮樂西秦空壯漢山河
早知二世無多祚崖石書功不用磨

送楊九思赴廣西都尉經歷　貝瓊 廷琚

邛笮康居路盡通西南開鎮兩江雄漢家大將推楊僕
蠻府參軍見郝隆象跡滿山雲氣白雞聲千戶日車紅
明珠薏苡無人辨行李歸來莫厭窮

即此鄉多寶玉意工于脫化

維揚懷古　曾棨 子啟 諡襄敏

廣陵城裏昔繁華煬帝行宮接紫霞玉樹歌殘猶有曲

　李光明

錦帆歸去已無家。樓臺處處迷芳草。風雨年年怨落花。最是多情汴隄柳。春來依舊帶棲鴉。

過江　錢允輝

江渚風高酒乍醒。川途渺渺正陽舲。浪花作雨汀烟溼。沙鳥迎人水氣腥。三國舊愁春草碧。六朝遺恨晚山青。不須倚棹吹長笛。恐有蛟龍欲出聽。

保定塗中偶成　郭登

白璧何從摘舊瑕。纔開羅網向天涯。寒窗兒女燈前淚。客路風霜夢裏家。豈有酖人羊叔子。可憐憂國賈長沙。獨醒空和騷人詠。滿耳斜陽噪晚鴉。

靈武臺　　李夢陽

環縣城邊靈武臺，肅宗曾此闢蒿萊。二儀高下皇輿建，三極西南玉壐來。衣白山人經國計，朔方孤將出羣才。（咎肅宗鬬子子儀語歎而題）可憐一代風雲際，不勸君王駕鶴迴。

謁文山祠　　邊貢（廷實）

丞相英靈迴未消，絳帷燈火颯寒飇。黃冠日月胡雲斷，碧血山河龍馭遙。花外子規燕市月，水邊精衛浙江潮。祠堂亦有西湖樹，不遣南枝向北朝。（弔信國詩。此爲第一。）

得獻吉江西書　　何景明

近得潯陽江上書，遥思李白更愁余。天邊魑魅窺人過，（神來之作）

宋元明詩　下本　明　李光暎莊

日暮黿鼉傍客居。鼓柁湘江應未得。買田陽羨定何如。他年淮水能相訪。桐柏山中共結廬。

鰣魚

五月鰣魚已至燕。荔枝盧橘未能先。賜鮮徧及中璫第。薦熟應開寢廟筵。白日風塵馳驛騎。炎天氷雪護江船。銀鱗細骨堪憐汝。玉筯金盤敢望傳。賜及中璫。而寢廟未薦。則波及臣家益無望矣。諷諭不同尋常賦物。○少陵西蜀櫻桃一種作法。

題韓信廟　駱用卿　原忠

逐鹿中原漢力微。登壇頻感楚軍威。足當躡後猶分土。心已猜時尚解衣。畢竟封侯符蒯徹。幾曾握手到陳豨。極寫漢高詭計。而淮陰之死自在言外。

英雄漫灑荒山淚，秋草長陵久落暉。

題武侯廟　　楊慎 用修 諡文獻

劍江春水綠沄沄，五丈原頭日又曛。舊業未能歸後主，大星先已落前軍。南陽祠宇空秋草，西蜀關山隔暮雲。正統不慚傳萬古，莫將成敗論三分。

初春元美席上贈謝茂秦　　李攀龍 于鱗

鳳城楊柳又堪攀，謝眺西園未擬還。客久高吟生白髮，春來歸夢滿青山。明時抱病風塵下，短褐論交天地間。聞道鹿門妻子在，祇今詞賦且燕關。

（意氣之高）（應求之廣）

送謝武選少安犒師固原因還蜀會兄葬

自稱四溟山人謝榛　茂秦

將山題意逐層安放

天書早下促星軺，二月關河凍欲銷。白首應憐班定遠，黃金先賜霍嫖姚。秦雲曉渡三川水，蜀道春通萬里橋。一對郫筒腸欲斷，鶺鴒原上草蕭蕭。

一氣轉捲有神無遜與高青邱送沈左司詩三百年中不易多見者也

武夷溪口送惟起弟　徐熥　惟和

青山游侶散紛紛，況復臨歧遠送君。兩地雁鴻難顧影，一時鸞鶴總離羣。人從杜若洲邊去，路在桃花洞口分。明發登高各惆悵，鵝溪斜日幔雲亭。

送徐興公還家　謝肇淛　在杭

楓落空江生凍烟，西風羸馬不勝鞭。冰消浙水知家近，

春到閩山在客先斜日雁邊看故國孤帆雪裏過殘年
憐子久負寒鷗約魂夢從君碧海天

李映碧廷尉遺地圖　　陳瑚言夏

圖畫山川感慨多邊陲風景近如何人關無復蕭丞相
聚米空思馬伏波兩戒一江横似線九州五嶽小如螺
錯疑留守魂歸夜風雨聲聲喚渡河

秋柳　　顧絳

昔日金枝閒白花只今搖落向天涯條空不繫長征馬
葉少難藏覓宿鵶垂老桓公重出塞罷官陶令乍歸家
先皇玉座靈和殿淚灑西風向日斜此小小題俱有關係杜陵詠物體。

鄴中　陳恭尹

山河百戰鼎終分，歎息漳南日暮雲。亂世奸雄空復爾，一家詞賦最憐君。銅臺未散吹笙伎，石馬先傳出水文。七十二墳秋草遍，更無人表漢將軍。表揚才華，褫奪奸魄，最爲定論。

發舟寄湛用喈鍾裴仙湛天石

扶胥古渡水淒淒，雨後移舟望轉迷。數口寄居秋草外，一身爲客楚雲西。家無兄弟依朋友，地夾河山畏鼓鼙。知己片言應不負，亂離兒女藉提攜。

宋元明詩約鈔三百首

丹徒朱梓梅谿編輯　冷鵬笑渠參校
冷昌言諫庵

宋五言絕句

雨後回文　劉敞

回文詩可謂絕調

綠水池光冷青苔砌色寒竹深啼鳥亂庭暗落花殘

江上　王安石

江水漾西風江花脫晚紅離情被橫笛吹過亂山東

望雲樓　文同與可

一片化機

巴山樓之東秦嶺樓之北樓上捲簾時滿樓雲一色

遠山　歐陽修

山色無遠近看山終日行峰巒隨處改行客不知名（閒歷語）

沽酒　利登

有錢但沽酒莫買南山田勾引催租人驚破青松烟（托於幽隱之思）

西村　郭祥正

遠近皆僧刹西村八九家得魚無賣處沽酒入蘆花

柳橋晚眺　陸游放翁

小浦聞魚躍橫林待鶴歸閒雲不成雨故傍碧山飛

夜歸

疎鐘渡水來素月依林上烱火認茅廬故倚孤篷望

寄江南故人　家鉉翁

曾向錢塘住聞鵑憶蜀鄉不知今夕夢到蜀到錢塘

塵外　朱繼芳

塵飛不到處山色入芒屨乘興一長吟回頭已忘句得意忘言之妙

元五言絕句

山居雜詩　元好問

瘦竹籐斜挂叢花草亂生林高風有態苔滑水無聲

川迴楓林散山深竹港幽疎烟沈去鳥落日送歸牛

曉出順城門有懷何太虛　揭奚斯

步出城南門悵望江南路前日風雨中故人從此去

題江州庾樓　楊載
宿鳥歸飛盡浮雲薄暮開淮山青數點不肯過江來

過高郵射陽湖　薩都剌
飄蕭樹梢風淅瀝湖上雨不見打魚人菰蒲雁相語

泊舟　龔璛
小舟尋夜泊明月散風瀾故人相別處雙鷺立前灘

明五言絕句

玉階怨　劉基
長門燈下淚滴作玉階苔年年傍春雨一上苑牆東

長門怨

白露下玉除風清月如練坐看池上螢飛入昭陽殿不言怨而怨意自深

京師得家書　袁凱

江水三千里家書十五行行行無別語只道早還鄉

征夫詞　世稱浙江先生劉績孟熙

征夫語征婦死生不可知欲慰泉下魂但視褓中兒

征婦詞

征婦語征夫有身當殉國君爲塞下土妾作山頭石規勉得體

春怨　謝肇淛

長信多春草愁中次第生君王行不到漸與玉階平

秋怨

明月憐團扇。西風怯綺羅。低垂雲母帳。不忍見銀河。

相見坡　施武曾孫

上坡面在山。下坡山在面。相見令人愁。何如不相見。

烏鴉關

朝上烏鴉關。暮下烏鴉關。老烏啼啞啞。行人還未還。寫盡境地險惡。

山雨

一夜山中雨。林端風怒號。不知溪水長。祇覺釣船高。純乎天籟。

湖堂早起　姜克誠

江月曉欲沈。宿雲寒未去。但聞柔櫓聲。不見舟行處。唐無名氏。有烟昏不見人。隱隱數聲櫓句。傳寫曉景。俱非畫筆能到。

宋元明詩約鈔三百首

丹徒　冷昌言諫庵　編輯
朱　梓梅谿
冷　鵬笑渠參較

宋七言絶句

春居雜興　王禹偁

兩株桃杏映籬斜妝點商山副使家何事春風容不得和鶯吹折數枝花（秀韻）

尋隱者不遇　魏野　仲先

尋真誤入蓬萊島香風不動松花老採芝何處未歸來白雲滿地無人掃

豐樂亭遊春　歐陽修

紅樹青山日欲斜長郊草色綠無涯遊人不管春將老
來往庭前踏落花

夏意　蘇舜欽子美

別院深深夏簟清石榴開遍透簾明樹陰滿地日卓午
夢覺流鶯時一聲

書湖陰先生壁　王安石

茆簷長掃淨無苔花木成畦手自栽一水護田將綠繞
兩山排闥送青來

初夏卽事

石梁茅屋有彎碕流水濺濺度兩陂晴日暖風生麥氣綠陰幽草勝花時（未經八道）

惠崇春江曉景　　蘇　軾東坡

竹外桃花三兩枝春江水暖鴨先知蔞蒿滿地蘆芽短正是河豚欲上時

和孔密州東欄梨花

梨花淡白柳深青柳絮飛時花滿城惆悵東欄一株雪人生看得幾清明

南堂五首　錄一

掃地焚香閉閤眠簟紋如水帳如煙客來夢覺知何處

挂起西窗浪接天

贈劉景文

荷盡已無擎雨蓋菊殘猶有傲霜枝一年好景君須記正是橙黃橘綠時

通首寫景不著情語而情深苦揭矣

題西林壁

橫看成嶺側成峯遠近高低各不同不識廬山眞面目只緣身在此山中

書李世南所畫秋景

野水參差落漲痕疎林欹側出霜根扁舟一棹歸何處家在江南黃葉村

海棠

東風嫋嫋汎崇光香霧霏霏月轉廊只恐夜深花睡去高燒銀燭照紅妝

秋意題邢敦夫扇　秦觀 少游

月團新碾瀹花甆飲罷呼兒課楚詞風定小軒無落葉青蟲相對吐秋絲

納涼

攜杖來追柳外涼畫橋南畔倚胡床月明船笛參差起風定池蓮自在香

詩亦得觀自在法

絕句　張耒

亭亭畫舸繫春潭直待行人酒半酣不管烟波與風雨
載將離恨過江南

春日　晁冲之

陰陰溪曲綠交加小雨翻萍上淺沙鵝鴨不知春去盡
爭隨流水趁桃花

橫塘　范成大

南浦春來綠一川石橋朱塔兩依然年年送客橫塘路
細雨垂楊繫畫船　畫意

花時遍遊諸家園　陸　游放翁

爲愛名花抵死狂只愁風日損紅芳綠章夜奏通明殿
與東坡海棠詩同一惜花心事各具深情

乞借春陰護海棠

飛花盡逐五更風不照先生社酒中輸與新來雙燕子
銜泥猶得帶殘紅

劍門道中遇雨

衣上征塵雜酒痕遠游無處不消魂此身合是詩人未
細雨騎驢入劍門

欲出遇雨

東風吹雨惱遊人滿路新泥換細塵花睡柳眠春自嬾
五字新鮮
誰知我更嬾如春

夏日雜題

午夢初回理舊琴竹爐重炷海南沉茅簷三日蕭蕭雨
又展芭蕉數尺陰

東闕

烟水蒼茫西復東扁舟又繫柳陰中三更酒醒殘燈在
臥聽蕭蕭雨打篷

乙丑夏秋之交小舟早夜往來湖中戲成絕句

聲色情景俱極上乘

橫林渺渺夜生烟野水茫茫遠泊天菱唱一聲驚夢斷
始知身在釣魚船

江村晚眺　戴復古 石屏

江頭落日照平沙潮退漁船閣岸斜白鳥一雙臨水立

見八鷩起入蘆花

元七言絶句

同兒輩賦未開海棠　元好問

枝間新綠一重重，小蕾深藏數點紅。愛惜芳心莫輕吐，且教桃李鬧春風。（善於退讓）

雪　高士談 子文

蔌蔌天花落未休，寒梅疎竹共風流。江山一色三千里，酒力消時正倚樓。

江村　黃庚

極目江天一望賒，寒烟漠漠日西斜。十分秋色無人管

半屬蘆花半蓼花

雨過

雨過山頭雲氣溼潮生渡口岸痕深一聲短笛斜陽外似草蘇州派知有漁舟泊柳陰

春閨　　元　淮

杏花零落燕泥香閒立東風看夕陽倒把鳳翹搔鬢影一雙蝴蝶過東牆

絕句　　趙孟頫

春寒惻惻掩重門金鴨香殘火尚溫燕子不來花又落一庭風雨自黃昏

東城

野店桃花紅粉姿陌頭楊柳緑烟絲不因送客東城去過卻春光總不知

贈彈箏者　薩都剌

銀甲彈氷五十絃海門風急雁行偏故人情怨知多少揚子江頭月滿船

道過贊善庵

夕陽欲（陶絶）下少行人緑徧苔茵路不分修竹萬竿松影亂山風吹作滿窗雲

漁翁　周權

轉擢收緡日未西短篷斜閣斷沙低賣魚買酒歸來晚
風颭蘆花雪滿溪

沙湖晚歸

山塈低迴落雁斜炊烟茅屋起平沙櫓聲歸去浪痕淺
搖動一灘紅蓼花

過信州　高克恭

二千里地佳山水無數海棠官道傍風送落花攙馬過
春風更比路人忙

明七言絕句

題李陵泣別圖　袁凱

上林木落雁南飛萬里蕭條使節歸猶有交情兩行淚秋風吹上漢臣衣（意在言外）

宮詞　　王旬 子宣

南風吹斷采菱歌夜雨新添太液波水殿雲房三十六不知何處月明多（婉麗似龍標）

題燕肅山水卷　　冷謙 啟敬

依稀廬岳高僧舍彷彿雲山隱士家我亦抱琴來谷口白雲深處拾松花（仙骨珊珊）

春雁　　王恭 安中

春風一夜到衡陽楚水燕山萬里長莫怪春來便歸去

江南雖好是他鄉

江行　　　　金誠　誠之

江水悠悠江路長孤鴻啼月有微霜十年踪跡渾無定
莫更逢人問故鄉

重贈吳國賓　　　　邊貢

漢江明月照歸人萬里秋風一葉身休把客衣輕浣濯（翻身素衣化緇意）
此中猶有帝京塵

閨怨　　　　周在　善卿

江南二月試羅衣春盡燕山雪尚飛應是子規啼不到（不告征人反告子規）
故鄉雖好不思歸

贈吳之山　王問 子裕

城柝聲聲夜未央，江雲初散水風涼。看君已作無家客，猶是逢人說故鄉。

送明卿之江西　李攀龍

青楓颯颯雨淒淒，秋色遙看入楚迷。誰向孤舟憐逐客，見得人情冷暖。白雲相送大江西。

和聶儀部明妃曲

天山雪後北風寒，抱得琵琶馬上彈。曲罷不知青海月，徘徊猶作漢宮看。

凱歌　沈明臣 嘉則

銜枚夜度五千兵密領軍符號令明狹巷短兵相接處殺人如草不聞聲

郵亭殘花　　徐熥

征途微雨動春寒片片飛花馬上殘試問亭前來往客幾人花在故園看

酒店逢李大

偶向新豐市裏過故人尊酒共悲歌十年別淚知多少不道相逢淚更多

舟中別朗公

月下談深睡已遲滿身涼露夜何其雞聲未斷鐘聲起（自在流出）

又是江頭送別時

寄弟

春風送客翻愁客客路逢春不當春寄語鶯聲休便老
天涯猶有未歸人

過古墓　孫友篪 伯諧

野水空山拜墓堂松風溼翠灑衣裳行人欲問前朝事
翁仲無言對夕陽

感慨係之

代父送人之新安　閨秀 陸娟

津亭楊柳碧毿毿人立東風酒半酣萬點落花舟一葉
載將春色過江南

傷春　　朝鮮　申從濩

茶甌飲罷睡初輕隔屋人吹紫玉笙燕子不來春又去滿庭紅雨落無聲

留別　　鄭之升

悵望溪亭夕照明綠楊如畫罨春城無人爲唱陽關曲惟有青山送我行

江樓留別　　古城貢使

青嶂（畫所不到）俯樓樓俯波遠人送客此經過西風揚子江邊柳落葉不如離思多

玆集既仿三百首之例詩中美不勝收殊難割愛爰摘五七言佳句附列於後碎金片玉無非異寶奇珍也初學者當可爲琢句之一助云　聘棠氏又識

宋詩五言摘句

雨後 獨行洛北　歐陽修　歸雲向嵩嶺殘雨過伊川

送王陽廷　蘇舜欽　江聲通白帝山勢入青羌

獨游輞川　梅堯臣　暗林麇養角當路虎留蹤

夢後寄歐陽永叔　五更孤枕夢殘月一城雞

秋晴西樓　劉敞　木落山覺瘦雨晴天似高

山寺　劉敞　山樓隨徑曲石路上青冥

道山早發　胡仲參
露垂星影溼　月澹水光寒

小立　王鎡
亂蟬催暑去　急雨帶秋還

宿湖外　柴望
空江明月上　殘雨夕陽收

宿雨　王安石
綠擾寒蕪出　紅爭暖樹歸

送友還湘　趙汝燧
秋影清含水　烟痕澹著山

湖山小隱　林逋
片月通蘿徑　幽雲在石牀

晩步吟　邵雍
靜隨芳草去　閑逐野雲歸

舟中　戴復古
雲爲山態度　水借月精神

荊州　蘇軾
江侵平野斷　風捲白沙旋

新年
水生挑菜渚　烟溼落梅村

宿濟河　陳師道
潛魚聚沙窟　墜鳥滑霜林

道中書懷　李昭玘
客愁消白酒　春意屬黃鸝

贈蕭光祖　周孚
田園一蚊睫　書卷百牛腰

九日晨起　呂本中
長河迎曉月　老木聚荒烟

放慵　陳與義
暖日薰楊柳　濃春醉海棠

石湖道中　范成大
水綠鷗邊漲　天青雁外晴

剡溪舟中　王十朋
西風桑葉岸　細雨菊花天

宿溪聲閣　岳珂
海潮秋八月　山雨夜三更

航海　陸游
歌罷海動色　詩成天改容

秋夜
露濃驚鶴夢　月冷伴蛩愁

晚歸
行客自朝暮。青山無古今。

村夜
月昏天有暈。風軟水無痕。

村舍
蝶飛窗紙碎。鼯坼壁泥乾。

雜感
溪添半篙綠。山可一窗青。

西村
日長鶯語久。風定絮飛低。

秋陰
菰蒲溪路暗。松竹草堂深。

登翠麓亭　徐璣
野水碧千里。夕陽紅半樓。

黃碧
水清知酒好。山瘦識民貧。

桐廬道中　姚鏞
風帆逆水上。江鶴背人飛。

寄邵資政　曾鞏
靜宜人事拙。閒覺道腴眞。

游蔣山　蘇軾　峯多巧障日。江遠欲浮天。

元詩五言摘句

苕溪　戴表元　漁罾挂樓樹。酒舫出荷花。

幽居　黃庚　斜陽明晚浦。落葉瘦秋山。

西州　山吞殘日沒。水挾斷雲流。

山水圖　虞集　野水常欹樹。山雲不礙鐘。

初至甯海　黃溍　行山雲作路。累石海爲田。

又　煮海鹽烟黑。淘沙鐵氣腥。

題官舍壁　吳師道　池烟明鶴影。林雨斷蟬聲。

游洞嶺寺　盧倚　日高花散影。風定竹無聲。

秋望　郭鈺
片雲隨雁度　疎雨約蟬吟

登望江亭　成廷珪
潮信自朝暮　山光無古今

題朱澗槃卷　郭奎
徑晚花粘屧　松寒雨潤琴

舟中夜坐　尹廷高
萬折河流曲　三更斗柄橫

雨後晚行　何中
水明疑有月　烟淡欲無山

渡洛　麻革
溪鳴風蕩水　谷暗雨含山

明詩五言摘句

望孤山　劉基
羈心霜下草　生態水中萍

僧歸日本　張羽
咒水龍歸鉢　翻經浪避船

出塞　林鴻
苦霧沈旗影　飛霜溼鼓聲

何梅閣居山　甘瑾
一瓢風外樹　雙屐雨中山

送周秀才游長沙　李昌祺
亂山黃葉寺　孤棹白蘋洲

楚江旅懷　戴縉
黃蘆千里月　紅葉萬山霜

泰山　李夢陽
日抱扶桑躍　天橫碣石來

野風
月涚魚龍醒　風蒸豺虎驕

得王子衡書　何景明
竄身天地遠　垂淚海雲孤

登天柱閣　胡纘宗
帆外收吳楚　尊前落斗牛

東居　許宗曾
海擁中宵日　岩留上古林

遼左雪中
凍雲連海色　枯木助風聲

泊淮上　金鑾
斷雲疎雁影　殘月亂雞聲

惠山寺話別　華察
夜靜見空色身閒忘去留

渡黃河　謝榛
日翻龍窟動風掃雁沙平

野興
孤峯依漢迥老樹得秋多

高州雜咏　吳國倫
一日更裘葛三家雜漢夷

暮發滁陽　徐中行
澗水流人影松陰散馬蹄

寫懷　鄭明選
祿米悲親沒柴門憶弟貧

琴川夜泊　范汭
潮痕隨月落山勢壓城低

洞庭　鄺露
虹飲吳山雨蟬嘶楚岫烟

書事　沈欽圻
布衣難許國淚眼不逢春

亂後哭友
途窮天地窄世亂死生微

秦淮夕泛　顧夢游　楊柳風千樹笙歌月一船

攝山絶頂　方文　夕陽千嶺秀春水一江明

匡山　僧讀徹　九江黄葉寺五老白雲峯

雜句　風吹殘雪樹人語夕陽山

宋詩七言摘句

簡仲咸　王禹偁

子美集開詩世界伯陽書見道根源

新秋即事

吟弄淺波臨釣渚醉披殘照入僧家

寒食　宋祁

草色引開盤馬路　簫聲吹暖賣餳天

示張寺丞王校勘　晏殊

無可奈何花落去　似曾相識燕歸來

寓意　晏殊

梨花院落溶溶月　柳絮池塘淡淡風

登廣教院閣　韓琦

花去春叢蝴蝶亂　雨匀朝圃桔槔閒

三日赴宴　歐陽修

九門寒食多游騎　三月春陰正養花

游雪上何山

雲含老樹明還滅石礙飛泉咽復流

錢塘上元夜　曾鞏

金地夜寒消美酒玉人春困倚東風

寒食許昌道中　司馬光

竹林近水半邊綠桃樹連村一片紅

恭和御製上元觀燈　王珪

雙鳳雲中扶輦下六鰲海上駕山來

安樂窩看雪　邵雍

未逢寒食梨花謝不待春風柳絮飛

郊行即事　程伯子

莫辭盞酒十分醉只恐風花一片飛

有美堂暴雨　蘇軾

天外黑風吹海立浙東飛雨過江來

登玲瓏山

翠浪舞翻紅罷稏白雲穿破碧玲瓏

送春

酒闌病客惟思睡蜜熟黃蜂亦嬾飛

獄中寄子由

夢遶雲山心似鹿魂飛湯火命如雞

送徐大正

多情明月邀君共無價青山爲我賒

王定國得晉卿酒相留夜飲

詩無定律君應將醉有眞鄉我可侯

示西湖諸友　　陳師道

花會識面香仍好鳥不知名聲自呼

九日寄秦觀

九日淸樽欺白髮十年爲客負黃花

冬日　　韓駒

倦鵲遶枝翻凍影飛鴻摩月墮孤音

懷天經智老因訪之　　陳與義

客子光陰詩卷裏杏花消息雨聲中

別張自疆　王銍

故園更在北山北佳節可憐三月三

歸石湖　范成大

行人半出稻花上宿鷺孤明菱葉中

遊山西村　陸游

山重水複疑無路柳暗花明又一村

宴西樓

萬里因循成久客一年容易又秋風

春遊

村路雨晴鳩婦喜射場草綠雉媒嬌

寓驛舍自注三至咸都皆館於是

遶庭數竹饒新筍解帶量松長舊圍

感秋

萬事從初聊復爾百年彊半欲何之

幽居初夏

籜龍已過頭番筍木筆猶開第一花

春行

猩紅帶露海棠溼鴨綠平堤湖水明

春日小園

夜雨長深三尺水曉寒留得一分花

讀晁公文集

奴愛才如蕭穎士婢知詩似鄭康成

月夜泛小舟湖中三更乃歸

湖心月上明如畫樹杪風生冷逼秋

出遊

細雨僧歸雲外寺疎燈人語酒家樓

出遊

寄懷楚水吳山外得意唐詩晉帖間

遣興

清與梅花同不睡悶尋鸜鵒説無聊

秋夜讀書

白髮無情侵老境青燈有味似兒時

秋日雜興　　洪　邁

銀燈夜照還家夢金翦秋裁寄遠衣

探梅　　陳鑒之

彎彎竹徑霏霏雪小小溪橋淡淡雲

春晴　　楊萬里

乍暖柳條無氣力淡晴花影不分明

咏梅　　張道洽

風流晉宋之間客清逸羲皇以上人

石湖春望　葛天民

鶯來占柳爲歌院蝶去尋花作睡鄉

元詩七言摘句

潁亭　元好問

春風碧水雙鷗靜落日青山萬馬來

祓禊夜赴鄧州

未能免俗私自笑豈不懷歸官有程

出都

神仙不到秋風客富貴空悲春夢婆

老馬　郝經

垂頭自惜千金骨伏櫪仍存萬里心

龍虎臺　馬祖常

天將山海爲城塹人倚雲霞作綺羅

黄州道中　張養浩

閒雲一片不成雨黄葉滿城都是秋

晚春　周權

杜宇青山三月雨桃花流水一溪雲

留别　張憲

萬點愁心飛絮影五更殘夢賣花聲

永州　陳孚

回雁峯南三百里捕蛇說裏數千家

清明　于石

飄零柳絮如行客冷暖廚烟見世情

西湖　黃庚

山圍花柳春風地水浸樓臺夜月天

俞景仁相過

花怯曉風寒蝶夢柳愁春雨溼鶯聲

出劍門　楊興宗

夢回蜀棧雲千片醉枕巴江月一船

楊維楨

仿倪元鎮不遇

萬里乾坤秋似水一窗燈火夜如年

許恕

黃山醉歸

隔溪雨過催花落繞屋雲歸伴鶴棲

謝應芳

懷詹伯遠

楊花繞屋白如雪溪水出湖青接天

吳訥

宿承天觀

半夜月明湖水白五更日出海門紅

明詩七言摘句

劉基

會稽

陰壑烟霞輝草木古祠風雨出蛟龍

寄逸人高漫士　林鴻

平臺樹色催殘照近郭砧聲報早寒

殳山夏日　貝瓊

野花作雪都辭樹溪水如雲欲到門

重九　曾淵

蓬鬢轉添今日白菊花猶似去年黃

送人之荆門　浦源

雲邊路繞巴山色樹裏河流漢水聲

白雁　王安中

夜月蘆花看不定夕陽楓葉見初飛

甘州　郭登

山近四時常見雪地寒終歲不聞雷

與李布政彥頎馮僉憲景陽對飲　王越

自笑年來常送客不知身是未歸人

遊岳麓寺　李東陽

萬樹松杉雙徑合四山風雨一僧寒

九日渡江

萬古乾坤此江水百年風雨幾重陽

舟中有懷林待用　文林

相思人在青山外盡日舟行細雨中

晚渡咸陽　馬中錫

僧歸紅葉林間寺人喚斜陽渡口船

除夕　金鑾

空江積雪添雙鬢細雨疎燈共一樓

同鄺別駕蔡山人登九成臺　黎民表

紫閣倒垂星宿象碧天吹落鳳鸞音

送趙戶部出守淮陽　李攀龍

行車麥秀隨春雨臥閣花深對夕陽

同友人分賦懷泰山

河流晚挂天門樹海色秋高日觀峯

杪秋登泰華山絕頂

蒼龍半挂秦川雨石馬長嘶漢苑風

春興　楊慎

天涯遊子懸雙淚海畔孤臣謫九年

沛縣高帝廟　陶望齡

雲歸尙識眞人氣風起猶傳猛士歌

中秋宴集

江漢光翻千里雪桂花香動萬山秋

姑蘇懷古　梁有譽

春歸茂苑鳥啼月花落橫塘蝶怨風

刈稻夜歸　嵇元夫

櫓聲隔岸人語近斗柄插江霜氣微

秋興　蔡毅中

千里關河懸客夢萬家砧杵動秋聲

登祝融峯　俞安期

雨挾蒼龍奔下嶺星懸朱鳥定南方

淮上歸興　何白

歸路漸香菰米飯佳期已負菊花杯

錢塘東望　陳子龍

禹陵風雨思王會越國山川出霸才

秦淮河春遊卽事　　宋茂曙

春雨杏花虞學士酒旗山郭杜司勳

蜀中　　陳恭尹

諸葛威靈存八陣漢朝終始在三巴

虎邱題壁

南國干戈征士淚西風刀翦美人心

由畫溪經三箬入合溪　　余懷

綠蘿僧院孤烟外紅樹人家小閣西

西湖　　僧梵琦

宋元明詩　卷下本　明　堂　李光明莊

青山倒影水連郭白藕作花香滿湖

寄外　黃安人

日歸日歸愁歲暮其雨其雨怨朝陽

蒙學叢刊

狀元閣蒙學叢書第二輯

詩品注釋

王星 主編

浙江大學出版社

傳古樓據啟軒書室藏清代狀元閣刻本影印原書板框高一六六毫米寬一〇五毫米

詩品注釋

江南城聚寶門三山街大功坊郭家巷
内秦狀元巷中李光明家自梓童蒙各
種讀本揀選重料紙張裝訂分鋪狀元
境狀元境口狀元閣發售各另有價單

司空表聖二十四詩品註釋敘

司空表聖唐河內人也號耐辱居士覆姓司空諱圖表聖其字也於僖宗朝爲禮部員外郎棄官居虞鄉王官谷昭宗屢徵之不起至昭宣時柳璨以詔書徵之陽爲衰野墜笏失儀因得放還山此綱目所爲大書特書胡致堂所以稱爲唐末一人也予在坊閒見所著二十四詩品每梓以單行售賣閱視久之愛不忍釋竊念近日場中詩古多以其語命題而後生小子或未能明其說爲詩之際不免泛泛敷陳有背題旨且其中各品詞語俱各挨其品極意形容淸詞麗句絡繹不絕實爲描摹盡致推闡無窮是不啻

以各二字爲題而以其語爲詩也不脱不粘超元入化昔人謂王摩詰詩中有畫予於此品亦云蓋其人旣脱離塵俗如天半之朱霞雲中之白鶴故能心空筆脱如是也學者熟復而玩味焉得其摹繪之工師其造語之雋作詩之妙具於斯矣豈非後生必讀之要哉先生人品在冬郎之右詩品亦翛然塵壒之表晚唐手筆窺見一斑類而推之無不恍悟乎也不揣固陋臆爲詳釋自知於古人命意未必果當而於開示後學一道或亦爲入門之末助云至篇中語句自覺太繁不免瑣碎然爲小子啟悟必須一見了然故不憚逐字逐句反覆開說閱者諒之

司空詩品註釋

雄渾第一

大用外腓　眞體內充　返虛入渾　積健爲雄

具備萬物　橫絕太空　荒荒油雲　寥寥長風

超以象外　得其寰中　持之匪强　來之無窮

註 大浩大也用發用也眞眞實也體體骨也見於外曰用存於內曰體眞體卽浩然之眞氣也腓變也謂色澤之變也充滿也言浩大之用改變於外由眞實之體充滿於內也渾全也物有所相不得謂之渾返復也虛空虛也言氣本空虛茲則絕去糟粕復還空虛而入於渾然也積蓄積健强健卽孟子所謂養剛大也雄如七雄之雄謂以是强健之氣而積之此其所以爲雄也具具於內也備全備也萬物萬理也言具於內者至備乎萬理而無不足卽杜子所謂讀書破萬卷是也橫縱橫之橫忽也太空天之空也絕斷絕也橫絕者言有是理以充其氣故氣之所鼓橫絕天壤無與之比也荒荒蒼茫亂走貌寥寥四邊空濶貌油雲油然之雲也長風長遠之風也油然而起之雲長遠無阻之風獨來獨往最爲橫絕最爲雄渾象者迹象寰中者六合之中超超出也得適得也超象外者超

出乎迹象之外純以空運也得寰中者適得其寰中之妙仍不失乎其中也持持往也來引來也兩之字指雄渾强卽雄也匪强匪出於强也無窮無盡也言此雄渾者持而往之不見其强引之使來浩然無量總是形容二字之妙謂其渾化無迹氣勢充裕也上六句言其象非屬僞爲下六句乃極意寫之油雲天油然作雲見孟子長風乘長風破萬里浪見南史

沖澹第二

素處以默　妙機其微　飲之太和　獨鶴與飛

猶之惠風　荏苒在衣　閱音修篁　美曰載歸

遇之匪深　卽之愈稀　脫有形似　握手已違

註素澹也處居也默不言也言平居澹素以默爲守無一毫之聲色也妙機清妙之機也微幽微也言此清妙之天機無形無迹最難摹繪其甚幽微也飲讀去聲與之飲也葢自人予之則謂之飲太和者太和之元氣也如以太和而飲之則其象可知矣與俱也獨孤也獨鶴與飛言鶴本澹逸之品也而又獨飛則與之俱者可想矣此二句已極形容猶譬也同也惠風者春風也其風及物最沖和澹蕩故謂之惠風荏苒柔緩貌以惠風而猶之荏苒在衣覺襟袖飄颻體無不適其爲沖澹何如也修深也長也篁竹也閱閱視謂身親閱視而聽之也美好也曰自語也篁之音聲最爲清澹曰載

歸言欲載之以歸愛之至也夫以清濟之音而閱之而賞其美好必曰載歸則神與之契其人之襟懷可知遇無心遭之也卽有心就之也深幽深稀少也愈信也匪非也遇之匪深卽之愈稀言無心遭之但覺其不易不見其幽深宜若可識矣及有心就之則又愈覺其稀寂而莫可窺尋至求其眞而不得而脫有形迹之相似者一握手之閒而已與本願相違違逆也言眈形似者特近似而非眞似總難以與之尙也摹寫至此微乎微矣脫有者脫然而有猶設有卽有也握手捉手言相親之暫也自遇之以上極寫其貌此四語極寫其神沖澹二字一路活現紙上

纖穠第三

采采流水　蓬蓬遠春　窈窕深谷　時見美人
碧桃滿樹　風日水濱　柳陰路曲　流鶯比鄰
乘之愈往　識之愈眞　如將不盡　與古爲新

【注】采采不止一采也采流水者如采蘋采芙蓉之類以其生於水故云采采流水也蓬蓬草盛貌言生機勃發蓬蓬然也遠春者一望皆春有草綠湖南萬里清景象此二語不已見其纖濃乎美人美好之人豔麗之女也窈窕幽閒也深谷谷之深者言僻境也時見時時而見也言以采流水之時當春意之無際而深谷之中時見窈窕之美人亦何纖也亦何濃也碧桃碧色桃花也高濟詩云天

上碧桃和露種風日惠風時之日也濱水畔也路曲路之灣曲處柳陰柳之綠蔭也比並也比鄰相比並爲鄰言鶯之多如人之相比而居也流者三月之鶯老而善轉如水之流放而不可止也今也滿於樹者則碧桃而水之濱則風日路曲則有柳以爲之陰而彌望皆綠雲比鄰則有鶯以爲之流而入耳皆歌曲一路之景色何如乘趁也識認也往往看也眞眞確也上之字指是時下之字指是景言趁是時而愈肯往自認之而愈覺眞古古人也畫意之餘也言斯境也如將古人不盡之意與古人而翻新洗去陳陳重標采色豈非纖濃乎通體描摹極爲盡致

沉著 第四

綠杉野屋　落日氣淸　脫巾獨步　時聞鳥聲
鴻雁不來　之子遠行　所思不遠　若爲平生
海風碧雲　夜渚月明　如有佳語　大河前橫

註 野屋山野間之屋也杉音衫木名說文作檆爾雅釋木作煔郭註煔似松生江南可以爲船綠杉綠色之杉也曰野屋曰綠杉掩映之餘便覺幽寂日落則天晚氣淸則野曠巾首服也脫去也步緩行也獨無侶也時間時而聞也言當此日落氣淸之際脫巾獨步則意思幽閒念慮沉寂因以時聞夫棲鳥之聲則靜與神會斯時也非沉著象乎遠行行之遠言別去而遠遊也之子猶言是子指

其人也鴻雁多夜飛鴻雁不來則碧空沉沉之子遠行則孤懷渺渺思念也所思所思念之人也不遠言相隔本不遠千里如咫尺也平生平日之情好也若意若於思也言爲平日之好而不能留也一若字最得謂所思本不遠若可得見思之不見愈思得見一心與凝縈同往復其獨念之深最爲沉著渚水所聚也海上風吹而雲碧則一片深藍與海相映靜夜更深而月明則一輪所印徹底相涵試想此時非沉乎非著乎佳語好語也如譬如也大河潤大之河水最深也如有佳語大河前橫言如發語之際適有大河以橫值於前則聲之所出徹彼幽潭謂之沉著不其然乎大曰鴻小曰雁

通體比擬盡致妙絕趣環生足以開悟學者

高古 第五

畸人乘眞　手把芙蓉　泛彼浩刼　窅然空蹤

月出東斗　好風相從　太華夜碧　人聞清鐘

虛佇神素　脫然畦封　黃唐在獨　落落元宗

註 畸人異人也眞說文仙人化形以登天又鍊形於氣謂之眞乘如乘馬之乘謂乘其眞氣以上昇也芙蓉卽蓮花香潔之草也把握也李白詩所謂手把芙蓉朝玉京是也浩大也刼刼數也泛泛

舟也泛彼浩刼言彼千萬年之大刼若水之浩浩無際而彼以身閱之如舟之泛其中也盲鳥較切音窈窅然猶渺然見莊子逍遙遊窅然喪其天下焉蓋謂年歲幽遠渺然而不見也空蹤蹤跡空也請歷刼修成而去僅留空跡也其高且古爲何如東斗東方之斗宿取其高也好風清淡之風也從隨也月乃最古之物而又適出於東斗之閒好風與之相隨則霧散雲開其高顯然具見夜夜閒也太華華山也清鐘清亮之鐘聲也凡物之頁晝閒多不覺必到夜閒萬籟寂靜乃識其形言太華爲境最高而歷年最久又以夜閒標其碧色而人復聞頂上之清鐘則一私不染萬念胥澄神與之親愈覺非近今之物下界之音矣何高古乎佇望也心之靈謂之神象之眞謂之素虛佇神素言其人已遠惟留神素我乃虛與之凝而默爲之會其意象也畦町也封畦之界限也周禮地官所謂制其畿疆而溝封之是也脫離也超也脫然畦封者言虛與之佇但見超離於疆界之外而渾然無迹初不在塵世之中斯人也其有黃唐之思乎黃黃帝公孫軒轅也唐唐堯黃唐之世最高最古而乃常在於獨抱之中其象何如宗宗旨也元元妙也落落寡少也謂不同流俗而落落然寡少其偶也黃唐在獨落落元宗言以黃唐之世而在於獨抱此卽落落然之元妙宗旨也此是人人認識高古二字處黃唐句見陶潛詩時運第四章黃唐莫逮慨獨在余

典雅 第六

玉壺買春　賞雨茆屋　坐中佳士　左右修竹

白雲初晴　幽鳥相逐　眠琴綠陰　上有飛瀑
落花無言　人澹如菊　書之歲華　其曰可讀

註 玉壺玉所爲之壺也春酒也唐國史補酒有郢之富水春烏程之若下春滎陽之上窟春富平之石東春劍南之燒春茆即茅字謂茅所蓋之屋也賞雨雅事也茆屋雅境也以玉壺之貴重華美而買春而賞則見其典矣佳士好士也坐有佳士則文雅修竹深竹也左右有深竹則清雅白雲淡逸之物也初晴開霽之初也幽鳥幽僻之鳥也相逐其侶相戲逐也蓋久晴之白雲不免於粗顯處之鳥不免於俗惟初晴則餘潤猶存四邊皆綠白雲不形其雅乎鳥幽則樹木叢雜境地寂靜喧塵不及但有綠陰其相逐也不見其雅乎眠琴以琴爲枕而眠也綠陰綠樹之陰也飛瀑飛落之瀑布泉也夫眠琴綠陰之中而其上又有飛瀑則掩映之際居然一幅畫圖落花無言試思此時是何景象但見滿地繽紛鳥常在樹客來無語草木當門惟一片幽寂而已非典雅乎菊菊花也菊爲最雅之品人澹如之雅爲何如蓋澹者蕭然物外無一毫世味雜於胸中如陶淵明之類所謂如菊也書寫也歲華年華猶年光也陳子昂詩歲華盡搖落書之歲華謂將此典雅之景書之於歲華言寫成卷軸也其曰可讀猶言豈不皆以爲可讀也曰字作謂字看讀者讀書之讀謂玩賞披吟之也通體引物與人俱典也此謂雅中之典亦典然後雅不然除去玉壺等字而或易之以瓦壺俗士雅乎不雅乎蓋典者實也不可以空行亦不可以不擇也一路摹擬典雅二字妙絕

洗鍊第七

如鑛出金　如鉛出銀　超心煉冶　絕愛淄磷
空潭瀉春　古鏡如神　體素儲潔　乘月返眞
載瞻星辰　載歌幽人　流水今日　明月前身

註 鑛出金者也古猛切音礦鐵也又金璞也鉛出銀者也余專切音沿說文靑金也玉篇黑錫也二者必經洗鍊而出故以之取譬煉火爲之煉也冶鎔鑄也淄水名也其水最清磷石也絕最也言超其心於煉冶之外不著煉冶迹象而自無不煉又如淄中之磷自然清潔可悅爲人所最愛也其爲磨洗何如歟潭水之所聚也瀉淘瀉也空空洞無滓也潭空則明淨春花也瀉春者春花在中層層淘瀉有洗之至潔意鏡銅所鎔鑄也古歷年久也鏡古則精瑩如神如神之明也鏡古而如神則其爲鍊也可知體素體之素謂以素爲體質也儲積儲也潔潔淨也謂因體之素以儲其潔而使之一毫無垢累如洗物者使之愈白也月最明淨者也仙人化形以登天曰眞又鍊形歸氣曰眞返復也乘趁也謂當明月之最淨而乘之以返其眞而上昇也有月卽其眞而復還其本來意此正體素儲潔之精也謂非洗鍊乎星辰光潔之象幽人洗淨塵俗之人載者發語詞載瞻載歌指示明切謂瞻之而可見歌之而可思意流水流行之水明月皓潔之月今日前身恍然悟境月而曰明有洗鍊

意言流水是我今之日而活潑無窮明月是我前之身而修因有素也今字有當前指點意前字有三生夙業意二語使人神往

勁健第八

行神如空　行氣如虹　巫峽千尋　走雲連風
飲眞茹強　蓄素守中　喻彼行健　是謂存雄
天地與立　神化攸同　期之以實　御之以終

註 神一心之神也空空中也行運行謂人運之以行也虹天地之淫氣橫亙於太空者也行神如空謂不著實地如立於空中而行也行氣如虹謂吞吐甚壯如虹之橫天蒼莽而不屈也空能行虹可似非勁健乎千尋萬丈也兩山之中曰峽巫峽巫山之峽也在蜀夔州杜甫詩巫山巫峽氣蕭森是也連接也譬之巫峽之千尋而走雲連風於其上初不以其山之高而或有所阻走字連字甚有力雲走風連其勢最銳非勁健乎眞眞力也強勁氣也飲如飲水飲酒之飲茹吞也所飲者眞所茹者強言功力深精神飽也蓄儲蓄也素平日也中胸中也守存守也言以此眞强而蓄之於平日存之於胸中卽孟子所謂養浩然之氣持志無暴也喻譬喻行健卽易所謂天行健雄如雄傑之雄其氣甚勁言譬彼上天之健行四時不息是之謂存雄勁之氣也有是勁健則天地亦可與之並立天

地之存神過化亦無不與之同功彼之氣罔不達此之氣亦罔不達所謂勁氣沮金石也期要也實者充實於中無一毫之虛歉也終始終之終言久而不變直以至於終篇也銜與啣同惟要之以充實不同虛僑之氣乃可銜之以終篇彼不實者始勁終衰安能有合乎兩之字指勁健

綺麗第九

神存富貴　始輕黃金　濃盡必枯　澹者屢深
霧餘水畔　紅杏在林　月明華屋　畫橋碧陰
金尊酒滿　伴客彈琴　取之自足　良殫美襟

註 神心之神也神存富貴始輕黃金言神之所存者必自有眞富貴乃能不以形迹之富貴爲富貴而可輕彼黃金也所以然者蓋以天地間物濃者易盡盡則成枯惟以澹自持者其澹無窮無窮則屢深枯者槁也屢深者謂其境屢轉而深而所存爲自濃也餘所散之餘也林羣芳之林也杏杏花也其色粉紅故謂之紅杏言玆之所謂綺麗者如霧之餘於水畔與波掩映如紅杏之在芳林鮮色分明華屋華麗之屋也畫橋繪畫之橋也月照於華屋則屋之丹靑刻鏤者愈有精神陰碧於畫橋則橋之采色鮮妍者愈形絢爛碧陰如楊柳之陰所覆皆碧也尊杯也陳子昂詩金尊對綺筵又

李白詩莫使金尊空對月言當斯時也主人召客則見其尊之酒滿其尊何如則金爲之也其其也則又有琴焉美音也則見其當金尊酒滿之時而其客彈琴一唱三歎歡樂何極此是富貴人家景象卽綺麗景象足滿足也自足不假外求也取取用也殫盡也襟襟懷也美好也言撫斯境也取之於內無不自足而有餘良足以殫一己之美襟而舒暢於懷抱也

自然 第十

俯拾卽是　不取諸鄰　俱道適往　著手成春
如逢花開　如瞻歲新　眞予不奪　強得易貧
幽人空山　過水采蘋　薄言情晤　悠悠天鈞

註 拾揀也俯低首也鄰鄰家也言當前卽是不必取之於左右鄰家何自然也道路也不同道者難其往俱皆也俱道皆由此道也適赴也言與同道之人共赴所往無勉強也春春色也著粘著也言著手而成春如畫工之筆極自然之妙也歲新歲轉爲新謂斗柄回寅氣象新也逢遇也瞻望也花之開也非人爲歲之新也非強致如逢如瞻則其理可知矣眞予我者使我久專不奪乎我由強得者非義所與必易貧窮一自然一不自然也幽人幽隱之人也空山空寂之山也幽人居於空山理之自然也蘋草也生於水中古人每用以祭祀詩曰于以采蘋南澗之濱又疏韓詩云沈者曰蘋

采蘋而過水亦情之自然也晤相晤遇也薄言語助詞猶薄言酌之之類是也天鈞天樂也悠悠悠悠然不盡也言一時之情適有所晤晤者乃悠悠之天鈞不假一毫人力也所謂天籟也總是形容自然意

豪放第十一

觀花匪禁　吞吐太荒　由道返氣　處得以狂
天風浪浪　海山蒼蒼　眞力彌滿　萬象在傍
前招三辰　後引鳳凰　曉策六鼇　濯足扶桑

註 觀花玩賞花也禁止也持也匪禁非所禁也觀花之事拘謹者不爲而茲乃匪禁何其放也太荒八荒也以八荒之太而皆可以一吞之一吐之何其豪也由從也返復也道道理也氣浩氣也處處身也狂無拘束也言有是者蓋由平日之閒能從事道理之中以要其備以會萃於心而復還其盛大之氣故處身得以狂放也天風天上之風也海山海上之山也浪浪鼓盪空濶貌蒼蒼高老聳峙貌言譬其意象則如浪浪然天風之廣濶而無涯涘也蒼蒼然海山之高莽而莫追攀也夫風極於天山極於海眞有小齊州景象然此總由於眞實之力彌滿於內故兩閒萬有之象俱羅列而在

於其旁而不能以不豪也由是而不但踢鷃鵡也彼三辰日月星者天之象而前可以招不但追黃鶴也彼鳳凰生於丹山雄者爲鳳雌者爲凰身備五采九苞非聖人出不見也而後可以引不第此也曉日出時還當身跨海中之六鰲而鞭策之而濯足於日所出之扶桑焉策驅也濯洗也六鰲六尾鰲也列子渤海東有五山巨鰲戴之龍伯國人一釣連六鰲天帝絕其國王禹偁詩所謂六鰲海上駕山來者此也扶大也扶桑日出之地名在海中央以至巨之六鰲而欲策之以爲馭日出之扶桑而欲臨之以濯足其氣象爲何如乎一路形容豪放二字盡情盡致招招之使至也引引之使隨也彌足也彌滿謂滿其邊際而彌其隙也如雅詩生民篇彌月之彌

含蓄 第十二

不著一字　盡得風流　語不涉己　若不堪憂
是有眞宰　與之沉浮　如淥滿酒　花時返秋
悠悠空塵　忽忽海漚　淺深聚散　萬取一收

註 著粘著也不著一字盡得風流言不著一字於紙上已盡得風流之致也此二句已盡含蓄之義以下特推而言之涉沾涉也若似也語不涉己言所出之語一毫不沾涉己事也不堪憂不勝憂

詩品詩釋

也言其語雖不著己而其內則隱然若有不堪憂也藏而不露所謂印可也眞實也宰主宰也前人詩云眞宰上訴天應泣沉浮如物之沉於水浮於水也是字之字俱指含蓄言此等景象實有眞正主宰與之或沉或浮於其中而若現若不現也宰之眞即眞意也此含蓄之實境也漉字同漉滲也滲也音祿即今之以物覆甕而隔糟也如漉滿酒言如漉取已成之酒漏之而滿充盈渟蓄也花時返秋當花之時而氣乃復還乎秋將開仍閉是何等光景秋天寒如秋也花以暖而開寒則留住此眞善狀含蓄塵浮塵也漚水泡也言曠觀天地又如悠悠然空際之浮塵忽忽然大海之浮漚不知其幾多飛埃幾多泡影而總之在空之內海之中悠悠舒緩無窮也忽忽爲時無多也取求取也收容納也萬取者取之至多一收者收之只一言觀於塵漚足見其閒之或淺或深或聚或散其殊也雖不啻有萬而塵也而仍不立空漚也而仍不立海莫非萬爲取而一以收之也其爲含蓄何如乎

精神第十三

欲返不盡　相期與來　明漪絕底　奇花初胎

青春鸚鵡　楊柳樓臺　碧山人來　淸酒滿杯

生氣遠出　不著死灰　妙造自然　伊誰與裁

註 返還也期望也與俱也不盡未盡也言欲其返而不盡返則相期望與俱來此時延佇非精神所在乎欲字期字著力漪水之渟聚回瀠處明澄清空明也絕底極底也漪而極底鮮明水不居然精神乎奇花奇異之花也初始也胎花孕謂花始發苞如人之有胎也胎而曰初方孕之際可想其滿腹精神鸚鵡能言鳥也春主青故曰青春言韶秀時也鳥莫樂於春鸚鵡而曰青春則綠林掩映何等精神楊柳當春最爲可愛以樓之峻也而有楊柳圍繞於其間臺之高也而有楊柳護持於其際四面濃陰上下皆翠其爲地也何等精神碧山之色即青也李白詩問余何事棲碧山今貫暮從碧山下以碧山而有人來則身遊一碧之中玩賞不迭酒之濃者多困人至於清則不濃而令人爽適夫以碧山人來而清酒滿於杯中把盞相談淡而有味其爲興會何若也生氣生動之氣謂活氣也出浮出也死灰死煞之灰謂灰之已冷者也生活之氣能遠出之於紙上而不粘著一點死煞之灰其爲精神何如然斯境也其妙實妙其造於自然不涉强勉伊誰有是境而可與之裁度乎言化去痕迹歸於自然者少也

縝密 第十四

是有眞跡　如不可知　意象欲生　造化已奇
水流花開　清露未晞　要路愈遠　幽行爲遲

語不欲犯　思不欲癡　猶春於綠　明月雪時

註 是指縝衔眞跡眞確之跡也知曉也言是縝密者明明有眞跡之可尋而其意象卻如不可知未易以粗心測也生活也發也欲將然未然也造化天地之眞機也奇奇妙也二句言擬其意思形象方欲生而未生而造化之運於其中者已覺其奇蕊形雖未露而其所以欲生者莫非造化之布濩豈非縝密乎水之流也無罅隙之可窺但覺其一片花之開也無痕迹之可見但覺其生成晞化也清露露之淸者也以清露而觀其未晞則山河大地無處非露俱是縝密標子推斯境也又如要路然路爲緊要之路則愈遠而愈不敢疎如古之防敵關塞不以遠而或忽也又如幽行然行爲幽邃之行則爲景甚多由之者必爲之遲行而仔細賞玩至於謹密之人所出之語必審之又審而不欲有所犯於人所運之思必活之又活使之玲瓏四照無一不周而不欲稍有所凝於已犯觸犯如犯人之忌諱是也癡愚癡也蓋犯則有失而不縝密癡則死煞膠固亦多疎而不縝密兩不欲字正惟恐犯惟恐癡也其意象爲何如乎綠綠色也春陽春主綠者也春之於綠舉目皆是無一處不然何有疎略降雪之時又當明月則四望皆白亦無一處不然又何有疎漏者一猶字正指點人訪識縝密處縝緻也音軫

疎野 第十五

惟性所宅　眞取弗羈　拾物自富　與率爲期

築屋松下　脫帽看詩　但知旦暮　不辨何時
倘然適意　豈必有爲　若其天放　如是得之

註 宅居也安也惟隨也隨其性之安言自在也羈馬銜也又馬絡也廣雅云勒也急就篇註馬紒頭謂勒之無銜者所以束馬也眞天眞也取取材也言隨其天眞以取如馬之弗羈束也拾揀也拾物拾得之物也富多也足也率眞率也期期會也夫拾得之物本不足言富而彼則自成其富隨意所取總與其眞率之天爲期而初不事拘束也自字有不覺不知意蓋拾者隨手拾之如道旁之物非關有心所謂眞取弗羈也非疎野乎脫去也帽首服也夫松下幽境看詩雅事乃彼則於其下而築屋於其際而脫帽傍樹卜居科頭把卷不顧人譏以爲放不顧人笑以爲狂蓋性之所至確如狂人之脫略無文自任其天也日始出曰旦始入曰暮夫人生世間古往今來寒來暑往當辨者不知凡幾而彼乃率其情性但知有一旦一暮不復分辨爲何時其於兩間之事物絕不關心濶略已甚何疎野也倘然謂意所不期也適順也合也爲作爲言倘然間有順適已意之處則亦惟順適已意而已豈必有所作爲果見之於實事乎總是一疎略不經心的樣子總是形容疎野二字天天性也天放天性生成之脫略自然放達不拘也言若所謂天放者惟如是乃爲得之是字通指上文此是指點人認識疎野二字處

清奇　第十六

娟娟羣松　下有漪流　晴雪滿汀　隔溪漁舟
可人如玉　步屧尋幽　載行載止　空碧悠悠
神出古異　澹不可收　如月之曙　如氣之秋

註　娟娟幽遠貌羣衆也松蒼秀之木也漪流同旋之流徹底無塵者也夫以娟娟然可玩之羣松而其下又有清潔之漪流兩相掩映其境地不清奇乎水之回聚者曰汀彼晴天之雪則滿於沙汀溪水之隔則適見漁舟其滿也水與雪分明交映而寂然無聲何朗朗也其隔也網與竿隨處輕投而悠然在目何閒閒也文光霽色一片澄鮮流水落花孤翁簑笠非淸乎非奇乎屧履也步緩行也止住也載語詞也幽幽深之境也悠悠無盡也空碧空中之碧色卽空翠也可人者可意之人如玉者如玉之美卽雅詩其人如玉之意可人數句言以可意如玉之人在彼空谷其所居固甚幽也而我因步屧以相尋當載行載止之間但見虛空碧色悠悠然繚繞其無盡此何如景象也神心神也出出於外也古高古異奇異淡淸淡也收斂也不可收言見此悠悠而神爲之出身如入定但覺高古奇異而蕭然淡遠不能以自禁而收斂也行止之時其狀如此非淸奇乎曙開曙也日月初離海之光曰曙四時之氣惟秋景淸以其盛德在金也言斯境也取而狀之彼兩閒之淸奇者莫如月之初離海而曙浮雲乍散林表皆明氣之初離夏而秋炎翳畢消山容俱瘦今以詩之品想之其殆如月之曙如氣之秋乎兩如字醒豁通體形容甚雋益人神智不少

委曲 第十七

登彼太行　翠遶羊腸　杳靄流玉　悠悠花香
力之於時　聲之於羌　似往已回　如幽匪藏
水理漩洑　鵬風翱翔　道不自器　與之圓方

註太行山名在冀州境内地志在河内郡山陽縣西北今懷州河内也羊腸山路之細微曲折如羊之腸卽太行山坂道名史記趙世家羊腸之西戰國策趙聞之起兵臨羊腸遶盤遶也翠山色杳靄流玉言翠之浮於山如霧靄之遮杳然而見之不眞如玉之流一般也悠悠淸微漸緩意言悠悠然適聞有花之香其來甚近因是登之不已而復用力以踞於其時且偶發聲而應乎其際但覺力方與之盤旋聲亦與我相應方似往而已見爲回本如幽而匪見爲藏其山谷應聲山路回轉也如此夫往則往矣而往已回幽則幽矣而幽匪藏一似字如字極盡形容之致其境之委曲不可翱翔理文理也漩洑回旋起伏也水之漩洑首最有文理鵬大鵬鳥也莊子逍遙遊鯤之大不知其幾千里也化而爲鳥其名爲鵬又齊諧鵬之徙於南溟水擊三千里摶扶搖而上九萬里翱翔四方旋轉也言斯境也又如水之文理漩洑而無窮鵬之隨風翱翔而靡極委折行回無直致也道聖賢之大道器拘也言又如道之通融酬應萬事不以一器之形體自拘惟因天下之或圓或方而與之圓方

此本非曲已以徇而其中不直遂不膠固何等委
曲羌楚人發語詞也屈原離騷羌內恕己以貴兮

實境 第十八

取語甚直　計思匪深　忽逢幽人　如見道心
清磵之曲　碧松之陰　一客荷樵　一客聽琴
情性所至　妙不自尋　遇之自天　泠然希音

註 取採取也直實也取語甚直言所採取之語甚覺直實無紆曲也計較論也計思匪深言較論其所運之思亦覺淺露非深微也然擬而議之則御有形容之不盡者幽人幽隱之人謂居之甚深不易逢者也道心大道之心其境甚微不易見者也今乃忽然逢之宛與避秦之人相接於桃花源內如已見之宛與精一之奧相晤於立卓爾中逢字見字不確有其實據乎忽字如字不可會其意象乎磵山磵也曲水曲也清澄清也碧碧色也清磵之曲碧松之陰一之字最妙恰指出腳踏實境地樵薪也荷擔也言磵曲松陰之處一客則荷樵而來一客則聽琴而立青山綠水朝靄夕陽掩映之間各描孤影宛然一幅畫圖荷樵聽琴實有其事兩客字著兩一字實有其人固可想見其烟翠滿肩鬢眉倚杖時也然斯境也豈執迹以强爲哉蓋由乎人之情性所發而至各適其適自然得之

妙於不自知尋也泠然泠泠然也聲音清越之意希少也希音世上所希之音也言譬之天籟自天而發偶然遇之實覺泠泠然爲希世之音此言境雖實而仍空非呆實之謂也首二句實境之貌以下極力形容之

悲慨 第十九

大風捲水　林木爲摧　意苦若死　招憩不來
百歲如流　富貴冷灰　大道日往　若爲雄才
壯士拂劍　浩然彌哀　蕭蕭落葉　漏雨蒼苔

註 捲捲起也如漫捲詩書之捲摧折也大風捲乎水而林中之木俱爲之摧此是何等景象使已見可悲可慨招引也憩息也意苦思之至苦也若死如死然也夫意苦而至於若死則意當憐矣而所招憩之人乃終不肯來則相負者深而此心鬱結能無悲乎能無慨乎人生不過百歲而此百歲之光陰倏忽即過甚如流水之速一往而不復回滿堂富貴轉眼成空不啻已冷之灰了無一毫熱氣其爲悲慨何如乎若誰也大道聖賢之大道也雄才雄大出類之才也聖賢之大道日見其往而接踵人寰果若爲雄傑之才如子思孟子者以爲之斷續擔荷斯人不生道統幾絕其悲慨又何如

平泫然出涕貌禮檀弓孔子泫然出涕是也拂拭也壯士豪壯之士也至於壯士拂劍則慷慨憤激悲不遇時而泫然下涕彌覺其哀其境尤爲眞境如古所稱燕趙多慷慨悲歌之士是也春夏皆可樂惟秋風一起蕭蕭然落葉滿目而屋室之內又漏而滴乎蒼老之苔此情此景其能安乎此無邊落木茅屋秋風杜子所爲悲歎也蕭蕭葉下貌日往日逺也苔蘚也又名苔錢陸龜蒙有苔賦

形容 第二十

絕佇靈素　少回清眞　如覓水影　如寫陽春

風雲變態　花草精神　海之波瀾　山之嶙峋

俱似大道　妙契同塵　離形得似　庶幾斯人

註 佇望也絕佇謂絕其他意以佇凝神壹志專注於是也靈謂其人之神氣素謂其人之本質少迴言少停一候而自迴也清眞謂識之淸見之眞也二句言欲識形容二字者如看人之小照必如此方能得也覓尋也寫摹繪也水影水波之影陽春載陽之春二者極空活極神妙俱不可以形迹求而覓之寫之者要必神爲會而意爲凝兩如字言作詩者之形容亦如是也此爲極妙指點變態變幻不測之態也精神健旺不衰之神也風雲變態花草精神言如天上之風雲春山之花草其變態之所昭呈精神之所顯著自有一般眞象在非形容之至者乎折者曰波回者曰瀾嶙峋說文山

崖重深貌前漢揚雄傳岭巆嶙峋顏師古曰節級貌海之波瀾適肖其爲海山之嶙峋適肖其爲山彼二者之狀非形容之昭然者乎兩之字確爲指實俱皆也似象也契合也卽券契之契舉兩半以相合者也神神妙也塵塵世也同塵謂同塵世之人物也大道聖人發育萬物之大道也俱似大道妙契同塵言皆有似聖人之大道妙契合於同塵世之倫而隨處爲之形隨處爲之容體物惟肖初無一毫之差也形形骸也離絕去也似神似也斯人指所摹繪之人也離形二句言絕去形體之迹而得其神似庶幾無乖乎斯人之眞而不至有非我之類也不然泥於形迹則亦祗得其形似焉耳烏有合於

形容哉

超詣　第二十一

匪神之靈　匪機之微　如將白雲　清風與歸

遠引若至　臨之已非　少有道契　終與俗違

亂山喬木　碧苔芳暉　誦之思之　其聲愈稀

註　神心之神也機天機也靈靈活也微微妙也匪非也匪神匪機言超詣之境並不關神之靈機之微也將借也歸歸山也白雲高妙物也淸風淸淡之風也與歸與之俱歸也引招引也臨卽也言

斯境也如借高妙之白雲而適有清淡之風與之俱歸其飄然無迹之象遠而招引之也若果至於前近而臨即之也則已覺其非總言超超無著樣子若字已字的爲傳出令人默會其神少少也契卽券契兩半相合者也道大道也俗流俗也言又如人之于道少有契合於其妙者則超然塵𡏖終與流俗相睽違如漆園吏之舉動何超超也其視塵寰不値一哂矣豈非相違而不合乎苔蘚也淮南子註青苔水垢也生巖閒者曰石髮舖空田者曰垣衣在屋曰昔邪在水曰陟釐暉日光也芳暉芳嫩之暉謂春日之暉也喬木高出之木也山而曰亂則山多山多則木多木而曰喬則以山之高而有此高出之木冠於羣木之上雖未正言超而其超也可想矣苔而曰碧則一片青藍其苔正嫩暉而曰芳則一團秀媚其暉甚新夫以苔之碧而又有芳暉施於其際此不著迹象而非可執以求也二句極言其超之出於天然是境也口爲誦之心爲思之宜乎其妙可卽矣而其聲實爲天籟之發大音之作愈覺其希微入化而不可求此所謂超詣乎愈字有泯然莫窺愈求而愈不得意

飄逸 第二十二

落落欲往　矯矯不羣　緱山之鶴　華頂之雲
高人畫中　令色絪縕　御風蓬萊　泛彼無垠
如不可執　如將有聞　識者已領　期之愈分

註　落落寡合也矯矯特立也落落然而欲有所往矯矯然而不與衆羣此見其獨絕流俗孤行已意誠飄灑之天姿也緱山緱氏山也華頂華山頂也鶴雲乃最飄逸之物況又爲緱山王子晉之鶴并非凡鶴之所得而同西嶽華頂上之雲并非凡雲之所得而似來也無端往也無滯其飄逸更何若也高人清高絕俗之人也畫中圖畫之中令色令白之容色絪縕元氣也言以清高之人寫入圖畫之中雖歷年已久而至今容顏色澤猶若有一縷之元氣絪縕靡盪於其間觀其態度淩雲形神欲活宛然在目瀟洒出塵不可想其飄逸乎蓬葉蓬草之葉也御向也御風謂向風之面垠邊際也言如御風之蓬葉隨風遠舉而泛彼江海之無垠其爲飄逸何如乎執持也物之有定者可執而無定者不可執聞聽聞也將者將然未然如者擬議之辭也言是境也就其意象語之其飄然無所著也一若不可以執持而第惟其所適也其飄忽不可知也一若將有所愬聞而欲往彼以聽也爾如字極意形容最爲虛活傾心傾也期要分離也愈分言離去之愈遠也識其境者已非不爲之心傾乃至於有心期之則又愈覺其相分而不可即總言飄逸之狀甚難以形迹求也絪縕周易傳云天地絪縕

曠達　第二十三

生者百歲　相去幾何　歡樂苦短　憂愁實多

何如尊酒　日往烟蘿　花覆茆簷　疏雨相過

倒酒既盡　杖藜行過　孰不有古　南山峩峩

註 人之生也不過百年就使生者百歲而由少而壯而老不過轉瞬間事耳其祀百年之相去曾幾何也況此百歲中歡樂快意之時每苦其短少而憂愁失意之日實覺其繁多則人生世間理宜尋樂與其日絆於塵世之中自投苦境何如置一切於度外手擕一尊之酒日往於飛烟帶蘿之地以自適乎烟蘿烟所凝聚之薜蘿屈原離騷被薜荔兮帶女蘿杜甫詩請看石上藤蘿月謂山間之幽境也且也當繁花開放覆壓於茅屋簷端之時疏雨灑竿相過於鳥語花鮮之候尊中之酒倒之既盡則賞花賞雨之興闌矣於是出遊芳郊杖所持之藜行以相過從而玩風景僧志高詩云杖藜扶我過橋東劉李孫詩云杖藜擕酒看芝山即此意也如此尋樂豈不暢適乎試一興懷世上彼人物之衆孰不有死而作古之時而但見終南之山峩峩然竦崎乾坤歷萬載千秋而如故而此外皆不能也所謂滿眼蓬蒿共一邱者也人亦何必牽纏於流俗而不逍遥自樂乎適體是高人達士之言處世若大夢胡為勞其生又曰人生有酒須當醉一滴何曾到九泉諸前人詩可以想見此品矣此所謂曠達也倒傾也杖柱也藜草名可為杖也行步也峩峩高聳貌

流動第二十四

若納水輨　如轉丸珠　夫豈可道　假體遺愚

荒荒坤軸　悠悠天樞　載要其端　載同其符
超超神明　返返冥無　來往千載　是之謂乎

註納收也輨車轂端鐵也納水輨民間所用以納水灌田者也其運轉甚爲活潑丸圜也如彈丸之丸其形甚圓也蓋珠之爲物與此相似妙於旋轉故曰丸珠以是爲擬夫亦流動之象矣然以茲之所謂流動者按之若納水輨如轉丸珠夫豈足道哉何者之二者雖屬流動要皆假借之體質出於人爲以遺世之愚者耳此不遺形迹之間有其相似未臻於神妙也荒荒空濶也悠悠卻緩而不盡也夫不見有坤軸天樞乎我思兩大之間彼坤之爲道亦如車軸之妙於轉也天之爲道亦如樞機之善於運也荒荒然無涯涘者其坤軸之輪運乎悠悠然無窮盡者其天樞之旋轉乎要求也端緒也言因端以要其終也同合也符節也如調水之符兵符之符兩半相合以爲驗言與之相合如符節也兩載字發語詞於是爲之要於其端緒而得其妙合同其符節而協其眞則如坤之神於運而無一息之暫凝天之妙於轉而無片刻之稍滯由是超超然隨運其神智聰明而一空迹象返返然而斂於杳冥虛無而微不可測循環往復一若坤軸天樞之眞氣流貫無有窮期所謂來往千載而不停其是之謂乎來往往來旋轉也斯眞爲流動者蓋運之以神而非運之以迹也不然不免有痕之未化有聞之未達矣冥無者冥然而無象也返還也復也返返不止一返言返之又返以至於聲臭之胥泯也輨哥滿切音管天樞朱子集註云北辰北極天之樞也坤軸即地軸木華海賦地軸挺拔而爭迴

司空詩品註釋終

傳古樓景印

圖書在版編目（CIP）數據

宋元明詩詩品注釋 / 王星主編. -- 杭州 : 浙江大學出版社, 2022.5
（狀元閣蒙學叢書. 第二輯）
ISBN 978-7-308-22411-6

Ⅰ. ①宋… Ⅱ. ①王… Ⅲ. ①古典詩歌－詩歌研究－中國－宋代②古典詩歌－詩歌研究－中國－元代③古典詩歌－詩歌研究－中國－明代 Ⅳ. ①I207.22

中國版本圖書館 CIP 數據核字（2022）第 041870 號

狀元閣蒙學叢書第二辑

叢書策劃	陳志俊
叢書主編	王 星
責任編輯	吴 慶
責任校對	蔡 帆
封面設計	温華莉
出版發行	浙江大學出版社 （杭州市天目山路 148 號 郵政編碼 310007） （網址：http://www.zjupress.com）
排 版	杭州尚文盛致文化策劃有限公司
印 刷	浙江海虹彩色印務有限公司
開 本	850mm×1168mm 1/32
印 張	20.25
字 數	90 千
印 數	0001—2000
版 印 次	2022 年 5 月第 1 版 2022 年 5 月第 1 次印刷
書 號	ISBN 978-7-308-22411-6
定 價	164.00 元（全三册）

浙江大學出版社市場運營中心聯繫方式：(0571)88925591;http://zjdxcbs.tmall.com